Petra Weise

Ein ganz anderes Leben

Roman
nach einer wahren Geschichte

Bibliografische Information der Deutschen Nationalbibliothek
Die Deutsche Nationalbibliothek verzeichnet diese Publikation in der
Deutschen Nationalbibliografie; detaillierte bibliografische Daten sind im
Internet über http://dnb.dnb.de abrufbar

© 2016 Petra Weise
Herstellung und Verlag:
BoD – Books on Demand Norderstedt

ISBN 9-783741-253911

Juli 1981.

„Was ist passiert?" Erschrocken fährt Susi hoch und setzt sich im Bett auf. Sie war wohl doch eingeschlafen, obwohl sie stundenlang keine Ruhe finden konnte. Neben dem Bett steht Manfred, seine nackten Beine leuchten gespenstisch im Licht. Manfred hat sehr dünne Beine und wenn er sich nach vorn beugt, stehen seine Hüftknochen deutlich hervor. Kaum siebzig Kilogramm wiegt er, ist aber größer als 1,90 Meter. Während der letzten Monate muss er mehr als zehn Kilogramm abgenommen haben. Sein Gesicht wirkt verhärmt und passt nicht zu einem jungen Mann von 28 Jahren. Das letzte Jahr, das Manfred im Gefängnis verbrachte, hat deutliche Spuren hinterlassen. Auch Susi verbrachte ein volles Jahr hinter Gittern.

Susi erinnert sich an die fast sieben Stunden lange Busfahrt direkt aus der Transportzelle der Haftanstalt Chemnitz hierher nach Gießen ins Notaufnahmelager. Sie hatten ihre Hände während der ganzen Zeit so fest ineinander gekrallt, dass die Knöchel weiß hervortraten. Aber sie wären nicht in der Lage gewesen, sich loszulassen. Keiner wusste, was er sagen sollte. Von der harten Zeit im Gefängnis mochten sie nicht reden, dazu waren sie im Moment viel zu glücklich. Unbeschreiblich glücklich, nach einem Jahr Trennung unter grausigen Umständen wieder zusammen zu

sein. Und gleichzeitig fast ängstlich, denn keiner wusste so genau, was ihn jetzt erwartet.
17 Uhr passierten sie die deutsch-deutsche Grenze. Der Bus fuhr einfach so durch, als ob dies ganz normal wäre. Dabei war es alles andere als normal, denn es gab weltweit keine so streng bewachte Grenze wie die innerhalb Deutschlands. Jeder wusste, dass schon der Gedanke an einen heimlichen Grenzübertritt strafbar war und ein Versuch möglicherweise mit dem Tod endete. Das wollten Susi und Manfred auf keinen Fall riskieren. Deshalb versuchten sie vor einem Jahr, mit ihren beiden Kindern und Susis Bruder die Grenze zwischen Bulgarien und Jugoslawien zu überwinden. Sie hofften, so weit im Süden unbemerkt hindurch schlüpfen zu können. Doch sogar an dieser Grenze wurde scharf geschossen.
Susi schiebt die Gedanken an die Verhaftung und vor allem an die Kinder weit von sich. Sie hatte sich im Gefängnis abgewöhnt zu denken. Sie sagte sich, dass die Kinder bei den Großeltern lebten und gut versorgt waren. Sie ließ keinerlei weitere Gedanken oder gar Gefühle zu, sie wäre sonst vor Sehnsucht nach ihren Kindern wahnsinnig geworden. Außerdem verbot sie sich jegliche Sorge um die Zukunft. Manfred hatte ihr in einem Brief geschrieben: *Wir müssen das jetzt durchstehen, sonst war alles umsonst.* An diesen Satz klammerte sie sich, wenn es ihr schlecht ging, die Angst sie erdrücken wollte. Sie weinte nie, sprach nicht mehr und reagierte nur noch, wenn es nötig war. Später wurde ihr klar, dass dies reiner

Selbsterhaltungstrieb war.
Im Aufnahmelager Gießen wurden sie sehr freundlich begrüßt. Man führte sie in einen großen Speisesaal, wo es angenehm roch. Es gab frisches Brot, Wurst und sogar Käse und richtige Butter. Susi gingen die Augen über. Sie wollte alles probieren, war aber schon nach der ersten Schnitte satt. Auch Manfred brachte keinen Bissen mehr hinunter. Heimlich steckten sie die Reste vom Teller in ihre Taschen. Sie hätten es nicht fertiggebracht, diese zurückzubringen oder gar wegzuwerfen.
Schließlich wies man Manfred und Susi ein gemeinsames Zimmer zu mit zwei Betten, einem schmalen Spind, einem kleinen Tisch, zwei Stühlen und einem Waschbecken. Sie schoben die Betten sofort zusammen und fielen wie die Tiere übereinander her. Sie liebten sich bis zur Erschöpfung. Zur Toilette am Ende des Ganges gingen sie Hand in Hand. Sie hätten es nicht fertiggebracht, sich auch nur für einen einzigen Moment zu trennen.

„Nichts. Nichts ist passiert." Manfred bespritzt sein Gesicht mit kaltem Wasser aus dem Hahn und schnauft dabei, als hätte er soeben eine schwere Arbeit verrichtet. Dann legt er sich zu Susi ins Bett. Sofort kuschelt sie sich eng an seine Schulter und merkt, dass er zittert.
„Ist dir kalt?"
Manfred schüttelt den Kopf, setzt sich ruckartig auf. „Weißt du, ich finde einfach keine Ruhe. Als das Licht im Flur anging und durch die Scheibe über der Tür leuchtete, bin ich aus

dem Bett gesprungen und habe mich daneben aufgestellt. Ich glaubte, dass gleich die Zelle aufgeschlossen wird."
Susi weiß aus eigener Erfahrung, dass dann kein Häftling mehr im Bett liegen bleiben durfte.
„Komm, Liebster, leg dich wieder hin!" Susi zieht sanft an Manfreds Arm. „Der Knast ist Vergangenheit. Wir sind frei."
„Wir sind frei", wiederholt Manfred. „Du hast recht. Ich hoffe, dass ich nicht mein Leben lang an dieses Jahr im Knast denken muss."
„Oder davon träumst in der Nacht", ergänzt Susi.
Sie streicht ihrem Mann zärtlich über den Kopf.
„Haben sie euch regelmäßig die Haare geschoren?"
„Es gab einen richtigen Friseur."
Susi lacht. „Nobel, nobel. Wir haben uns gegenseitig die Frisur gestutzt."
Manfred vergräbt seine Hand in Susis dicke Wuschelmähne. „Mir gefällt das besser als die kurzen Fransen, die du vorher hattest." Dann kuschelt er sich eng an Susi und schlingt seine Arme fest um sie.

Am nächsten Morgen werden sie zuerst von einem Amtsarzt untersucht. Manfred ist viel zu mager, Susi eher fett. Dabei hatte sie wie Manfred ein ganzes Jahr lang nur sehr karge Gefängniskost bekommen, von der sie nie richtig satt wurde und die oft widerlich stank. Am schlimmsten rochen die faulenden Kartoffeln. Das Meiste hätte Susi unter normalen Umständen niemals gegessen, aber

bei dem ständigen Hunger durfte man nicht wählerisch sein. Besonders eklig war für Manfred die Sülze, bei der die Schweineborsten aus der Gallertmasse hervorstachen und sich einfach nicht kauen ließen. Außerdem musste man vor jeder Mahlzeit erst die Kakerlaken von den Tellern schnippen.
„Haben Sie irgendwelche körperlichen Beschwerden?", will der Arzt wissen.
„Ich hatte während der gesamten Haftzeit, also ein volles Jahr, keine Regelblutung."
„Gehen Sie zum Frauenarzt! Das wird schon wieder, jetzt, da Sie keine Medikamente mehr bekommen."
„Sie meinen, man hat uns chemisch manipuliert?"
„Ich meine gar nichts."
Erschrocken über diese Zurechtweisung zuckt Susi zusammen, fasst sich aber schnell wieder.
„Mich stört vor allem, dass es in meinen Ohren ganz laut fiept."
„Wie bitte?"
„Das ist ein Ton wie das Zeitzeichen bei Sendeschluss im Fernsehen, aber auf volle Lautstärke gedreht", erklärt Susi.
Der Arzt schüttelt den Kopf. So etwas hat er noch nie gehört.
„Der grässliche Ton ist immer da, Tag und Nacht."
Der Arzt nimmt ein Gerät und schaut Susi erst in das rechte und dann in das linke Ohr. „Ich sehe nichts."
„Kann man Töne sehen?", wundert sich Susi.

„Ich sehe jedenfalls nichts, also ist da nichts. Kein Mann im Ohr." Der Arzt lacht. Susi lacht nicht.
„Sie müssen noch zum Röntgen!", ordnet er an. Nach dem Röntgen geht es in die Kleiderkammer, wo jede Person vom Diakonischen Werk Unter- und Nachtwäsche geschenkt bekommt und sich eine Hose und ein Hemd beziehungsweise eine Bluse aussuchen darf. Darüber freuen sich Susi und Manfred sehr, denn sie haben nicht einmal Wechselwäsche, sondern nur die Kleider, die sie auf dem Leib tragen. Zum Schluss bekommt jeder fünfzig Mark Begrüßungsgeld. So einen großzügigen Empfang hatten sie sich niemals vorgestellt.

Danach muss der Notaufnahmeantrag gestellt werden. Außerdem werden Susi und Manfred vom Bundesnachrichtendienst und Bundesgrenzschutz getrennt voneinander vernommen. Die Hauptfrage ist immer wieder, ob man namentlich Spitzel der ostdeutschen Staatssicherheit benennen kann oder selbst angeworben wurde, welcher Mithäftling ein Spitzel ist oder sein könnte.
Susi reagiert empört und faucht: „Ich kenne keine solchen Leute. Und wenn, dann würde ich nicht darüber reden."
Susi denkt nicht nach, bevor sie spricht, während Manfred eher ruhig bleibt. Er hält die Spitzel für weit widerwärtiger als die Verbrecher selbst. Beide Temperamente sind für die Stasi uninteressant.

„Und was ist mit unseren Kindern? Ich meine, wann kommen sie zu uns?", erkundigt sich Susi.

„Das weiß ich nicht. Dafür ist das Ministerium für Innerdeutsche Beziehungen zuständig."

Von diesem Ministerium gibt es im Notaufnahmelager keinen Beauftragten.

„Es wird einen Weg geben, so, wie es immer einen Weg gibt", murmelt Manfred.

„Ja, ich weiß. Alles zu seiner Zeit." Susi ruft sich selbst zur Ordnung. Sie würde sich hier nicht gehenlassen. Sie hat ihre Kinder ein Jahr lang nicht mehr gesehen, sie muss also nicht ausgerechnet heute die Nerven verlieren. Sie weiß, dass es ihren Kindern gut geht. Es besteht kein Grund zur Sorge und schon gar nicht, dass sie darüber alles andere vergisst. Sie hat eine Aufgabe und diese benötigt ihre volle Aufmerksamkeit. Sie muss zusammen mit Manfred ein neues Heim für die Kinder schaffen. Es ist gut so wie es ist, es wird sich alles fügen und sie werden dafür tun, was getan werden kann.

Schließlich füllen Susi und Manfred einen Antrag der Stiftung für ehemalige politische Häftlinge aus. Das ist ein sehr wichtiger Antrag, denn es geht vor allem um die strafrechtliche Rehabilitierung. Wenn Susi und Manfred sich gegen die Verhaftung gewehrt und dafür eine Strafe wegen Widerstands gegen die Staatsgewalt erhalten hätten, dann wären sie nach bundesrechtlichem Gesetz vorbestraft. Ihr Urteil im Namen des Volkes lautete

Republikflucht, so etwas gibt es im freien Teil Deutschlands nicht.
„Es gibt eine Liste ehemaliger politischer Häftlinge. Damit können Sie Kontakte knüpfen und sich mit Leuten in ihrer Nähe treffen, sich wertvolle Tipps geben lassen und mit Gleichgesinnten austauschen."
Susi saugt die vielen Informationen in sich auf, auch Manfred bleibt ruhig und gefasst. Sie hinterfragen die Untersuchungen und Verhöre und Amtsanträge nicht, sondern funktionieren noch immer fast automatisch wie während ihrer Haftzeit. Sie sind es beide gewöhnt, mit der aktuellen Situation umzugehen, ohne darüber nachzudenken.
Zu Mittag gibt es eine Kohlrabi-Rahmsuppe, die Susi hervorragend schmeckt. Leider ist sie danach vollkommen satt und kann von der Hauptspeise nur eine kleine Kartoffel mit etwas Soße essen, Gemüse und Fleisch werden ihr zu viel. Manfred geht es ebenso. Er seufzt enttäuscht, als er das Fleisch auf dem Teller liegenlassen muss.
„Komisch", wundert sich Susi. „Im Gefängnis konnte ich fünf oder sechs Kartoffeln essen, falls es überhaupt so viele gab, und war trotzdem noch hungrig. Und hier bin ich schon nach der Suppe pappesatt."
„So kalorienreiches Essen wie hier sind wir eben nicht gewöhnt, Susi."
Nach dem Mittag wollen sie sich die Stadt ansehen. Das Aufnahmelager befindet sich direkt hinter dem Bahnhof. Um ins Zentrum zu gelangen, muss man nur über eine lange

Fußgängerbrücke gehen, unter der die Gleise laufen. Hand in Hand machen sich Susi und Manfred auf den Weg, um Postkarten und Briefmarken zu kaufen. Susi wird immer langsamer, ihre Beine fühlen sich mit jedem Schritt schwerer an. Mitten auf der Brücke bleibt sie stehen. „Ich kann nicht mehr", keucht sie.
Auch Manfred ist erschöpft. Weder das Laufen noch die viele frische Luft sind sie gewöhnt, also kehren sie um und erholen sich bei einem Mittagsschlaf.

Am nächsten Tag gehen sie erneut los und erreichen nach zehn Fußminuten das Stadtzentrum. Als erstes betreten sie ein Postamt.
„Bitte vier Zehnerbriefmarken für Postkarten und drei Zwanziger für Briefe."
„Glaubst du, du bist hier in der Ostzone?", faucht der Postbeamte.
Susi lächelt verlegen. Sie weiß nicht, was sie sagen soll.
„Geben Sie uns je vier Marken für Karten und Briefe von hier nach Dresden!", bittet Manfred.
Er zahlt den geforderten Betrag und steckt die Marken ein. Draußen auf der Straße kichert Susi über ihre Dummheit. Erschrocken schaut sie sich um. Aber keinen Passanten scheint es zu stören, dass sie mitten auf dem Fußweg steht und lacht. Die Leute reden unbekümmert laut miteinander. Kinder hüpfen im Wechselschritt quer über die Straße und manche singen dabei. Alles macht einen völlig

entspannten Eindruck.

„Das ist es, was mir gleich aufgefallen ist, dass hier alle ungehemmt laut sprechen. Im Osten unterhielten wir uns leise, fast im Flüsterton", sagt Susi.

Sie bummeln durch eine Straße voller Geschäfte und betreten schließlich ein Schreibwarengeschäft. Dort kaufen sie vier Ansichtskarten von Gießen, außerdem hübsches Briefpapier mit bunten Schmetterlingen drauf und lustige Abziehbilder, die sie den Briefen an ihre Kinder beilegen können.

Die beiden Kinder leben seit der Verhaftung vor genau einem Jahr bei Susis Eltern. Susi weiß, dass sich die Großeltern gut um die Kinder kümmern. Das tröstet sie zwar nicht über die Trennung hinweg, aber es beruhigt sie.

„Was soll ich den Kindern schreiben? Dass wir uns bald sehen? Dass wir hier in Gießen glücklich sind? Ich weiß gar nichts. Mein Kopf ist wie leer." Susi sitzt am Tisch und kaut hilflos auf ihrem Stift.

„Bleibe einfach kühl und sachlich, immerhin werden die Karte unzählige Leute lesen, nicht nur unsere Eltern und Kinder."

„Du hast recht, mein Lieber." Susi informiert also nur kurz die Kinder und ihre beiden Omas darüber, dass sie gestern in Gießen angekommen sind, während Manfred ebenso schlichte Grüße an seine Eltern schickt.

Erst am nächsten Tag verfasst Susi einen langen, sehr herzlichen Brief an ihre Kinder und ihre Eltern.

Manfred hat eine Zeitung besorgt und studiert sie ganz genau. In der Untersuchungshaft gab es keine Zeitung und später im Gefängnis wurden Artikel, die die Häftlinge nicht lesen sollten, herausgeschnitten.
Auf der Titelseite ist eine Frau abgebildet, die sie nicht kennen, die aber auf sämtlichen Zeitungen und Zeitschriften mit der Überschrift *Lady Di heiratet den englischen Prinzen* aufgefallen ist.
„Und das ist so wichtig?", kichert Susi. „Ich wusste gar nicht, dass es noch Prinzen gibt. Vielleicht sogar Könige und Kaiser wie in einem Märchen."

Gefüllt mit vielen verschiedenen Amtswegen auf dem Notaufnahmegelände sind die nächsten zwei Tage. Das Bundeskriminalamt macht Fotos und nimmt Fingerabdrücke, es gibt Vorprüfungsgespräche mit dem Leiter des Notaufnahmelagers und schließlich ein langes Gespräch in der Landeszuweisungsstelle.
„Wir möchten nach Bayern."
„Zu Verwandten?"
„Nein. Wir haben zwar Verwandtschaft bei Augsburg, aber keinen Kontakt zu ihnen."
„Es muss also nicht Augsburg sein?"
„Nein."
„Wir raten Ihnen dringend von Bayern ab." Der Beamte macht ein besorgtes Gesicht. Susi und Manfred schauen sich ratlos an.
„Wissen Sie, in Bayern kämen Sie direkt vom Regen in die Traufe, von Rot nach Schwarz sozusagen. Das Land wird schließlich von

Josef Strauß regiert." Der Beamte nickt bedeutsam. „Außerdem erkennen die Bayern Ihre ostdeutsche Ausbildung nicht an."
Das ist ein schwerwiegendes Argument, denn das Wichtigste für die beiden Neuankömmlinge ist, schnell eine passende Arbeit zu finden. Sie müssen Geld für ihren Lebensunterhalt verdienen und das möglichst in ihren Ausbildungsberufen.
„Was raten Sie uns?", will Susi wissen.
„Bleiben Sie hier in Hessen! Hier müssen Sie keine Verwandtschaft nachweisen, um bleiben zu dürfen. Wir könnten Ihnen einen Platz in einem Wohnheim in Offenbach zuweisen."
„Offenbach?"
„Das ist eine Stadt mit 120.000 Einwohnern am Main, sie grenzt direkt an Frankfurt. Dort gibt es viel Industrie, also genug Arbeit für Sie."
„Das hört sich gut an." Manfred nickt. Auch Susi ist einverstanden. Der Beamte verweist sie an die Kassenstelle, wo ihnen eine Fahrkarte nach Offenbach für den nächsten Tag geschenkt wird, außerdem 324 Mark und eine lange Laufliste mit den vielen Meldestellen, die in Offenbach sofort kontaktiert werden müssen.

Nach nur einer Stunde Zugfahrt stehen sie auf dem Bahnhofsvorplatz in Offenbach. Es ist ein sehr kleiner alter Bahnhof. Leute hasten an ihnen vorüber. Ein Mann rennt zu einem Bus. Susi und Manfred folgen ihm. Sie studieren die Fahrpläne verschiedener Buslinien, aber die Straße, in der sich die neue Wohnung befinden soll, entdecken sie nicht. Kurz entschlossen steigen sie in ein Taxi. Die Fahrt dauert nur wenige Minuten. Susi lacht. „Das hätten wir leicht laufen können."

Manfred nickt. „Stimmt, aber wir hätten nicht gewusst, wohin."

„Kommen Sie mit!", bestimmt der Heimleiter und geht voran, ins Haus gegenüber, klinkt eine unverschlossene Wohnungstür auf. Im Vorbeigehen zeigt er kurz auf die Türen, die vom Flur abgehen. „Hier wohnt eine Ungarin, da ist das Bad mit Waschmaschine, hier lebt ein junges Paar aus Polen, hier ist die Küche und das Ihr Zimmer."

Es stehen zwei einzelne Bettgestelle aus Metall drin, darauf liegt jeweils eine Militärdecke, kein Kopfkissen. Ein kleiner viereckiger Tisch, zwei Stühle, ein schmaler Kleiderschrank und ein kleiner Kohleofen. Keine Bilder an den Wänden, kein Regal für Bücher. Von der Decke hängt an einem Kabel eine Glühlampe herunter, der Lampenschirm fehlt.

„Haben Sie Bettwäsche?"

Susi schüttelt den Kopf.

„Wir können Ihnen für den Anfang Wäsche und Handtücher gegen eine Gebühr leihen. Fragen Sie in der Verwaltung nach!" Der Mann wirft einen einfachen Bartschlüssel auf den Tisch. „Für die Haustür. Die ist von zehn Uhr abends bis sechs Uhr früh abzuschließen."

„Vielen Dank." Dann fällt Susi noch etwas ein. „Wann und wo gibt es die Mahlzeiten?"

„Das weiß ich doch nicht!" Der Mann klingt ärgerlich. „Wann immer ihr Hunger habt, euch was kocht oder in ein Lokal geht. Geld habt ihr

schließlich genug bekommen." An der Tür dreht sich der Mann noch einmal um und ergänzt: „Die Miete beträgt 91 Mark und ist sofort fällig. Und die wird ab August pünktlich zum Ersten gezahlt." Bei *pünktlich* hebt er mahnend den Zeigefinger.
91 Mark für ein einziges Zimmer mit Bad- und Küchenbenutzung. Das ist doppelt so viel wie die Miete für ihre ehemalige große Vier-Raum-Wohnung in Berlin. Doch Susi erholt sich schnell von diesem Schreck. Sie will die Küche sehen.

Ein junger Mann sitzt im Unterhemd am Tisch und raucht. Am Herd rührt eine recht kräftige Frau in einem riesigen Topf. „Ihr neu? First day here?"
Susi nickt. Sie tippt sich auf die Brust. „Ich bin die Susi."
„Isch Ewa, das Marek."
„Big..." Susi sucht nach der passenden Vokabel. Sie zeigt auf den Topf und beschreibt mit ihren Armen einen großen Kreis. „Topf, großer Topf."
„Wir Deutsch, kommen from Poland."
„Ah!"
„Nicht bleiben, gehen Austria."
„Australien? Warum so weit? Austria so fare."
„No, Austria near Deutsch. Neighbour." Susi versteht nicht. Sie ruft nach Manfred. Mit seiner Hilfe erfährt sie, dass das polnische Paar gern in Österreich leben möchte. Susi weiß gar nichts über Österreich.
„Setzen, bitte!", fordert Ewa Susi und Manfred

auf.
Marek winkt Manfred, ihm zu folgen und sie holen zwei Stühle aus dem Nachbarzimmer. Nun haben sie alle vier am Küchentisch Platz.
Ewa zeigt auf den Topf. „Essen?"
„Gutt." Marek klopft mit der Hand auf seinen Bauch.
Ewa hat längst vier Teller mit Suppe gefüllt. „Das sein Borschtsch."
„Was ist das? Sieht aus wie Rote Bete." Susi mag keine Roten Bete.
„Burak. Bedeuten beetroot, red beet."
„Hab dich nicht so!", tadelt Manfred. „Probiere wenigstens! Ich finde die zwei nett."
„Hallo." Eine sehr dünne Frau mit zerzausten roten Haaren kommt barfuß und nur mit einem kurzen Nachthemdchen bekleidet in die Küche. In der Hand hält sie eine Zigarette, eine zweite klemmt in ihrem Mundwinkel.
„Das Kati, immer schlafen." Ewa holt eine große breite Tasse aus dem Schrank und füllt Suppe hinein. Manfred will einen Stuhl für Kati holen, aber die schüttelt mit dem Kopf.
„Immer stehen", erklärt Ewa.
„Aber nicht beim Schlafen, oder?" Susi hält ihre Hände an die Wange, schließt die Augen und lacht. Jetzt lachen auch die anderen.
„Das Susi, das Manfred. Wir heute feiern." Marek holt Wodka und Gläser. Es sind große Gläser, in denen vorher wohl Senf oder Marmelade war. Susi hat noch nie in ihrem Leben Alkohol getrunken.
„Das deutsch Wodka, gutt, polnisch Wodka mehr gutt."

Marek holt ein kleines Kofferradio aus seinem Zimmer und stellt es an. Ewa und Kati wippen mit ihren Hüften zum Takt. Kati stellt ihre Tasse auf den Tisch und greift nach Susi. „Tanzen! Wir alle tanzen."
Susi tanzt. Sie tanzt gern. Es gibt wenig, was sie so gern macht. Susi bewegt ihren ganzen Körper und fühlt sich auf einmal unbeschreiblich gut. Sie lacht und lacht und kann nicht mehr aufhören zu lachen. Manfred legt seine Arme um ihre Schultern und zieht sie aus der Küche. „Wir müssen noch einkaufen. Ist dieser Kühlschrank für uns alle?"
Ewa scheint zu verstehen und nickt.

„Wir gehen jetzt an die frische Luft", bestimmt Manfred. „Du hast nämlich einen kleinen Schwips."
Sie gehen an einem kleinen Park vorbei und treffen schließlich auf die Hauptstraße. Dort entdeckt Susi einen kleinen Lebensmittelladen und geht hinein. Gleich in der Tür bleibt sie stehen.
„Riechst du das? Wie Weihnachten und Ostern zusammen", flüstert sie Manfred zu.
Zuerst sehen sie ein Regal voller Brot. Susi hätte sich im Leben nicht vorstellen können, dass es so viele verschiedene Brotsorten gibt. Helle, dunkle, fast schwarze, mit großen Körnern darin, verpackt als Laib oder nur in wenigen Scheiben.
„Welches sollen wir nehmen?"
Manfred zuckt mit der Schulter. Susi wählt ein Päckchen mit acht Scheiben einer dunklen

Sorte. Gleich gegenüber sind große flache Behälter voller Obst und Gemüse aufgebaut. Bananen! Äpfel, Birnen, Orangen, Gurken, Tomaten, Zwiebeln und vieles mehr. Alles sieht aus wie einzeln hineingelegt und vorher blank geputzt. Susi beobachtet eine Frau, die zwei Bananen von einer Staude abbricht, in einen kleinen durchsichtigen Beutel steckt, diesen verknotet und auf eine Waage legt. Aus der Waage kommt ein Zettel, den sie auf den Beutel klebt. Susi macht es der Frau nach.
Danach stehen sie vor dem Käseregal und fühlen sich völlig hilflos. Es sind weit mehr als hundert Sorten Käse, hübsch bunt verpackt. Eher wahllos nimmt Susi eine runde Schachtel *Camembert* aus dem Regal. Direkt neben dem Regal befindet sich die Käsetheke. Große angeschnittene Käseräder liegen sauber neben- und übereinander, alle mit kleinen Schildchen mit Namen und Preis. Vorn an der Glasscheibe präsentieren mehr als zehn weiße Keramikschalen verschiedene Sorten Frischkäse.
„Was darf es sein?", fragt freundlich die Verkäuferin.
Susi schüttelt ihren Kopf und geht weiter. Gleich daneben ist eine Wursttheke.
„Schau, Manfred! Hier gibt es alles. Einfach alles. Tausend Wurstsorten, sogar Schinken. Und hier liegen Wiener."
„Sie wünschen?"
„Hundert Gramm Leberwurst", bestellt Susi selbstsicher.
„Schwein oder Kalb? Frisch oder geräuchert?

Grobe oder feine? Hausmacher? Pfälzer? Pommersche?" Bei jedem Wort tippt die Verkäuferin mit einer langen Gabel auf eine andere Wurst. Susi schaut ratlos zu Manfred, der zuckt mit der Schulter. Beide kennen nur feine und grobe Leberwurst.

„Pommersche", bestimmt Susi. Für sie ist das ein Zeichen, weil ihr Vater aus Pommern stammt. Pommersche Leberwurst kennt sie trotzdem nicht. „Und hundert Gramm Salami, bitte."

„Pfeffersalami, italienische, Schwarzbier, Wildkräuter, Hirsch- oder Haussalami? Haussalami wäre gerade im Angebot."

„Nein, ich möchte die Pfeffersalami", wehrt Susi entsetzt ab. Sie weiß nicht, was es bedeutet, wenn die Wurst im *Angebot* ist.

„Und hundert Gramm Schinken, bitte."

„Roh oder gekocht? Serrano, Katen, Farmer, Parma?"

Susi schaut die Verkäuferin irritiert an und zeigt mit dem Finger auf den gekochten Schinken mit Fettrand.

Sie dreht sich zu Manfred um, der mit dem Einkaufskorb direkt hinter ihr steht und sagt: „Ich kann das nicht. Mir ist das jetzt alles zu viel und eigentlich ist mir zum Heulen zumute."

„Zum Heulen? Bei diesen unglaublich vollen Regalen?"

„Ich kenne keinen einzigen Artikel. Alles ist bunt. Sogar die Butter ist in lila oder goldenem Glanzpapier. Was soll ich denn nehmen?"

Susi ist erschöpft und würde sich am liebsten in eine ruhige Ecke verkriechen. Sie sucht mit den

Augen die Kasse und entdeckt auf dem Weg dorthin in den Regalen Toilettenartikel und greift eher wahllos nach den nötigsten Dingen.

Vor dem Geschäft lässt sich Susi auf eine Bank fallen. Manfred setzt sich neben sie und nimmt ihre Hand.

„Wir sind es nicht gewöhnt zu wählen", sagt sie. „Entweder, es gibt Käse oder es gibt keinen. Entweder, es gibt Brot oder es ist schon ausverkauft. Und die viele Wurst! Schinken liegt einfach so herum. Weißt du noch, in Berlin kannte ich eine Verkäuferin, die mir jeden Mittwoch hundert Gramm gekochten Schinken zurücklegte. Aber ich musste vier Stationen mit der S-Bahn bis zu diesem Fleischer fahren."

Auf dem Rückweg zum Wohnheim kommen sie an einem kleinen Geschäft mit Haushaltswaren vorbei und suchen sich Tassen, Teller, Schneidebrettchen, Besteck für drei Personen und einen kleinen Topf aus.

Zurück im Wohnheim stellen sie fest, dass sie zwar einen Topf haben, aber nichts, was sie darin kochen könnten. Makkaroni zum Beispiel, das war immer Susis Lieblingsessen. Und sie haben nichts zu trinken, weder Saft noch Bier oder Wasser.

„Ich gehe noch einmal los", bietet Manfred an.

„Nein!", schreit Susi und klammert sich an Manfreds Arm. „Ich ertrage es nicht, wenn du jetzt weggehst. Außerdem haben wir Brot, Wurst und Käse zum Essen, dazu kochen wir uns einen Kaffee."

Ewa zeigt ihnen, wie man die Kaffeemaschine bedient und muss ihnen mit Filtertüten aushelfen.

„Es lebt sich leichter in einer Mangelgesellschaft."
„Wie meinst du das?", fragt Manfred entsetzt.
„Wenn es keinen Käse gibt, dann kann ich eben keinen essen. Punkt. Hast du die vielen Käsesorten im Laden gesehen? Es waren mehr als hundert. Wie soll ich daraus wählen? Ich habe das Wählen nie gelernt. Mir scheint ein Leben im Überfluss weit schwieriger zu sein als eins im Mangel."
Manfred lacht, legt seinen Arm um Susi und küsst sie. „Dummchen. Das war heute unser erster Einkauf. Ich bin mir sicher, wir werden uns schnell an den Überfluss gewöhnen."
Susi nickt. „Wir haben ein Zimmer für uns ganz allein, das ist echter Luxus. In Hoheneck waren wir 18 Frauen in Dreistockbetten in der Zelle und hatten nur zwei Klos. Zum Glück mit Spülung. Bis vor zwei Jahren mussten sie auf Eimer gehen. Ich weiß nicht, ob ich das gekonnt hätte."
Manfred verzieht das Gesicht. „Es ist schon erstaunlich, was der Mensch so alles aushält, wenn er es muss." Seine Stimme ist sehr ernst. Dann strafft er sich und erzählt: „Wir waren zu zwölft und hatten ebenfalls Dreistockbetten, aber im Gegensatz zu euch sogar Tische und Stühle in der Zelle."
„Weißt du, was das Allerschönste ist?" Susi strahlt Manfred an. „Ich kann die Türen öffnen und auch schließen." Wie zum Beweis springt sie auf, reißt die Tür weit auf und schließt sie

wieder. Dann drückt sie mehrmals die Klinke auf und nieder und freut sich darüber wie ein kleines Kind.

Manfred ergänzt: „Und das Licht an- oder ausschalten. Wenn ich auf dem Klo sitze, kann ich hinter mir die Tür zusperren."

„Und keiner stößt dich von der Schüssel."

Manfred schaut wieder ernst. „Ich habe gehört, dass es bei den Frauen brutaler zugeht als bei den Männern."

„Brutal? Nicht, wenn man sich still verhielt und der Verwahrraumältesten und ihrer Freundin aus dem Weg ging."

„Verwahrraumälteste?"

„Der Häuptling sozusagen." Susi lacht, plötzlich fängt sie an zu weinen. Manfred nimmt sie in den Arm. „Du musst nicht darüber sprechen."

„Weißt du, die hatte ihre beiden Töchter getötet, zerstückelt und durch den Fleischwolf gedreht."

So eine Frau hatte das Kommando über 17 Gefangene, die zum großen Teil von der Sehnsucht nach ihren Kindern zerfressen wurden und oft gar nicht wussten, wo ihre Kinder lebten und ob es ihnen gut ging.

„Mörder gab es bei uns auch, aber so ein Kerl, der Kindern etwas antut, hätte bei uns keine Ruhe gehabt und schon gar nicht das Kommando."

„Sie hat nur 20 Jahre bekommen. Ich hätte sie in Frankfurt erschießen lassen."

„Frankfurt? Bei uns kam einer nach Leipzig zum Erschießen. Einer aus meiner Zelle hat die Todesstrafe und wartet seit sieben Jahren auf sein Ende. Seine Familie weiß gar nicht, dass

er noch lebt."
Susi schaut Manfred entsetzt an. Dann nimmt sie den Faden von vorhin wieder auf: „Wie gesagt, wenn man sich still verhielt und keine Widerworte hatte, war es auszuhalten."
„Du konntest Widerspruch hinunterschlucken?", wundert sich Manfred. Er kennt Susis heftiges Temperament und weiß, dass sie redet ohne nachzudenken und sich damit sehr oft in Schwierigkeiten brachte.
„Ich musste nichts hinunterschlucken, denn ich habe in mir gar keinen Widerstand gespürt. Eigentlich habe ich gar nichts gespürt, einfach funktioniert wie ein Automat. Das Nachdenken über Dinge, die man nicht ändern kann, bringt nichts. Ich wäre wohl sonst verrückt geworden in diesem Umfeld und aus Sorge um die Kinder." Susi seufzt. Dann strafft sie sich und fasst zusammen: „Nach einer Ohrfeige weiß man, was man falsch gemacht hat und tut gut daran, diesen Fehler nicht zu wiederholen."

Am Abend bummeln Susi und Manfred durch die Straßen. Als sie von der Hauptstraße abzweigen, sehen sie etwas glitzern und laufen darauf zu. Es ist ein breiter Fluss, der Main, der fast träge durch die Wiesen fließt. Susi bleibt wie gebannt stehen und schaut aufs Wasser. Zwei kleine Boote schaukeln vorbei und am Rand schwimmt eine Gruppe Schwäne.
Sie spazieren in Flussrichtung und hören plötzlich Musik, Reggae-Musik. Manfred beschleunigt seinen Schritt, während Susi versucht, langsamer zu gehen. Sie weiß aus

Berichten im DDR-Fernsehen, dass es im Westen ständig Überfälle gibt. Hier herrscht nicht so eine Ordnung wie im Osten. Susi möchte kein Risiko eingehen, sondern lieber zurück ins Wohnheim. Außerdem wird es bald dunkel und das ist ihr unheimlich.
Der Fluss ist nicht mehr zu hören, er wird von den Klängen der Musik übertönt. Plötzlich stehen sie mitten in einer Gruppe junger Leute, die laut schwatzend mit einem Bier in der Hand herumstehen oder einfach am Wegesrand sitzen. Einige tanzen mitten auf dem Weg. Susi strahlt und vergisst ihre Angst. Manfred geht näher heran, er will die Musiker sehen. Drei Gitarren, eine davon Bass und drei Bläser, zwei Trompeten und eine Posaune. Und viele Trommeln. Der Bass macht einen Höllenlärm und ist so etwas wie das Gegengewicht zu den anderen Instrumenten, die eher nur Rhythmus statt einer Melodie spielen. Die Trommeln verbinden das Ganze. Jetzt singt ein Bursche. Er hat eine recht hohe Stimme und seine Haare hängen in wuscheligen Locken bis über die Schulter und bedecken sogar einen Teil seines Gesichts. Susi wiegt sich im Takt und stubst Manfred an. Sie will tanzen, aber er merkt das nicht, so gebannt ist er von der Musik. Kein Mensch verlangt Eintrittsgeld von ihnen.
„Wollt ihr Bier?", fragt ein Mädchen. Susi schüttelt den Kopf.
„Gern", antwortet Manfred.
Das Mädchen reicht Manfred eine bereits geöffnete Flasche Bier. „65 Pfennig."
Es ist längst Nacht geworden, als sich Susi und

Manfred auf den Heimweg machen. Sie haben gut drei Stunden mit den fremden jungen Leuten gequatscht, getanzt und Bier getrunken. Nie im Leben hätten sie geglaubt, dass es hier so entspannt und friedlich zugeht. Das waren sie von Freiberg, Dresden oder Berlin nicht gewöhnt. Am meisten wundern sie sich, dass keine Polizei kam, um die jungen Leute auseinander zu treiben.

Am nächsten Morgen nehmen sich Susi und Manfred ihren Laufzettel vor. Sie gehen am Main entlang bis in die Innenstadt von Offenbach. Dort lassen sie Passfotos anfertigen, beantragen ihre Personalausweise, sprechen im Sozialamt, Arbeitsamt, Schulamt und im Flüchtlingsamt vor. Fast überall erhalten sie einen ganzen Stapel Formulare, die sie ausfüllen und in den nächsten Tagen mitsamt diverser Nachweise persönlich abgeben sollen. Erst am späten Nachmittag verlassen sie die letzte Amtsstube. Wann und auf welchem Weg ihre Kinder übersiedeln, erfahren sie nicht.
Auf dem Rückweg ins Wohnheim nehmen sie sich Zeit und schauen sich ein wenig in der Stadt um. Sie gehen in ein Kaufhaus und suchen zuerst die Abteilung mit den Kindersachen auf. Susi ist überwältigt von den unzählig vielen Pullis und Hosen, sogar Jeans sind dabei. Es gibt Kinderkleidung in allen erdenklichen leuchtenden Farben und Mustern, zum Teil mit lustigen Tiermotiven darauf. Susi springt begeistert von einem Stand zum nächsten. Sie kann sich einfach nicht

entscheiden, was ihren Kindern wohl am besten gefallen würde. Schließlich wählt sie einfarbige Baumwollshirts und Pullis aus kuschelweichem Nickistoff, der sich wie Samt anfühlt. So etwas hatte sie noch nie zuvor in ihren Händen. Für alles zusammen bezahlt sie nicht einmal dreißig Mark. In Berlin hätte all das ein Vermögen gekostet, falls es jemals zu bekommen gewesen wäre.
Für sich selbst kauft Susi eine grüne Sommerbluse, Manfred sucht sich einen dünnen blauen Pulli aus.

Im Wohnheim liegt ein Paket auf ihrem Tisch. Absender: Petersen aus Westerland.
„Das muss Vatis Schwester sein. Meine Tante!" Susis Vater hat sechs Schwestern. Drei davon leben im Osten und drei im Westen Deutschlands. Susi kennt nur ihre drei Tanten aus dem Osten. Sie greift nach dem Paket und will das Packpapier aufreißen, aber Manfred hält sie zurück. „Sei vorsichtig! Wir können die Schnur und das Papier für das Paket an die Kinder verwenden."
Susi nickt. Daran hat sie in der Aufregung gar nicht gedacht. Im Paket sind Kaffee, Käse, eine Wurst, Kekse, Schokolade, je zwei T-Shirts für Susi und Manfred und ein Brief.
Liebe Susi, lieber Manfred – wir heißen Euch sehr herzlich in Deutschland willkommen und hoffen, dass es Euch gut geht. Solltet Ihr etwas brauchen, ruft uns einfach an. Viele liebe Grüße von Tante Trautchen.
„Das ist aber lieb!", ruft Susi begeistert aus.

„Ich kenne deine Tante gar nicht."
„Ich eigentlich auch nicht", entgegnet Susi. „Alles, was ich über sie weiß, weiß ich von meiner Oma. Tante Trautchen wohnt auf der Insel Sylt mitten in der Nordsee. Ich habe sie und ihre Familie nur auf Fotos gesehen, die mir meine Oma gezeigt hat."
„Und woher kennt sie unsere Adresse?"
Susi zuckt mit der Schulter. „Keine Ahnung."
Plötzlich fällt ihr das Gespräch im Chemnitzer Transport-Gefängnis ein. „Der Vernehmer wollte wissen, ob ich nach der Entlassung zu Frau Petersen gehe. Er sagte, sie stünde in meinen Akten als Kontaktperson. Ich habe lange darüber nachgedacht, konnte mir das aber nicht erklären."
Susi verpackt die eben gekauften Sachen für die Kinder im ausgeleerten Paket von der Tante, adressiert es und bringt es zusammen mit Manfred zur Post. Dort kann sie mit der Tante telefonieren. Das ist ganz einfach. Es gibt für jede große Stadt und deren Umgebung ein extra Buch, in dem alphabetisch alle Leute, die ein Telefon besitzen, aufgeführt sind. Außerdem gibt es eine Liste mit Vorwahlnummern. Offenbar ist diese Vorwahlnummer immer gleich, man kann sie von Offenbach aus genauso verwenden wie zum Beispiel von Hamburg oder München. Das war in der DDR anders. Von jedem Ort aus gab es andere Vorwahlnummern, die nicht offiziell bekannt gegeben wurden. Man musste jedes Ferngespräch anmelden und sich verbinden lassen.

Susi bedankt sich bei Tante Trautchen für die vielen schönen Sachen.
„Woher weißt du, wo wir sind?"
„Dein Anwalt hat uns informiert, dass ihr aus dem Gefängnis entlassen seid. Die genaue Adresse haben wir vom Notaufnahmelager."
Susi ist derart überrascht, dass ihr keine der vielen Fragen einfällt, die sie der Tante unbedingt stellen wollte.
„Telefonieren ist teuer. Das erklärt dir alles Lore, wenn sie euch besucht", beendet Trautchen das Gespräch.
„Lore will uns besuchen", berichtet Susi.
„Wer ist das denn?", will Manfred wissen.
„Auch eine Schwester meines Vaters. Du weißt ja, dass er elf Geschwister hat. Vier davon leben im Westen."
„Und wo lebt Lore?"
„Ich glaube, an der Ostsee. Ich kann sie nicht einmal anrufen, weil ich ihren Nachnamen nicht kenne."
Susis Vater pflegte keinen Kontakt zu seinen Geschwistern im Westen. So ein Kontakt war nicht gern gesehen und er wollte im Betrieb keine Schwierigkeiten. Zum 75. Geburtstag seiner Mutter sah er alle elf Geschwister wieder. Die meisten hatten ihre Partner und Kinder mitgebracht. Alle zusammen feierten ein großes Fest im Gemeindesaal. Dieser Gemeindesaal war der erste Ort, wo die große Familie nach ihrer Vertreibung aus Pommern bleiben durfte. Im Dorf fanden sie Ruhe, eine Wohnung und ein neues Leben. Die Oma und fünf ihrer Kinder wie auch Susis Eltern wohnen

noch heute mit ihren Familien in diesem Dorf bei Freiberg in Sachsen.
Auch Susi war mit ihrer Familie bei diesem großen Fest dabei. Allerdings hatte sie nur Augen für ihre kleine Tochter Anett, die kurz vorher aus der Leipziger Kinderklinik entlassen worden war, wo sie ihre ersten zehn Lebensmonate verbringen musste. Susi war nervös, da ihr Baby kaum mehr als sechs Kilogramm wog und sie immer in Angst lebte, ihrem Kind könnte etwas schlimmes passieren. Deshalb kümmerte sie sich nicht um Omas viele Kinder und Enkel, sondern verließ mit ihrem kranken Baby im Arm die Feier recht bald.
Und nun kann sie sich nicht einmal mehr an den Familiennamen von ihrer Tante Lore erinnern.

Einige Tage später liegen zwei Telegramme auf dem Tisch. Susi reißt das erstbeste hektisch auf. *Wir besuchen Euch Dienstag 28. Juli Lore.*
„Das ist ja morgen!", ruft sie aus.
Manfred liest laut das zweite Telegramm. *„Bin morgen zehn Uhr in Offenbach. Uwe."*
„Mein Bruder ist frei!", jubelt Susi.
Uwe war vor einem Jahr zusammen mit Susi und Manfred verhaftet worden, als sie gemeinsam mit den Kindern die grüne Grenze zwischen Bulgarien und Jugoslawien übertreten wollten. Und nun ist er zwei Wochen später als Susi und Manfred freigekauft worden und bald wieder mit ihnen zusammen.
Manfred geht zu Fuß zum Bahnhof, um Uwe

abzuholen, während Susi auf Tante Lore wartet. Lore stürmt durch die Tür, greift nach Susi und umarmt sie herzlich.
„Ich freue mich so. Wie geht es dir? Erzähle!"
„Du erdrückst das Mädchen noch", ertönt eine tiefe freundliche Stimme. Ein großer stattlicher Mann schiebt Lore zur Seite. „Lass mich erst einmal *Guten Tag* sagen. Ich bin der Julius, Lores Mann."
„Setzt euch!", fordert Susi ihren Besuch auf. Sie hatte die beiden Stühle aus der Küche ins Zimmer geholt. Ewa kommt mit Tassen und einer Kanne Kaffee herein. Sie stellt alles auf den kleinen Tisch und verschwindet schnell wieder.
„Manfred holt Uwe vom Bahnhof ab. Die beiden müssen jeden Moment hier sein."
„Dein Bruder ist ebenfalls frei?"
Susi nickt und strahlt dabei übers ganze Gesicht. Sie erzählt vom Telegramm, von den vielen Amtswegen und der unbeschreiblich großen Sehnsucht nach den Kindern. „Ich vermisse die Kinder. Meine Eltern kümmern sich um sie, ich muss mir keine Sorgen machen, doch ich vermisse sie." Dann strafft sie sich. Nicht nur ihre Körperhaltung, auch ihre Stimme ändert sich, als Susi weiterspricht. „Eine Anwaltskanzlei Stange hat uns informiert, dass wir in etwa drei Monaten unsere Kinder wieder bei uns haben. Wahrscheinlich wird sie meine Mutter herbringen", berichtet Susi. „Bis dahin müssen wir eine Arbeit gefunden haben."
„Nehmt euch Zeit!", mahnt Julius. „Vergleicht und überdenkt alle Möglichkeiten gründlich!

Sucht eine gute Arbeit und eine passende Wohnung! Mit der Wohnung kann ich helfen. Wir haben in Kiel eine für euch vorbereitet, die für den Anfang passt."
„Oh, das wussten wir nicht." Nie im Leben wäre Susi auf den Gedanken gekommen, dass ihnen ihre Verwandten im Westen, die sie gar nicht kennt, so viel Hilfe anbieten. Dann schüttelt sie entschieden den Kopf. „Nein, das ist ganz lieb gemeint von euch. Doch wir bleiben hier in Hessen. Dazu hat uns der Beamte der Erstaufnahme geraten und wir haben schon unzählige Amtswege hinter uns. Außerdem ist es wohl besser, wenn wir uns selbst bemühen."
Julius nickt.
„Aber ihr kommt uns alle besuchen!", bestimmt Lore. „Bei uns könnt ihr euch erholen, so lange ihr wollt."
Susi fällt ihrer Tante um den Hals, die bestürzt abwehrt.

Susi hört Männerstimmen im Hausflur und flitzt aufgeregt zur Tür. Wie erwartet steht sie ihrem Bruder gegenüber, den sie zuletzt im April gesehen hatte.
Damals wurde sie mit neunzehn Frauen vom Gefängnis Hoheneck zur Strafanstalt Brandenburg gefahren. Das ist ein Zuchthaus für Langstrafer, die alle eine Mindeststrafe von fünf Jahren bis lebenslänglich haben oder politische Gefangene wie Manfred und Uwe waren. Dort durfte Susi wie die anderen Frauen ihre Ehemänner besuchen. Während der Fahrt nach Brandenburg hockte sie auf einem harten

Brett, das an den Seiten des geschlossenen LKW festgemacht war. Zum Glück saß sie nicht im hinteren Teil, wo die Frauen übel durchgeschüttelt wurden und kaum Luft bekamen. Zu Susis großer Freude sah sie durch einen winzigen Spalt die Landschaft vorbeihuschen, aber leider auch die riesig hohen Mauern um das Brandenburger Zuchthausgelände. Sie kamen Susi noch höher und grauenhafter vor als die um das Frauengefängnis Hoheneck. Es dauerte lange, bis der LKW die Schleuse passiert hatte und die Frauen aussteigen durften.

Dann endlich saß Susi ihrem Mann gegenüber, durfte ihn nicht berühren und kein Wort über die Straftat und die Anstalt verlieren. Ein Aufseher überwachte von einem Podest aus das Geschehen. Ein weiterer Wärter lief im Gang zwischen den Tischen umher, um die Gespräche zu kontrollieren. Nach einer halben Stunde musste Manfred gehen. Susi schaute auf den leeren Platz, wo vorher Manfred gesessen hatte. Plötzlich schob sich ein anderer Mann in Häftlingskleidung auf diesen Stuhl. Es war ihr Bruder Uwe.

Und jetzt steht Uwe wieder vor ihr. Susi klammert sich an seine Schultern und küsst sein Gesicht immer wieder ab. Glücklich zieht sie Uwe ins Zimmer, damit er Lore und Julius begrüßen kann.

In dem kleinen Raum ist es viel zu eng für die fünf Personen. Also spazieren sie zusammen zur *Bürgerstubb*, wo Julius zu einem fürstlichen Mittagessen einlädt. Anschließend bittet er alle,

in sein Auto zu steigen. In so einem großen Auto hat Susi noch nie gesessen. Auch die Männer haben leuchtende Augen, als sie neben Susi auf dem riesig breiten Rücksitz des Mercedes Platz nehmen. Sie fahren unglaublich bequem und leider kaum länger als zwanzig Minuten bis zu einem wunderschönen Kurpark bei Hanau. Dort bummeln sie durch gepflegte Anlagen mit vielen Blumenrabatten und ruhen sich schließlich auf einer Bank aus. Lore reicht Susi ein Blatt Papier.
„Diesen Brief bekam Trautchen eines Tages von einem Anwalt."
Sehr geehrter Herr Petersen. Wir bemühen uns im Auftrage der Bundesregierung um politische Häftlinge in der DDR. Im Rahmen dieses Mandats erfuhren wir von der Verhaftung Ihrer Nichte Susanne Herzog und Ihrer Neffen Manfred Herzog und Uwe Schmidt. Es eröffnen sich Möglichkeiten der Hilfe. Wir sind gern bereit, Ihnen nähere Einzelheiten mitzuteilen, bitten Sie jedoch, zunächst Ihr Interesse zu bekunden.
Erschrocken schaut Susi auf. Ihr ist es furchtbar peinlich, dass ihre unbekannte Verwandtschaft um Hilfe gebeten wurde. Dann liest sie weiter. *Kosten oder Verpflichtungen anderer Art entstünden Ihnen nicht.*
„Du lieber Himmel! Ich hatte schon Angst, dass ihr für uns bezahlen musstet."
„Aber nein, Mädchen", beruhigt sie Lore.
Julius ergänzt: „Das hätten wir auf jeden Fall getan, wenn es nötig gewesen wäre und geholfen hätte, euch da rauszuholen."

„Seid ihr eigentlich schon krankenversichert?", will Lore wissen.
Uwe zuckt mit der Schulter. Susi nickt, obwohl sie nicht ganz sicher ist, was das bedeutet.
„Ihr müsst euch unbedingt gründlich untersuchen lassen!", bestimmt Lore. „Man weiß ja nie, was ihr euch im Gefängnis für Krankheiten zugezogen habt."
„Keine Sorge, wir wurden sofort nach unserer Ankunft in Gießen untersucht. Auch hier in Offenbach haben wir schon Termine beim Zahnarzt, praktischen Arzt und ich beim Frauenarzt."
„Nutzt unbedingt den Schlussverkauf!", rät Lore.
„Schlussverkauf? Was ist das?", wundert sich Susi.
„Da wird die Saisonware billiger verkauft und ihr könnt euch günstig einkleiden." Dann fällt ihr noch etwas ein. „Susi, du musst im Supermarkt auf Angebote achten. Damit kannst du viel Geld sparen."
„Aber ist das nicht minderwertige Ware, Wurst, die schon nicht mehr gut ist?"
„Aber nein, Mädchen. Damit lockt man die Kunden ins Geschäft. Meist gilt das Angebot nur für eine kurze Zeit. Diese Woche gibt es vielleicht Salami günstiger und in der nächsten Woche Kochschinken. Das solltest du unbedingt nutzen."
Susi nickt und denkt an ihren allerersten Einkauf, als die Salami im Angebot war und sie aus Unwissenheit keine kaufte.
Zum Abschluss des Tages gibt es ein üppiges

Abendessen im Offenbacher *Ratskeller.*
„Wir übernachten dort drüben in dem Hotel."
Lore weist mit dem Arm auf das große Haus gegenüber.
Am nächsten Morgen drückt Julius jedem hundert Mark in die Hand. Susi ist ganz verlegen und weiß nicht, wie sie sich bedanken soll.
„Vergesst nicht, bei uns Urlaub zu machen!", ruft Lore beim Abschied.

Susi und Manfred begleiten Uwe zu den vielen Ämtern. Das spart Zeit, denn sie wissen, für welche Anträge Fotos, Lebensläufe und sonstige Nachweise nötig sind. Susi und Manfred können endlich ihre Personalausweise abholen und damit ein Konto bei der Sparkasse eröffnen.
Auf dem Arbeitsamt zahlt man Manfred 270 Mark aus und notiert seine Kontonummer.
„Bekomme ich nun eine Zuweisung für einen Arbeitsplatz?", will Manfred wissen.
„Eine was?"
„Eine Arbeitsstelle."
„Darum müssen Sie sich schon selbst kümmern", antwortet schroff die Beamtin. „Es ist Ihre Aufgabe, sich zu bewerben. Es gibt Zeitungsanzeigen, Aushänge an den Firmen; bewerben Sie sich, wo Sie wollen."
Manfred nickt. Ihm war nicht klar, dass er sich selbst umsehen darf, dass er die freie Wahl hat und nicht nehmen muss, was man ihm vorschreibt.
„Und was ist mit mir?", will Susi wissen.

„Sie haben zwei Kinder. Das heißt, Sie können gar nicht arbeiten und stehen dem Arbeitsmarkt nicht zur Verfügung. Deshalb steht Ihnen kein Arbeitslosengeld zu."
„Meine Kinder leben zur Zeit in der DDR und ich weiß nicht, wie lange sie noch dort bleiben müssen."
Wortlos steht die Frau auf und geht aus dem Zimmer.
„Heißt das, wir sollen gehen?", fragt Susi unsicher.
„Wir bleiben einfach sitzen und warten", bestimmt Manfred.
Nach einer reichlichen halben Stunde kommt die Frau zurück. Sie zahlt Susi fünfundsechzig Mark aus.
„Wir werden Ihren Antrag bearbeiten. Sie dürfen die Stadt nicht verlassen, falls wir Sie herbestellen müssen."
„Wir haben eine Einladung von meiner Tante. Sie möchte, dass wir uns bei ihr an der Ostsee ein paar Wochen erholen."
„Dann müssen Sie Urlaub beantragen, die Formulare liegen im Wartebereich aus." Die Frau wendet sich ihren Papieren zu, Susi und Manfred sind entlassen.

Susi, Manfred und Uwe fahren mit der Straßenbahn nach Frankfurt. Die Bahn gleitet fast lautlos über die Schienen, es gibt kein Rütteln und Quietschen wie bei der Straßenbahn in Ost-Berlin oder gar Dresden. Völlig beeindruckt von den unzähligen Geschäften, Kaufhäusern, Cafés und

Restaurants bummeln sie durch die Zeil, einer riesigen Einkaufsstraße nur für Fußgänger. *SSV* steht in dicken großen Buchstaben in den Schaufenstern. Susi braucht eine Weile, bis ihr aufgeht, dass SSV Sommerschlussverkauf bedeutet. In manchen Läden steht *Sale.*
„Das ist Englisch und heißt Verkauf", erklärt Manfred.
„Vielleicht sind das englische Geschäfte", vermutet Susi. Später finden sie heraus, dass *Sale* ebenso wie *SSV* für preislich herabgesetzte Ware verwendet wird. So etwas kennt Susi nicht. Sie wundert sich, dass diese Sonderangebote keine kaputte oder verfärbte Ware betreffen, sondern ausschließlich die aktuelle Sommermode.
Susi findet zwei schöne Blusen und die Männer erstehen luftige kurzärmelige Hemden. Außerdem ergattern sie mehrere bunte Pullis für die Kinder.
Schwer bepackt suchen sie den Weg zum Bahnhof, um von dort zurück nach Offenbach zu fahren. Sie gehen an der Hauptwache vorbei, schlendern über den Rossmarkt und die Kaiserstraße entlang.
„Komm rein!", fordert ein Mann Manfred auf und weist mit einem Arm auf eine blinkende Leuchtschrift. *Peepshow.* „Zeig deiner Frau, wie man das macht!"
Susi dreht sich zu Manfred um. „Was heißt das?"
„Ich weiß nicht, irgendwas mit neugierig und Ausstellung."
„Kommen herein! Alle.", schreit ein anderer

Mann. „Hier fallen alle Hüllen."
„Das ist ein Puff!", ruft Uwe erstaunt aus. „Ich fasse es nicht, die ganze Straße ist ein einziger Puff!"
„Du spinnst", tadelt Susi.
„Mach die Augen auf! Hier steht Sexshop, da auch und überall Bilder von nackten Weibern."
Susi zweigt schnell in eine Nebenstraße ab, ihr sind die anzüglichen Fotos furchtbar peinlich. Dort ist es allerdings noch schlimmer, die Bilder eindeutiger. Sie stolpert zurück auf die Hauptstraße und steuert auf eine Unterführung zu. Auf deren Treppen liegen Abfälle und dazwischen Spritzen aus Plastik herum. Später erfährt sie, dass dies zum Einspritzen von Drogen benutzt wird.

Den gesamten Monat August verbringen Susi und Manfred bei Lore und Julius an der Ostsee und bei Trautchen auf der Insel Sylt. Die Söhne von Lore und die Töchter von Trautchen tun alles, damit sich die beiden erholen und wohl fühlen. Sie zeigen ihnen die Umgebung, fahren mit ihnen per Schiff nach Dänemark und Norwegen, nehmen sie mit auf Dorffeste und verwöhnen sie mit den leckersten Speisen. Uwe bleibt im Wohnheim, um keine Nachricht von den Kindern und dem Anwalt zu verpassen.
„Heute Abend gehen wir in die Disco", verkündet Kay.
Susi freut sich. Den Begriff Disco kennt sie schon. Daheim in Freiberg spielten immer richtige Kapellen zum Tanz auf, später wurden während der Spielpausen Platten aufgelegt. So

konnten die Leute den ganzen Abend über tanzen. Es stört Susi nicht, dass es im Westen nur Musik von der Platte gibt, sie freut sich aufs Tanzen.
Zum Abendessen sitzt sie in ihrem neuen kurzen Kleid am Tisch, Manfred trägt ein kurzärmeliges Hemd zur Popelinehose. Susi hat sich etwas kräftiger geschminkt als im Alltag. Sie will heute besonders hübsch sein. Kay geht nach dem Essen hinauf in sein Zimmer. Susi hört, dass er den Fernseher angeschaltet hat. Enttäuscht setzt sie sich raus auf die Terrasse.
„Kay scheint keine Lust auf Disco zu haben. Er ist oben in seinem Zimmer."
„Da gehen wir eben allein."
„Aber wir wissen doch nicht, wo die Disco ist. Vielleicht müssen wir erst mit dem Auto fahren. Und ein Auto haben wir nicht."
Susi und Manfred bummeln durch den Ort. Gegen 22 Uhr wünschen sie allen eine gute Nacht. Kay kommt aus dem Bad. „Na, seid ihr bereit für die Disco? Oder wollen wir noch ein Stündchen warten?"
„Jetzt noch in die Disco? Macht die nicht um Mitternacht zu?"
„Da geht es erst richtig los. Jetzt um diese Zeit ist noch kein Mensch da."
Überrascht schauen sich Susi und Manfred an, sind aber sofort bereit, mitzufahren. Susi hatte einen Tanzsaal erwartet wie sie es von daheim kennt. Doch die Disco ist eher eine Bar. Schummriges Licht, Sessel an den Wänden, eine riesige Theke, die weit in den Raum hinein

reicht und keine vierzig Quadratmeter Tanzfläche. Kay lehnt sich an eine Säule und beobachtet die Mädchen. Einigen winkt er zu, andere küsst er auf die Wange. Susi fällt auf, dass die Leute nicht paarweise tanzen. Fast jeder bewegt sich für sich allein. Das gefällt ihr nicht. Sie tanzt lieber mit Manfred und freut sich über den wunderschönen Abend.

Als Uwe Ende September von seinem Urlaub bei Lore zurück kommt, fährt er in einem riesigen grünen Auto vor.
Susi und Manfred entdeckten dieses Fahrzeug vor einem Monat in Julius´ Garage. So ein seltsam geschwungenes langes Fahrzeug hatten sie vorher noch niemals auf den Straßen gesehen.
„Das ist ein Citroen DS23, ein Franzose. Die Franzosen sagen nicht DeEss, sondern Déesse. Das heißt Königin", erklärte damals Julius. „Aber in manchen Ländern nennt man diese ungewöhnliche Luxuskarosse Haifisch, weil sie von vorn einem geöffnetem Haifischmaul ähnelt. In Holland sagen sie Frosch."
„Frosch würde passen", lachte Susi. „Weil das Auto ganz und gar grün ist."
„Meine Jungs wollen neue moderne Fahrzeuge, nicht so ein altes von 1973."
„1973?" Susi klatschte begeistert in ihre Hände. „André´s Geburtsjahr. Das ist ein Zeichen."
„Was für ein Zeichen?", wunderte sich Julius.
„Susi sieht überall Zeichen. Da das Auto und unser Sohn das gleiche Geburtsjahr haben,

glaubt Susi, es stünde allein für uns in deiner Garage."
„Ja, wir müssen es unbedingt kaufen", bekräftige Susi. „Geht das?"
Und jetzt steht Uwe tatsächlich mit dem riesigen Citroen vor ihnen. „Und? Was sagt ihr zu unserer Königin?"
„Sehr majestätisch", lacht Susi.
Sie setzt sich auf den Rücksitz und sinkt tief in die weichen grasgrünen Polster ein. Die Armlehne in der Mitte ist so breit wie ein eigener Sitz.
„Beim Lenken schwenken die Scheinwerfer mit. Ist das nicht irre?" Uwe ist begeistert. „Man fährt wie in einem Schiff, es schaukelt so sanft."
„Wir haben ein fahrendes Schaukelschiff", jubelt Susi.
„Julius will nur 1.500 Mark für das Auto, das wären 500 Mark für jeden von uns. Er sagt, wir können uns mit der Bezahlung Zeit lassen."
Sie beschließen, sämtliche Kosten für die neue Familienkutsche zu teilen: Benzin, Versicherung, eventuelle Reparaturen.
Am nächsten Tag melden Manfred und Uwe das Auto in der Zulassungsstelle an. Eingetragen ist es auf Uwe, der als einziger einen Führerschein besitzt. Susi bucht inzwischen für sich und Manfred einen Fahrschulkurs.

Das neue Nummernschild ist kaum festgeschraubt, da starten die drei überaus stolzen Autobesitzer zu einer großen Tour in den Süden. Sie besuchen zuerst ihre

Verwandten in Bayern. Dort haben sie Mühe, deren Dialekt zu verstehen. Außerdem sprechen der Onkel, seine Frau und die drei Töchter derart laut, dass Susi immer zusammenzuckt und glaubt, es gäbe bösen Streit in der Familie. Doch sie merkt schnell, dass die Bayern zwar einen derben Umgangston pflegen, aber ausgesprochen herzlich sind.

Am nächsten Morgen fahren sie über die Hochschwarzwaldstraße bis an den Bodensee. Dort wohnen Dieter und Gitti, die sie aus ihrer Haftzeit kennen. Gitti saß mit Susi im Gefängnis Hoheneck und Dieter wie Manfred und Uwe in Brandenburg.

„Habt ihr Nachricht von eurem Sohn?", erkundigt sich Susi besorgt. Sie erinnert sich noch sehr genau an diese entsetzliche Geschichte von Kindesentzug, wovon ihr heute noch ganz elend zumute wird: Eines Tages wollte Gitti wie immer nach ihrer Schicht ihr Baby aus der Wochenkrippe abholen, aber der Junge war nicht mehr da. Man sagte ihr, man könne ihr das Kind nicht überlassen, weil sie nicht in der Lage sei, es im Sinne der sozialistischen Gesellschaft zu erziehen. Gitti und Dieter waren damals nicht verheiratet und Gitti lebte noch bei ihren Eltern. Sie hatten sehr viele Wohnungsanträge gestellt und irgendwann aus reinem Frust einen Ausreiseantrag in die BRD nachgeschoben. Daraufhin wurde ihr bereits bestätigter Hochzeitstermin gestrichen und es gab fast täglich neuen Ärger. Gitti durfte nicht mehr in

der Tagesschicht, sondern musste ab sofort *rollende Woche* arbeiten, das Baby kam in die Wochenkrippe. Dieter wurde prinzipiell in die Gegenschichten eingeteilt, so dass sich die jungen Leute kaum sehen konnten. Er durfte sein eigenes Kind nicht aus der Krippe abholen, da er nicht mit der Kindsmutter verheiratet war.
„Nein", antwortet Dieter. „Wir wissen nicht, ob er in einem Heim ist oder längst zwangsadoptiert." Gitti schüttelt nur leicht mit ihrem Kopf. Susi merkt ihr an, dass sie längst resigniert hat und kann ihre Tränen nicht mehr zurückhalten. So vollkommen hilflos zu sein findet sie unerträglich.
Susi hatte in Hoheneck außer Gitti noch mehr Frauen kennengelernt, denen man einfach die Kinder weggenommen hatte. Der einen aus politischen Gründen, der nächsten aus moralischen, weil sie zum Beispiel unerlaubt der Arbeit fernblieb. Das galt als asozial. Susi hat erst im Gefängnis erfahren, wie unmenschlich hart mit Andersdenkenden umgesprungen wird. Seitdem wollte sie nur noch diesem totalitären System entkommen und dachte sich, dass man wohl alles erträgt, wenn man ein festes Ziel vor Augen hat. Irgendwo hatte sie gelesen: *Wer ein Was hat erträgt fast jedes Wie.*
„Und eure Eltern?", fragt Susi zaghaft.
„Die haben mit uns gebrochen. Sie geben uns die Schuld daran und nicht dem Staat DDR."
„Das ist ja furchtbar! So hilft euch also kein einziger Mensch?"
Gitti zuckt mit der Schulter. „Hier gibt es so eine

Organisation, die sich bemüht, etwas über die zwangsadoptierten Kinder herauszufinden. Aber das scheint ganz unmöglich zu sein."
Eine ganze Weile bleibt es still. Keiner weiß, was er jetzt noch sagen kann. Schließlich fragt Gitti, ob Susi und Manfred Kontakt zu ihren Kindern haben. Susi erzählt, dass sich ihre Eltern rührend um André und Anett kümmern, dass häufig Briefe hin und her gehen und es allen gut geht. Allerdings wisse niemand, wann die Kinder zu ihnen übersiedeln dürfen. Der Bundesminister für Innerdeutsche Beziehungen habe sie noch um Geduld gebeten. Von bundesdeutscher Seite aus seien alle Papiere und Meldungen erfolgt.
„Immerhin sind wir jetzt frei", schließt Susi ihren Bericht.
„Das stimmt, aber vielleicht geht alle Freiheit immer auf Kosten von jemand anderem", beendet Dieter das Gespräch, woraufhin alle schweigend ihren Gedanken nachhängen.

Susi, Manfred und Uwe treffen sich mit anderen ehemaligen politischen Häftlingen. Doch sie merken schnell, dass es bei diesen Treffen nur um die Vergangenheit geht.
„Wir wurden ausgebeutet und mussten sogar im Knast für diesen Verbrecherstaat schuften", schimpft ein Mann.
„So ganz stimmt das nicht", erwidert Susi. „Immerhin wurde unsere Arbeit bezahlt und das Geld an unsere Kinder überwiesen."
„Arbeit nennst du diese unmenschliche Schinderei?", empört sich jemand.

„Es war hart, das stimmt, zumal ich keine Arbeit in der Produktion gewöhnt war."
„Wer die Norm nicht schaffte, der bekam weder Geld für Kaffee noch einen Paketschein", fällt einer Frau ein.
Susi zuckt mit der Schulter. „Mich hat das nie aufgeregt, ich hätte es sowieso nicht ändern können. Und heute ist es zum Glück Vergangenheit. Heute habe ich eher mit der Gegenwart zu kämpfen. Alles ist neu und völlig anders."
„Bist du nicht voller Hass auf all das, was man dir angetan hat?", will ein Mann wissen.
Susi schüttelt ihren Kopf. „Hass? Hätte ich nicht unerlaubt die Grenze übertreten wollen, wäre ich nicht im Gefängnis gelandet. Ich kannte schließlich die Gesetze. Außerdem habe ich nirgendwo so viel über die Menschen gelernt wie im Knast. Erst dort habe ich endgültig begriffen, wie richtig unser Entschluss war, dieses Land zu verlassen. Und nun bin ich frei und wäre dumm, mir mit Hass mein neues Leben zu verderben."
„Bist du wirklich so blöd, derartigen Unsinn zu reden? Denk an eure Kinder, die immer noch im Osten zurückgehalten werden!"
„Alles wird sich finden und regeln", beruhigt Manfred die erhitzten Gemüter. „Ich mache mir keine Sorgen. Es gibt so viele Stunden, Tage, Monate und Jahre. Mein Leben liegt vor mir und es gibt keinen Grund, sich zu beeilen."
Bald verabschieden sie sich. Während der Heimfahrt beschließen sie, derartige Treffen künftig zu meiden. Sie bringen nichts. Warum

sollte man an einer Vergangenheit festhalten, aus der man sich gerade so schmerzhaft befreit hat? Allein die Gegenwart zählt.

Am ersten Oktober geht Uwe zum ersten Mal zur Arbeit. Er fand direkt in Offenbach eine gut bezahlte Stelle in einem Produktionsbetrieb, der Frankiermaschinen herstellt.
Manfred hat weit mehr Bewerbungen als Uwe verschickt, erhielt aber fast nur Absagen. Er wurde bisher nur zu drei Gesprächen in Firmen eingeladen. Heute darf er sich bei Hewlett Packard vorstellen. Susi hofft, dass er die Stelle bekommt, für die er sich beworben hat.
Genauso wichtig wie eine Arbeit ist eine geeignete Wohnung für die Familie. Im Brief des Bundesministeriums hieß es, die Überführung der Kinder könne drei Monate dauern. Diese drei Monate sind um. Susi möchte die Kinder auf gar keinen Fall im Flüchtlingswohnheim unterbringen, doch die von der Stadt angebotene Sozialwohnung gefällt ihr nicht. Die Ofenheizung stört Susi dabei nicht, das ist sie gewöhnt. Aber das Haus ist entsetzlich laut und vor allem schmutzig, ebenso die ganze Umgebung. Ihr gefällt zwar, dass draußen viele Kinder spielen, aber sie spielen im Dreck. Es gibt weder eine Wiese noch einen Spielplatz.
Kurz entschlossen besucht Susi einen Immobilienmakler.
„Mit Frauen verhandle ich nicht", sagt der Mann.
Noch ehe Susi etwas erwidern kann, wird ihr

die Tür vor der Nase zugeschlagen. Völlig fassungslos geht sie zum nächsten Makler. Der hat ein größeres Büro mit einer Sekretärin. „Haben Sie das schriftliche Einverständnis Ihres Mannes dabei, dass Sie für Ihre Familie eine Wohnung suchen dürfen?"
„Ich komme aus Ostdeutschland. Dort ist es nicht üblich, dass eine Frau ihren Mann um Erlaubnis bitten muss. Aber wenn es nicht anders geht, schicken Sie meinem Mann die Grundrisse Ihrer Drei- bis Vier-Zimmer-Wohnungen mit sämtlichen Daten und Kosten einfach zu. Ich werde diese prüfen und meinem Mann zur Unterschrift vorlegen. Guten Tag."
Susi wirft ihren Kopf in den Nacken und stolziert aus dem Büro. Sie lässt die Tür einfach offen. Danach geht es ihr besser.
Susi begreift, wie sie sich verhalten muss. Sie öffnet die Tür zum nächsten Maklerbüro mit Schwung und ohne anzuklopfen. „Guten Tag. Mein Name ist Herzog. Mein Mann hat mich beauftragt, ihm heute noch mehrere Grundrisse von Drei- oder Vierraum-Wohnungen zu besorgen, in die wir zeitnah einziehen können. Schicken Sie diese zu oder kann ich sie sofort mitnehmen?"

Eine Woche später unterzeichnet Susi den Mietvertrag für eine schöne helle Drei-Raum-Wohnung mit Fernheizung und Balkon in Offenbach direkt am Main. Es gehört sogar ein Stellplatz in der Tiefgarage dazu. Die Küche ist bereits möbliert und lässt noch Platz für einen großen Familien-Esstisch. Das riesige

Kinderzimmer kann mit Hilfe einer Faltwand in zwei Räume geteilt werden. So können die Kinder selbst entscheiden, ob sie zusammen oder getrennt spielen und schlafen möchten. Manfred streicht die Wände im Kinderzimmer orange und gelb, damit sie besonders hell und freundlich leuchten. Auch die anderen Räume bekommen neue Wandfarben. Am Zustand der fleckigen und abgelaufenen Teppichböden können sie vorerst nichts ändern, dazu fehlt ihnen das Geld.

Vor allem aber fehlt ihnen das Geld für Möbel. Sie brauchen dringend ein Bett, einen Tisch mit Stühlen und einen Schrank. Es gibt ein zinsgünstiges Aufbaudarlehen, das sie bereits beantragten. Außerdem erhalten sie eine Hausratsentschädigung für den Verlust ihrer Wohnungseinrichtung in der DDR. Doch die Bearbeitung der Anträge dauert seit Wochen an.

Susi und Manfred durchstöbern alle vier Möbelhäuser der Stadt, um sich schon vorab über das Angebot und die Lieferzeiten zu informieren. Da gibt es ganze Etagen mit fertig eingerichteten Kinderzimmern, Schlafstuben mit Betten und Schränken, Küchen, Anbauwänden und unzählig viele Polstergarnituren für die Stube. Den jungen Leuten gehen die Augen über bei dieser riesigen Auswahl, aber sie sind nicht in der Lage, sich zu entscheiden.

Das vierte Möbelhaus ist etwas kleiner als die anderen, *Möbel-Maith* steht über der Eingangstür. Ein freundlicher Herr kommt auf

die jungen Leute zu, grüßt und fragt: „Was genau suchen Sie?"
„Wir brauchen alles: Möbel für die Stube, Betten, Schränke, einen Essplatz für vier Personen und vor allem wunderschöne Möbel für zwei Kinder", verkündet Susi.
„Dann sind Sie hier genau richtig. Ich führe Sie herum. Fangen wir bei den Kinderbetten an?"
„Wunderbar!" Susi trippelt hinter dem Mann her, der sich als Inhaber vorstellt. Er freut sich, dass Manfred eine Zeichnung mit den genauen Raummaßen dabei hat und berät die jungen Leute bei der Auswahl. Herr Maith führt sie nicht nur durch seine Ausstellung, sondern zeigt ihnen auch passende Stücke in seinem Lager. Zum Schluss sitzen sie um einen Tisch und Herr Maith listet alle Artikel auf, die eventuell in Frage kommen.
„Das Kinderzimmer, das Sofa und die Eckbank mit Esstisch kann ich morgen bereits anliefern, das Bett nächste Woche. Die Kleiderschränke werden erst gefertigt, ebenso die Möbel für das Wohnzimmer."
Susi lächelt verlegen. „Nein. Bitte … Ich weiß nicht, wie ich es sagen soll. Wir sind erst vor drei Monaten aus der DDR hierher gekommen. Eine Arbeit haben wir noch nicht, eigentlich auch kein Geld." Susi schluckt. Ihr ist dieses Geständnis schrecklich peinlich. Dann spricht sie hektisch weiter. „Aber es gibt ein zinsgünstiges Aufbaudarlehen für Flüchtlinge über 5000 Mark. Davon dürfen wir Möbel kaufen."
Herr Maith nickt.

„Wir haben dieses Geld bereits beantragt und melden uns, wenn es auf unserem Konto ist."
Wieder nickt Herr Maith. Er sagt nicht, dass das für ihn in Ordnung geht, aber auch nicht, dass er unter diesen Bedingungen überhaupt nichts liefert.
„Wir dachten, wir müssen mit monatelangen Lieferzeiten rechnen", stottert Susi. „Bis dahin wäre dieses Geld sicher da."
„Ich verstehe." Herr Maith steht auf und reicht beiden die Hand zum Abschied.

Eine Woche später verlegt Manfred viele Kabel in der Wohnung für neue Steckdosen und zusätzliche Lampen. Susi putzt die Fliesen, als es an der Tür klingelt. Herr Maith steht vor ihr und grüßt etwas verlegen. „Wissen Sie, ich habe Ihre Möbel mitgebracht. Bei mir stehen sie nur im Lager herum und hier weiß ich, wer sie benutzen und darauf sitzen wird."
Susi schaut den Mann fassungslos an.
„Ich komme schon an mein Geld", lacht Herr Maith.
Susi fällt diesem freundlichen fremden Mann einfach um den Hals.
„Kommen Sie! Kommen Sie!", ruft sie schließlich und bittet Herrn Maith in die Wohnung. Sie zeigt ihm, wo das Sofa, der Esstisch und das Bett stehen soll.
„Normalerweise melde ich mich telefonisch an, aber die Auskunft konnte keine Nummer zu Ihrem Namen und Ihrer Adresse finden."
„Wir haben kein Telefon."
„Oh! Ein Telefon muss man sofort anmelden.

Es gibt lange Wartezeiten, manchmal bis zu vier Wochen."

„Vier Wochen?", ruft Susi.

„Ja, leider."

Susi lacht. „Ich meine, vier Wochen sind extrem kurz. Wissen Sie, im Osten hatte kaum jemand ein Telefon. Die Wartezeiten sind manchmal länger als auf ein Auto, also acht oder zehn Jahre." Jahre betont Susi besonders.

Herr Maith schüttelt den Kopf, das kann er sich beim besten Willen nicht vorstellen. Dann geht er zurück zu seinem Auto und trägt zusammen mit einem Mitarbeiter die Möbel in die Wohnung.

Noch am gleichen Tag melden sich Susi, Manfred und Uwe im Wohnheim ab, packen ihre wenigen Kleider und Hausrat in zwei Plastiktüten und ziehen in die neue Wohnung. Der Hausmeister wundert sich, als er Susi mit einer Einkaufstüte im Hausflur trifft. „Sie sind schon eingezogen? Ich habe das gar nicht gemerkt. Wissen Sie, der Fahrstuhl lässt sich erweitern. Ich habe den Schlüssel dafür. Für große Teile wie ein Bett zum Beispiel."

„Ach, wir wohnen doch gleich im ersten Stock." Susi verrät dem Mann nicht, dass ihr gesamter Hausrat beim Einzug aus zwei gefüllten Plastiktüten bestand.

Keine zwei Wochen später wird das Telefon installiert. Susi meldet sofort ein Ferngespräch nach Freiberg an. Nach sechs Stunden Wartezeit hört sie die aufgeregten Stimmen ihrer Kinder und kann zum ersten Mal nach

eineinhalb Jahren wieder mit ihnen sprechen. Als Manfred den Hörer wieder auf die Gabel legt, sieht er, dass Susi weint.
„Aber was hast du denn? Es war doch schön, mit den Kindern zu sprechen."
Susi nickt. „Ist dir nicht aufgefallen, dass Anett kaum geredet hat? Unsere kleine Schnatterliese ..." Susi schluckt. „Sie wird uns gar nicht mehr erkennen. Sie ist doch erst fünf."
„Aber nein", tröstet Manfred. „Du wirst sehen, alles wird gut. Heute haben wir mit ihnen gesprochen, morgen schreiben wir einen Brief, übermorgen schicken wir ein Paket und dann ist es bald soweit und wir haben sie wieder bei uns." Manfred schlingt seine Arme um Susi und sie kuschelt sich hinein.
„Ich möchte noch ein Kind, Manfred."
„Das ist keine gute Idee."
„Warum?"
„Dafür gibt es viele Gründe. Wir hatten das Thema schon in Freiberg und waren uns einig, dass ein drittes Kind in Arbeit ausartet."
Susi nickt. „Ich weiß, aber jetzt will ich es unbedingt. Wir sind jung, ein Kind wäre gut für uns."
„Das glaube ich nicht. Und schon gar nicht für unsere Kinder. Wir haben André und Anett so lange nicht gesehen. Wenn sie dann endlich wieder bei uns sind, hätten wir keine Zeit für sie, sondern müssten uns um einen Säugling kümmern. Nein, das gefällt mir nicht."
Susi nickt. Sie weiß, dass Manfred recht hat. Trotzdem will sie ihren Mann von einem dritten Kind überzeugen. „Im Osten kommt ein Kind

mit drei Monaten in die Kinderkrippe, mit drei Jahren in den Kindergarten und mit sechs Jahren in die Schule. Die Frauen gehen arbeiten, es gibt eine Pflicht zur Arbeit. So sind wir erzogen. Ich wollte damals André gar nicht daheim betreuen, schließlich hatte ich einen Beruf gelernt und der war weder Köchin noch Putzfrau noch Kindergärtnerin. Ich weiß noch, wie verärgert ich war, weil es für André fast ein ganzes Jahr lang keinen Krippenplatz gab. Außerdem war ich viel zu jung, gerade mal 19 Jahre alt. Anett lag während der ersten zehn Monate ihres Lebens in der Klinik. Jetzt wäre ich im richtigen Alter für einen Säugling, jetzt hätte ich Lust dazu."

„Aber ich habe keine Lust, noch einmal ganz von vorn anzufangen. André ist schon acht Jahre alt und die Kleine wird bald sechs. Wir können viel mit ihnen unternehmen, wenn sie hier sind. Verreisen, Urlaub machen, ins Ausland fahren oder wandern gehen. Das geht alles nicht mit einem Baby."

Wieder nickt Susi. Ihr ist klar, dass ein Säugling einschränkt. Sie möchte unbedingt ihre neue Wahlheimat kennenlernen und so oft wie möglich verreisen. So gesehen ist ein Baby eine wirklich schlechte Idee, die sicher nur in der Sehnsucht nach ihren Kindern geboren ist.

Leider müssen wir Ihnen mitteilen, dass die geplante Übergabe der Kinder daran scheitert, dass die vorgesehene Begleitperson, Frau Jutta Schmidt, wegen der Unruhen um die Startbahn West in Frankfurt/Main keine

Ausreiseerlaubnis aus der Deutschen Demokratischen Republik erhält.
Susi liest diesen Satz aus dem Brief des Bundesministeriums für Innerdeutsche Beziehungen mehrmals durch. Zuerst versteht sie den Sinn des langen verschachtelten Textes nicht. Dann begreift sie, dass ihre Mutter nicht reisen darf, weil es Streit um einen Flughafenbau in Frankfurt gibt. Sofort meldet sie ein Gespräch an, um mit ihrer Mutter zu sprechen.
„Das ist alles zu meiner Sicherheit", beteuert die Mutter erfreut. „Es hat Schießereien gegeben. Mädel, wo lebst du eigentlich? Würdest du wirklich wollen, dass ich in so ein Land reise und mich und die Kinder in Gefahr bringe?"
„Mutti, das ist doch Quatsch. Es gibt nur Streit um ein paar Bäume, weiter nichts."
Am Abend diskutieren Susi, Manfred und Uwe bis in die Morgenstunden und fragen sich, was dieser Unsinn wohl bedeutet. Es soll ein Flughafen gebaut werden, für den Wald gerodet werden muss. Das wollen Umweltschützer verhindern, fällen aber selbst Bäume, um Hüttendörfer für Demonstranten zu bauen, die das Abholzen des Waldes verhindern wollen. Das alles ist schon verworren genug, aber was das mit Muttis Reise und der Überführung der Kinder zu tun haben soll, ist völlig unwahrscheinlich.
„Das ist reine Schikane", vermutet Manfred. „Sie wollen eure Mutter verunsichern und uns noch im nachhinein peinigen."

„Aber wozu? Es nützt keinem was."
„Es nützt sehr wohl. Wir machen uns überflüssige Sorgen und haben Angst, dass eure Mutter die Kinder nicht rausgibt."
„Was redest du da? Das dürfen sie nicht."
„Das dürfen die nicht", äffte Uwe. „Die dürfen so manches nicht und machen es doch. Denk an Gitti!"
„Wer hat etwas davon, uns aus der Ferne seelischen Schaden zuzufügen?" fragt Susi entsetzt.
Manfred lächelt ein schiefes sarkastisches Lächeln. „Du warst ein Jahr in Haft und bist nach wie vor unglaublich naiv. Hast du gar nichts begriffen?"
„Vielleicht will ich gar nicht alles begreifen."
Susi fährt am nächsten Tag nach Wiesbaden. Dort gibt es eine Außenstelle des Ministeriums. Sie steht in einem großen Büro an einer brusthohen Theke, dahinter sitzen zwei Frauen an ihren Schreibtischen und sind sehr beschäftigt. Endlich kann Susi den seltsamen Brief vorlegen, den die Frau kurz überfliegt und kopfschüttelnd zurückreicht.
„Ich verstehe nicht, was Sie von mir wollen."
„Hilfe brauche ich. Ich möchte, dass Sie mir helfen, meine Kinder wiederzusehen. Ich kann einfach nicht mehr warten."
„Das ist Ihr Problem, nicht meins", stellt die Frau richtig.
„Kann ich wirklich nichts weiter tun als tatenlos zu warten?"
Die Frau zuckt mit der Schulter. Da fängt Susi an zu weinen. „Aber es muss doch eine

Möglichkeit ..."
„Ich kann nichts für Sie tun. Im Übrigen: so wie man in den Wald hineinruft, so schallt es heraus."
Im Hinausgehen hört Susi noch, wie die Frau laut zu ihrer Kollegin sagt: „So eine Unverschämtheit, hier vor allen Leuten in Tränen auszubrechen.!"
Irritiert sucht Susi nach einer Bank. Sie muss sich jetzt unbedingt hinsetzen und sich sammeln. Die meisten Leute halten es für ungezogen, Gefühle offen zu zeigen. Dass aber Tränen als unverschämt empfunden werden, überrascht Susi trotzdem. Sie kann Emotionen nicht zurückhalten, das will sie auch gar nicht. Sie merkt aber, dass es nicht immer von Vorteil ist, wenn jeder ihre Gefühle direkt im Gesicht ablesen kann. Susi mag es überhaupt nicht, wenn die Mimik nicht zum Text passt, wenn die Leute wie Manfred lachen und dabei etwas trauriges oder ärgerliches erzählen. Damit kommt sie nicht zurecht und fühlt sich belogen.
Manfred hatte vorausgesehen, dass diese Fahrt nach Wiesbaden nichts bringen wird. Nun muss Susi ihm recht geben und unverrichteter Dinge nach Offenbach zurückfahren.

Am nächsten Tag hat Manfred ein wichtiges Vorstellungsgespräch. Erst nach drei Stunden ist er wieder zurück. Susi läuft ihm wie immer strahlend entgegen, obwohl sie befürchtet, dass er auch diese Stelle nicht bekommen hat. Aber Manfred hält in der einen Hand einen großen Umschlag und in der anderen eine

Flasche Sekt.
„Sekt? Du hast also die Stelle?" Susi fällt ihrem Mann um den Hals.
Manfred öffnet sofort die Flasche und gießt die prickelnde Flüssigkeit in breite Saftgläser, spezielle Sektgläser besitzen sie nicht. Er erzählt, dass die Firma Messgeräte verkauft. Seine Aufgabe sei es, zu den Kunden zu fahren, wenn irgend etwas nicht funktioniert, und das Gerät zu reparieren.
„Aber wie kommst du zu den Kunden?", fragt Susi.
„Na, mit dem Auto. Während der ersten sechs Monate fahre ich mit unserem Auto, danach habe ich sogar einen Firmenwagen."
„Aber du hast noch keinen Führerschein."
Manfred lacht. „Das stimmt, aber im Dezember ist Prüfung, dann habe ich einen. Und meine Arbeit beginnt erst im Januar."
„Und wenn du durchfällst?"
Manfred zuckt mit der Schulter. „Warum sollte ich mir Sorgen machen?"
Susi schüttelt den Kopf, aber ihr gefällt Manfreds Selbstsicherheit.
„Stell dir vor, ich bekomme 30 Tage Urlaub. Das ist mehr als doppelt so viel wie in Berlin, denn hier zählen die Samstage nicht mit."
Susi rechnet nach, dass das sechs volle Wochen bezahlte Freizeit bedeutet.
„Vor dem Urlaub und vor Weihnachten gibt es zusätzlich ein halbes Monatsgehalt."
„Wieso das?", wundert sich Susi.
Manfred zuckt mit der Schulter. „Keine Ahnung, aber mir gefällt's." Er umarmt seine Susi. „Ab

jetzt wird jeder Tag NOCH schöner für uns als bisher."

Mit dem Arbeitsvertrag gehen Susi und Manfred zur Sparkasse und fragen, ob sie daraufhin einen Kredit zum Kauf von Möbeln bekommen. Die Bank vergibt keine Kredite an Leute ohne jede Sicherheit. Aber die persönliche Ausstrahlung des jungen Paares und ihre Geschichte imponiert dem Sachbearbeiter. Sie erhalten die Zusage für zehntausend Mark, die ihnen allerdings erst im Februar ausgezahlt werden. Der Bankangestellte erzählt etwas von Hochzinsphase und hoher Arbeitslosigkeit und Dollarkursen und einem Zinssatz von 19,8 Prozent Sie vereinbaren eine monatliche Zahlung von 270 Mark ab der ersten Gehaltszahlung. Vorerst dürfen sie zweitausend Mark sofort mitnehmen. Die bringen sie umgehend zu Möbel-Maith.

Susi bestellt im Versandhaus Quelle einen Fernsehapparat, der schon nach einer Woche geliefert wird. Die große Kiste, in der das Gerät verpackt war, dient ab sofort als Couchtisch. Den Fernseher haben Susi und Manfred nicht gekauft, sondern gemietet. Nach einem Jahr dürfen sie entscheiden, ob sie ihn zurückgeben oder behalten möchten. Im letzteren Fall wird die gesamte Mietzahlung vom Kaufpreis abgezogen.

Im Haus ist eine Zahnarztpraxis und ein Steuerbüro. Susi stellt sich in beiden Firmen vor und fragt, ob sie Arbeit für sie haben.

„Können Sie Schreibmaschine schreiben?"

„Selbstverständlich. Ich hatte eine entsprechende Ausbildung und tippe im Zehn-Finger-System."
Noch am gleichen Tag bekommt sie einen Stapel Rechnungen und Überweisungsformulare.
„Kommen Sie damit zurecht?"
„Selbstverständlich. Brauchen Sie die ausgefüllten Belege heute noch oder hat das Zeit bis morgen."
„Das eilt nicht."
Susi schaut sich die Rechnungen und Formulare an und findet schnell heraus, wie und mit welchen Daten und Zahlen diese ausgefüllt werden müssen. Sie setzt sich sofort an die Arbeit.
„Das ging schnell", lobt die Sekretärin. „Allerdings glaubte ich, Sie schreiben mit Maschine."
„Oh, ich bitte um Entschuldigung. Die nächsten Formulare erhalten Sie getippt."
Susi und Manfred kaufen sofort eine kleine Reiseschreibmaschine.

Susi hat ein Vorstellungsgespräch in der Offenbacher Stadtbibliothek.
„Ich habe Erfahrungen in mehreren Fachschulbibliotheken gesammelt und kenne mich mit sämtlichen anfallenden Arbeiten aus."
„Das spielt hier keine Rolle", unterbricht sie die Bibliotheksleiterin. „Der zuletzt eingestellte Mitarbeiter sortiert prinzipiell Karteikarten ein."
„Dazu muss man keine besondere Ausbildung haben", wundert sich Susi.

„So ist es aber. Sobald ein Mitarbeiter ausscheidet, in Rente geht oder kündigt, rutschen alle eine Stufe weiter und der nächste neue Mitarbeiter übernimmt das Sortieren der Karteikarten. Bis dahin würde diese Aufgabe Ihnen zufallen."
„Das gefällt mir nicht."
„Wie alt sind Sie?"
„27."
„Kinder?"
„Zwei."
„Sehen Sie, es ist völlig gleichgültig, was sie machen, Sie werden immer nach Ihrem Alter und der Anzahl Ihrer Kinder bezahlt."
„Nein, das gefällt mir nicht. Ich will nach meiner Leistung bezahlt werden. Ich bin zwar noch sehr jung, habe aber Erfahrungen in der Bibliotheksleitung. Ich möchte nicht nur Karteikarten einsortieren."
„Lassen Sie mich ausreden! Sie altern sich sozusagen hoch und die Rente wird nach ihrem letzten Monatsbezügen berechnet."
„Die Rente? Sie entschuldigen, aber an die Rente denke ich heute noch nicht. Ich möchte eine Aufgabe, die mich erfüllt. Karteikarten sortieren gehört nicht dazu. Da bleibe ich viel lieber daheim bei meinen Kindern."
In einer Zeitung entdeckt Susi ein Stellenangebot, wo ungelernte sympathische Frauen zum Verkauf von hochwertigen Kosmetikartikeln gesucht werden. Sie ruft sofort an und erhält einen Termin für den übernächsten Abend. Mit ihr sitzen sechs weitere Frauen um einen großen Tisch, auf

dem Cremes und Schminke aufgebaut sind.
„Zuerst stelle ich Ihnen unsere Produkte vor. Danach prüfen wir anhand eines Fragebogens, wie gut Ihr Gedächtnis ist. Abschließend finden Einzelgespräche statt, bei dem sich entscheidet, welche Kandidatin am besten in unser Konzept passt und mit uns arbeiten darf", erklärt eine sehr junge und herausgeputzte Frau.
Als Susi an der Reihe ist, gibt sie sich große Mühe, vornehm und vor allem selbstsicher zu wirken. Sie will die Stelle unbedingt bekommen und zum Familieneinkommen beitragen. Das Gespräch verläuft gut.
„Wir haben uns für Sie entschieden. Sie wirken sehr gepflegt und zeigen sich an unseren Produkten interessiert." Eine grell geschminkte Dame in schwarzem Kostüm überreicht Susi feierlich den Vertrag, den sie nur noch unterschreiben muss. Susi überfliegt glücklich das Kleingedruckte und entdeckt, dass sie verpflichtet ist, sich ein Startwarenlager im Wert von 5.000 Mark zuzulegen.
„Das muss ich erst mit meinem Mann besprechen", weicht sie aus.
„Nun, so viel Zeit haben wir nicht. Dann rückt eben die nächste Kandidatin auf. Sie dürfen gehen." Die Dame öffnet die Tür und bittet Susi hinaus. Susi ist völlig verwirrt. Im gleichen Moment fällt ihr die Mimik der Frauen ein, die vor ihr den Besprechungsraum verließen. Sie schauten alle verwirrt bis verärgert. Susi glaubte, das sei Enttäuschung darüber, dass sie die Stelle nicht bekamen, aber nun kennt

sie den wahren Grund. Keine der Bewerberinnen verfügt über so viel Geld. Trotzdem ist Susi enttäuscht und traurig. Ihr würde es besser gehen, wenn sie wie Manfred und Uwe eine Arbeit hätte.

Zwei Wochen später Ist der 6. Dezember, Nikolaustag. Und ein ganz besonderer dazu, denn Manfred kommt wieder mit einer Flasche Sekt in der Hand nach Hause. In der anderen hält er ein graugrünes Stück Papier: sein frisch ausgestellter Führerschein. Er hat also die Fahrprüfung bestanden. Susi hüpft aufgeregt hin und her, umarmt Manfred immer wieder und freut sich riesig.
Sie selbst muss sich leider noch gedulden, weil ihr Fahrlehrer sich weigert, sie auszubilden. Er behauptet, er würde mit seinen Steuern Susis Sozialgeld und somit auch ihre Fahrstunden und sein eigenes Gehalt bezahlen. Ab Januar wird der Inhaber der Fahrschule die Ausbildung selbst übernehmen wie er es schon bei Manfred getan hat.
Susi ist überglücklich, als sie am Nikolaustag mit den Kindern sprechen kann. Sie würde am liebsten jeden Tag ein Ferngespräch anmelden, aber sie weiß, dass das viel zu teuer ist. An den Wochenenden kommt höchst selten eine Verbindung zustande, ebenso an den Abenden. Tagsüber arbeiten Susis Eltern, während die Kinder in der Schule, im Hort oder Kindergarten sind.
Am 24. Dezember warten Susi und Manfred den ganzen Tag vergebens darauf, dass eine

Telefonverbindung zu ihren Kindern zustande kommt. Das stundenlange Warten darauf fesselt Susi an die Wohnung. Wegen ihrer Schwerhörigkeit wagt sie sich kaum aus dem Zimmer und schleppt den Apparat an einem langen Kabel quer durch die ganze Wohnung. Am ersten Feiertag melden sie das Gespräch bereits vor sechs Uhr an und werden sofort durchgestellt. Eine ganze Stunde plappern sie mit den Kindern, die ganz begeistert von ihren Weihnachtsgeschenken erzählen. Nach dem Frühstück wollen sie Schlitten fahren.
In Sachsen liegt also Schnee. Susi vermisst den Schnee sehr. Sie wusste nicht, dass der Winter in Offenbach so mild ist und es höchst selten schneit. Der wenige Schnee ist nass und wird sofort zu Matsch auf den Straßen und Wegen.
„Uwe, du musst dir jetzt eine eigene Wohnung suchen! Es kann nicht mehr lange dauern bis die Kinder hier sind." In Gedanken fügt sie hinzu, dass sie manchmal mit Manfred allein sein möchte. Auch als sie in Berlin lebten, hat Uwe seine gesamte Freizeit bei Susi und ihrer Familie verbracht.

Susi möchte einen kleinen Spaziergang machen und geht aus dem Haus. Auf dem Weg spielt ein kleiner dicker Junge. Er springt auf Susi zu. „Hast du Geld?"
„Nein, ich habe nichts dabei."
„Kuli? Feuerzeug?"
Susi schüttelt den Kopf.
„Komm mit!", bittet das Kind und zieht Susi am

Ärmel hinein in den Hauseingang nebenan. Im Erdgeschoss steht eine Tür offen. Susi hört laute Musik, die von schrillen Frauen- und Kinderstimmen in einer fremden Sprache übertönt wird. Ein dicke Frau mit sehr dunkler Haut kommt mit ausgebreiteten Armen auf Susi zu.
„Willkommen!" Sie strahlt Susi an und umfasst ihre rechte Hand samt Unterarm mit beiden Händen. „Ich freuen sehr. Wie heißt du?"
„Susi. Susanne."
„Susisusanne. Schönes Name."
Die fremde Frau rückt einen Stuhl in die Raummitte. „Bitte setzen!"
Susi schaut sich um. Überall liegen kleine und große Teppiche.
„Du lieben Teppich?" Die Frau packt erneut Susis Handgelenk und zieht sie in ein Nebenzimmer. Dort liegen mehr als fünfzig Teppiche in zwei Stapeln übereinander.
„Kinder hier schlafen."
Susi wundert sich, denn Betten sieht sie keine, nur diese unzählig vielen Teppiche. Die Frau schiebt Susi zurück in die Stube auf den Stuhl. Dann zieht sie einen weiteren Stuhl heran und setzt sich Susi gegenüber.
„Gib mir Hand!", fordert sie. „Ich dir sagen, was Zukunft bringt, alles." Susi weiß nicht, was das bedeuten soll. Sie weiß auch nicht, wie sie sich verhalten soll.
„Du keine Angst. Du Sorgen. Ich mache Sorgen weg. Ganz billig."
„Ich habe kein Geld dabei", stottert Susi.
„Nicht schlimm. Ich warten. Ich dir sagen

Zukunft. Dann du kommst mit Geld."
Susi ist die Sache nicht geheuer. „Ich muss gehen, mein Mann wartet."
„Ich weiß. Ich alles wissen. Ich sagen Zukunft und dann gehen zu Mann und kommen wieder mit Geld."
Die Frau dreht Susis Handfläche nach oben. „Oh! Ich sehe Sorgen. Große Sorgen. Ich sehe kleine Kind mit gelbe Locken, das immer weinen."
„Nein." Susi zieht ihre Hand zurück. „Meine Kinder sind gar nicht hier."
„Ich wissen. Aber bald sie kommen."
„Wann?" Susi springt auf.
„Nächste Monat. Nicht diese, nächste."
„Vielen Dank!" Susi umarmt die Frau und rennt aus der Wohnung. Sie prallt mit dem Hausmeister zusammen.
„Hoppla! Nicht so eilig, junge Frau! Hat Rosina etwas Schlechtes vorhergesagt?"
Susi starrt den Mann an, dann lacht sie. „Im Gegenteil. Ich bin sooo glücklich." Dann fasst sie sich. „Sie kennen die Frau?"
„Rosina? Sie wohnt seit vielen Jahren hier. Ihr Mann ist meist mit den anderen Zigeunern unterwegs." Er beugt sich näher an Susi heran und flüstert: „Die fahren jeder einen dicken Mercedes und haben immer das neueste Wohnwagen-Modell."
„Zigeuner?"
Der Hausmeister nickt. Er merkt, dass Susi völlig ahnungslos ist und freut sich, ihr sein ganzes Wissen weitergeben zu können.
„Die zahlen keine Steuern, wohnen sogar

mietfrei hier. Rosina scheint eine Art Zentrale zu sein. Es leben immer andere Leute und Kinder bei ihr." Dann fügt er hinzu: „Die Leute sagen, sie ist eine gute Wahrsagerin."
„Wirklich? Ich meine, kann man tatsächlich in der Hand die Zukunft lesen?"
„Ich kann das nicht. Aber ich bin auch kein Zigeuner."
Susi kann es gar nicht erwarten, Manfred die Neuigkeit zu erzählen. Wenn Susi erzählt, dann strahlt sie ihr typisches Susi-Strahlen, das Manfred so sehr liebt. „Die Zigeunerin sagt, dass unsere Kinder im Februar kommen, also wird es so sein."
Manfred hält zwar die ganze Geschichte für Unsinn, aber er freut sich immer, wenn sich Susi freut. Also stimmt er ihr zu.

Der erste Januar 1982 ist ein Freitag. Am Montag darauf ist Manfreds erster Arbeitstag. Am Abend berichtet er Susi, dass er zusammen mit Jürgen, der ebenfalls neu in der Firma ist, zu einer Schulung ins Hauptwerk nach Überlingen am Bodensee fährt.
„Sechs Wochen ohne dich? Das halte ich nicht aus", beklagt sich Susi.
„Ich fahre am Sonntag und komme am Freitag zurück. Du bist also nur vier Tage allein."
„Und fünf Nächte", ergänzt Susi.
„Und fünf Nächte", wiederholt Manfred. „Du weißt, dass ich dich ebenso vermisse wie du mich."
Susi nickt. Manfred hat ihr erklärt, dass er die Messgeräte kennenlernen muss, bevor er sie

bei Kunden reparieren kann. Das leuchtet ein. Trotzdem graut ihr vor den sechs ewig langen Wochen ohne Manfred so ganz allein in der großen Wohnung.
Freitag Abend ist Manfred wie versprochen zurück und erzählt begeistert von der neuen Technik. „Man kann mit diesen Analysegeräten kleinste Elemente bestimmten, aus einer Lösung herausfinden."
Susi hört gespannt zu, kann sich aber nicht wirklich vorstellen, wie das funktionieren soll.
„Genau erklären kann ich es dir nicht. Aber stell dir vor, es wäre so, als wenn ich aus einer Milliarde Chinesen mit dieser Technik einen einzigen Japaner entdecken könnte."
Susi lacht über den seltsamen Vergleich.
Manfred berichtet, Jürgen würde jeden Abend kochen. Er könne das sehr gut, gäbe sogar in der Volkshochschule Kochkurse. Und sie würden kein Bier, sondern Wein trinken und Obstler. Das sei ein Schnaps aus Äpfeln.
Am Wochenende darauf fährt Susi mit nach Überlingen. Manfred hat ein Gästezimmer für sie gemietet. Susi bummelt tagsüber durch die Stadt, am See entlang, füttert die Schwäne und betrachtet die Bergkulisse mit den weißen Gipfeln auf der anderen Seeseite. Sie kann sich nicht daran erinnern, im Sommer ebenfalls Berge über dem See gesehen zu haben. Oft sitzt sie eingemummelt auf dem Balkon und liest in einem Buch.
Abends kocht Jürgen, so wie es Manfred vorausgesagt hat. Einmal bereitet er Spaghetti Carbonara zu. Dazu brät er ein ganzes Pfund

kleingeschnittene Schinkenwürfel an, die er mit Weißwein ablöscht, gibt Knoblauch dazu und sechs Becher Sahne. Erst, als diese fette Soße aufkocht, hebt er die fertig gegarten Spaghetti drunter und lässt alles zehn Minuten ziehen. Es schmeckt köstlich. Susi nimmt sich vor, dieses Rezept daheim auszuprobieren.

So langsam wird Susi ruhiger und kann von Tag zu Tag die Zeit am Bodensee immer mehr genießen. Täglich schickt sie bunte Ansichtskarten an die Kinder, ihre Schwester und ihre beiden Omas. Sie verlässt sich auf Uwe, der sich sofort melden will, sollte Post von den Kindern oder einem Amt kommen.

Am 16. Februar bringt der Postbote ein Telegramm: *Dringend anrufen Uwe.*

Die Poststelle ist noch geöffnet und Susi kann ihren Bruder erreichen.

„Mutti hat angerufen, du sollst die Kinder am 25. Februar holen."

„Ich?" Mehr kann Susi nicht sagen, sie hat das Gefühl, ihre Kehle sei völlig zugeschnürt. Sie fährt sofort mit dem Zug zurück nach Frankfurt und ruft am nächsten Tag Rechtsanwalt Stange an.

„So ein Vorgehen ist mir neu. Normalerweise erfährt unsere Kanzlei den Termin zuerst. Außerdem ist Ihre Frau Mutter für die Übergabe der Kinder vorgesehen. Ich werde mich im Ministerium erkundigen. Sie hören von mir. Beantragen Sie sicherheitshalber inzwischen einen Reisepass!"

Susi besorgt eilig Passbilder und läuft zum Meldeamt. In der Eile hat sie daheim ihre Mütze

liegen lassen. Aber das macht nichts, denn ihr ist heiß, obwohl es draußen kalt ist. Susis Gedanken kreisen um die Kinder und das vielleicht baldige Wiedersehen, Sie könnte immerzu jubeln. Aber sie hat auch Angst. Der Anwalt sprach von einer möglichen Lockfinte. Sie soll auf gar keinen Fall einfach losfahren, sondern auf ein Telegramm mit verbindlichen Einreisedaten warten. Susi versucht, diese vielen Gedanken wegzuschieben und nur an ihre Kinder und vor allem an André zu denken, zumal heute sein neunter Geburtstag ist.
Susi meldet ein Ferngespräch zu ihren Eltern an und kann ihrem Jungen tatsächlich gratulieren. Er ist ganz aufgekratzt und Susi hört im Hintergrund die Stimmen fröhlich kreischender Kinder. Susis Mutter sagt, die Polizei habe ihr den Termin genannt und dass Susi nur an diesem einen Tag einreisen darf. Dann erzählt sie, dass am Dienstag Fasching ist, André sich als Cowboy verkleiden wird und die kleine Anett als Marienkäfer. Susi lächelt. Sie hat ihre Tochter oft *Käferchen* genannt.

Susi wartet auf das Telegramm und wagt sich nicht aus dem Haus. In der Wohnung läuft sie ständig an die Tür, weil sie immerzu glaubt, die Klingel zu hören. Aber an der Tür ist niemand. Sie flitzt mehrmals am Tag und sogar in der Nacht hinunter zum Briefkasten und schaut nach, ob das Telegramm vielleicht darin liegt.
Bereits zwei Tage später kann Susi ihren Reisepass abholen. Als sie daheim ankommt, liegt ein graubraunes Blatt in ihrem Briefkasten.

Das Telegramm. Susi starrt auf den Text: *Berechtigt ab 25.02.82 bis 26.02.82 zum Empfang eines Visums zur Einreise in die Deutsche Demokratische Republik mit dem oeffentlichen Verkehrsmittel Volkspolizei Kreisamt Freiberg.* Susi sinkt auf die Haustreppe. Sie fühlt sich auf einmal völlig erschöpft, aber glücklich. Trotzdem kommen ihr plötzlich die Tränen.

Susi weiß, dass Manfred jeden Moment aus Überlingen zurück sein muss. Aber sie kann nicht einfach so tatenlos warten. Sie greift sich die Kartons, die noch vom Renovieren im Kinderzimmer stehen und trägt sie in den Keller. Dann rennt sie in den nächsten Laden und kauft für die Kinder Zahnputzutensilien.

Am Sonntag muss Manfred wieder zurück nach Überlingen. Sein Freud und Kollege ist längst dort, denn am Bodensee wird der Fasching ganz besonders gefeiert. Susi hat heute keinen Gedanken für Fasching übrig. Sie sitzt am Faschingsdienstag beim Friseur und lässt sich die Haare kürzen. Wieder daheim hat sie plötzlich das Gefühl, sich den kirchlichen Segen holen zu müssen. Also läuft sie in die nächstbeste Kirche, aber das ist eine katholische Einrichtung. Schließlich findet sie eine evangelische Kirche und vereinbart mit dem Pfarrer ein Gespräch für den Abend. So richtig beruhigen kann der Pfarrer Susi nicht. Er hört nicht zu, spricht nur von Gottes Willen und dass sie den Herrn loben solle.

Am Aschermittwoch putzt Susi die Wohnung zum zehnten oder hundertsten Mal. Die Zeit will einfach nicht vergehen. Sie läuft zur Bank, holt Geld, kauft die Fahrkarte und einige Geschenke für ihre Oma, Schwester und Eltern.

Endlich ist es Abend. Uwe bringt sie zum Bahnhof nach Frankfurt. Sie sind mehr als eine ganze Stunde zu früh auf dem Bahnsteig. Der Zug steht noch nicht auf dem Gleis. Susi läuft hin und her, studiert sämtliche Anschläge und Werbungen und kauft sich schließlich eine Zeitschrift.

„Ich glaube nicht, dass du eine Zeitschrift aus dem Westen mit in den Osten nehmen darfst", gibt Uwe zu bedenken. Susi wirft die Zeitschrift in den nächsten Papierkorb.

Während der zwei Fahrstunden bis zur Grenze schaut Susi aus dem Fenster, obwohl es draußen dunkel ist und sie nichts sehen kann. Die Zeit scheint nicht zu vergehen. Schließlich fährt der Zug sehr langsam in den Bahnhof Gerstungen ein. Uniformierte laufen am Zug entlang. Susi hört Klopfen unter dem Waggon. Die Abteiltür wird aufgerissen, zwei Grenzer stellen sich breitbeinig vor Susi auf und bellen: „Passkontrolle!"

Susi hat ihren Pass bereits in der Hand, ebenso das wichtige Telegramm, das die Grenzer ewig lange studieren. Dabei konnte man die wenigen Buchstaben und Zahlen in drei Sekunden überfliegen.

„Mitkommen!"

Susi nimmt ihre Tasche und ihren Mantel und folgt den Grenzern. Man bringt sie in einen kleinen Wachraum, in dem sich nur vier Stühle befinden und an der Wand ein überdimensionales Bild von Erich Honecker. Susi hört, wie hinter ihr die Tür ins Schloss fällt und zweimal verriegelt wird. Sie ist allein in dem Raum und setzt sich auf einen Stuhl. Ihr ist klar, dass sie wieder verhaftet ist. Sie weiß, dass sie nichts falsch gemacht hat. Aber sie weiß nicht, was jetzt passiert. Es hat keinen Zweck, darüber nachzudenken. Susi hört auf zu denken. Ihr Gehirn ist vollkommen leer. Sie fühlt nichts mehr. Sie sitzt nur da in diesem hässlichen Raum und starrt auf ihre Füße, um das Bild von Honecker nicht dauernd sehen zu müssen.

Es dauert wohl eine ganze Stunde, dann hört sie den Zug abfahren. Der Zug, der sie zu ihren Kindern bringen sollte. Susi legt eine Hand auf ihren Oberschenkel, vielleicht hört er dann auf zu wackeln. Eine weitere Stunde vergeht.

„Mitkommen!", befiehlt ein Grenzer.

Susi folgt dem Mann aus dem Gebäude und sieht einen Zug. Sie konzentriert sich auf ihre Schritte und will nichts hoffen, nur funktionieren, gehen, nichts denken. Auf dem Bahnsteig übergibt ihr der Mann ihren Pass und das Telegramm und zeigt mit dem Arm auf die offene Waggontür. Doch der Zug steht auf dem falschen Gleis, er fährt nicht Richtung Osten, sondern zurück nach Frankfurt. Susi steigt ein, sucht sich einen freien Platz, der Zug fährt an und Susi fängt an zu weinen. Sie kann bis Frankfurt nicht mehr damit aufhören. Die ganze Anspannung, die Freude, die Angst, sogar Erleichterung – alles darf jetzt herausfließen.

Noch vom Bahnhof aus schickt sie Manfred ein Telegramm: *Bin wieder zurück ohne Kinder Susi.*

Susi ruft sofort im Ministerium in Berlin an, erreicht aber nur eine Automatenstimme: „Sie rufen an unserem telefonfreien Tag an. Bitte melden Sie sich morgen erneut!"
Susi probiert sämtliche Durchwahlnummern, die sie auf den Amtsbriefen findet und wählt schließlich ähnliche Nummern. Aber überall hört sie nur die Ansage, dass heute keine Anrufe entgegengenommen werden. Susi schickt drei Telegramme, adressiert an das Ministerium an die drei Damen, die ihr vom Schriftwechsel bekannt sind. Schließlich wendet sie sich an das Ministerium in Bonn. Dort verspricht man ihr, sich zu kümmern.
Am Abend ruft Manfred an. Er ist zutiefst betroffen und findet keine Worte, um seine Frau trösten zu können. „Soll ich kommen?"
„Nein, das brauchst du nicht. Uwe ist hier, er bleibt über Nacht. Ich bin also mit meinem Kummer nicht allein."
Am nächsten Morgen kann Susi endlich mit dem zuständigen Beamten sprechen. Er vermutet, dass ein Datum nicht korrekt an die Grenzstelle weitergeleitet worden war. Noch während des Telefonats klingelt es an der Wohnungstür und der Postbote bringt ein Telegramm. Es hat genau den gleichen Wortlaut wie das erste, nur sind die Daten um einen Tag verschoben. Das heißt, Susi muss heute noch die deutsch-deutsche Grenze

passieren und morgen wieder zurück sein. Sie fährt sofort zum Bahnhof, kauft für den nächstmöglichen Zug nach Freiberg eine Fahrkarte und hofft, dass dieses Mal alles gut geht.
Als der Zug in Gerstungen einfährt, starrt Susi auf einen Fleck neben der Tür. Sie will nichts sehen und an nichts denken. In ihren Schläfen pocht es laut und im Hirn dreht sich wie eine kaputte Schallplatte der Spruch: „Bitte lass alles gut gehen! Bitte lass alles gut gehen!" Für die Passkontrolle nimmt sie ihre Sonnenbrille ab, die bis dahin ihre rotgeweinten brennenden Augen geschützt hat. Der Grenzer schaut nur kurz in ihren Pass und überfliegt mit den Augen das Telegramm. Dann will er wissen: „Ist das Ihre Tasche?" Er zeigt mit dem Arm auf einen großen roten Koffer. Susi schüttelt den Kopf.
„Öffnen!", befiehlt der Uniformierte. „Die anderen warten draußen."
Nach zehn Minuten dürfen Susi und die anderen Reisenden wieder ins Abteil und eine halbe Stunde später fährt der Zug endlich weiter.
Susi hat Kopfweh. Sie denkt an die Worte, die ihre Mutter in ihrem ersten Brief nach Offenbach schrieb: *Anett sagt Mutti zu mir. Sie will sich vor Dir im Schrank verstecken, wenn Du kommst und sie fortholen willst. Sie will nicht mit Dir mit.*
Susi weiß, dass es ihre Mutter mit der Wahrheit nicht so genau nimmt. Aber sie weiß auch, dass ihre Mutter als gelernte Erzieherin Kinder sehr geschickt beeinflussen kann. Außerdem ist die

kleine Anett ein eher ängstliches Kind, das sich vor Veränderungen fürchtet. Vielleicht wollte die Mutter nur informieren oder sie hatte sich gar nichts dabei gedacht. Sicherheitshalber hatte Susi diese Worte weit hinten in ihrem Hirn versteckt. Sie wollte nicht darüber nachdenken. Aber jetzt im Zug rattern diese Sätze im Takt der Schienenstöße durch ihren Kopf bis der Zug endlich in Dresden einfährt. Sie mag sich nicht vorstellen, dass ihre Tochter vor ihr davonläuft.
Susis Vater steht auf dem Bahnsteig. Er hat Tränen in den Augen, greift aber nur wortlos nach Susis Tasche und geht zum Ausgang voran. Er zeigt auf einen alten klapprigen Wartburg, den Susi noch nicht kennt. Mit dem fahren sie zum Elternhaus.
Bevor sie ins Haus gehen, legt der Vater seine Hand auf Susis Arm und flüstert: „Wir waren dabei, als die Stasi eure Wohnung durchsuchte, die Kinder auch. Schlimm, schlimm. Bitte erwähne das Thema nicht."
André springt seiner Mutter jubelnd in die Arme. Und Anett krallt sich an ihr fest und flüstert: „Meine Mami, meine allerliebste Mami."
Susi kauert sich hin und schließt ihre kleine Tochter fest in die Arme. Anett hat rappelkurz geschnittene Haare, keine einzige ihrer graublonden Locken umsäumt das niedliche Puppengesicht mit der winzigen Stupsnase und den strahlend blauen Augen.
André rennt ständig hin und her, zeigt seine Spielsachen, plappert in halben Sätzen vor Aufregung. Auch seine Haare sind extrem kurz

geschoren. Er hat dunkelbraune Haare wie seine Mutter und braune Augen wie sein Vater.
Susis Mutter hat den Frühstückstisch gedeckt. Die Gespräche drehen sich ums Wetter und um Susis neue Wohnung in Offenbach, aber berühren weder die Sorgen und Probleme, die Susis Eltern mit Sicherheit hatten, noch Susis Erlebnisse in dem Jahr Gefangenschaft.
Neun Uhr haben sie einen Termin auf der Polizeidienststelle in Freiberg.
„Zutritt nur für DDR-Bürger!", wird Susi barsch abgewiesen. Der Polizist lässt nur Susis Mutter und die beiden Kinder ins Gebäude.
„Wollen Sie wirklich, dass Ihre Enkel aus der Staatsbürgerschaft der Deutschen Demokratischen Republik entlassen werden? Überlegen Sie sich das genau, ein Zurück gibt es nicht mehr!"
Susis Mutter nickt nur. Sie weiß, dass sie keine Wahl hat, obwohl sie ihren Enkeln die Ausreise in den kapitalistischen Westen liebend gern ersparen würde. Die Kinder sollten in der DDR fröhlich und ohne Sorgen aufwachsen und nicht so verantwortungslos wie ihre Eltern ihrem Land den Rücken kehren für eine ungewisse Zukunft zwischen Arbeitslosen und Ausbeutern. Aber das durfte sie nicht entscheiden. Kein Mensch in ihrem Dorf und keiner ihrer Kollegen oder Verwandten würde jemals wieder ein freundliches Wort mit ihr sprechen, wenn sie von ihrem Recht Gebrauch machte und die Kinder zurückhielt. Das ist ihr vollkommen klar. Vor allem ihr Mann hatte sie streng ermahnt, sich korrekt zu verhalten und die Ausreise der

Kinder zu ihren Eltern zu unterschreiben. Der Beamte händigt Susis Mutter die Identitätsbescheinigungen der Kinder aus und zeigt mit der Hand auf die Tür.
André springt in langen Sätzen durch die Tür und die Treppen hinunter. „Dürfen wir jetzt mit?"
„Aber ja! Ja! Ja!", jubelt Susi glücklich.
„Nun werden wir uns nie wiedersehen." Susis Mutter kneift die Lippen zusammen.
„Ich weiß, aber ich schreibe dir ganz oft."
„Nein. Ich will keine Post aus dem kapitalistischen Ausland."
„Ich schreibe euch trotzdem und berichte, wie es uns und den Kindern geht. Und ich schicke Fotos von den Kindern."
Susis Mutter dreht sich zur Seite.

Susi hätte gern noch ihre Oma besucht, aber ihre Eltern wollen nicht, dass sie sich auf der Dorfstraße sehen lässt.
Susis Schwester Ute kommt aus der Stadt. Sie übernachten gemeinsam auf dem Stubensofa und unterhalten sich die ganze Nacht.
„Mutti und ich dürfen wegen dir nicht mehr unterrichten. Wir haben Berufsverbot und arbeiten jetzt als einfache Erzieherinnen im Kindergarten. Vati ist kein Brigadier mehr."
„Aber ihr habt mit unserer Flucht gar nichts zu tun! Ihr habt nicht einmal davon gewusst", ruft Susi entsetzt aus. „Es tut mir so unsagbar leid. Das wollte ich nicht."
„Trotzdem ist es wegen dir. Du bist schuld!"
„Das stimmt nicht ganz. Meine Flucht war die Ursache", stellt Susi richtig. „Aber ich habe das

Berufsverbot nicht ausgesprochen. Die eigentliche Schuld trägt das System."
Ute zuckt mit der Schulter. „Du hast eben immer eine Ausrede. Außerdem finde ich es ganz furchtbar von dir, deine eigenen Kinder im Stich zu lassen. Das hätte ich als Mutter nie im Leben übers Herz gebracht."
Susi nickt. Ihr fällt keine Antwort darauf ein, dass ihre Schwester sie für eine miese Mutter hält. Schließlich erklärt sie: „Du weißt, dass Anett sehr krank ist."
„Eben. Das macht es noch schlimmer."
„Die Ärzte können keine Medikamente beschaffen, die gibt es nur im Westen."
„Und wenn Anett inzwischen gestorben wäre?"
Susi nickt. Sie sagt nicht, dass sie genau davor die größte Angst hatte und eines Tages begreifen musste, dass sie gar nichts machen kann. „Dann wäre sie eben gestorben, aber das ist sie zum Glück nicht."
Ute ist entsetzt und hält ihre große Schwester für herzlos. Sie kann und will sich nicht in deren Gedanken versetzen.
Susis Beine zittern und ihre Zähne klappern, als sie von den Zeiten in der U-Haft und im Gefängnis Hoheneck berichtet. Bis jetzt hatte sie wenig darüber nachgedacht, es war vorbei und hoffentlich bald vergessen. Von sich aus hätte Susi nichts erzählt, aber Ute stellt Fragen und merkt nicht, wie sehr sich Susi damit quält. Sie sucht nach den richtigen Worten, die die Angst um ihr eigenes Leben und die Sorge um die Kinder beschreiben. Vergeblich. Sie merkt, dass Ute verletzt ist und ihr bis drei Uhr

morgens immer wieder das Berufsverbot und die im Stich gelassenen Kinder vorwirft.

Noch lange vor Sonnenaufgang kriechen die Kinder zu Susi unter die Decke. Auch der Vater ist schon auf. Susi hört ihn in der Küche rumoren. Zeit zum Kuscheln bleibt nicht. Noch vor dem Mittag sitzt Susi mit ihren Kindern und zwei Koffern im Zug nach Frankfurt. André wählt den Fensterplatz gegenüber, hat aber kaum ein Auge für die Landschaft oder für das neue Spielzeugauto, das er in den Händen hält. Er strahlt seine Mutter an. Und Anett sitzt auf Susis Schoß und klammert sich an ihren Arm und ihre Kleidung. Erst, als der Zug am frühen Abend Frankfurt erreicht, springen die Kinder von ihren Sitzen auf und bestaunen laut jubelnd die unglaublich vielen Lichter der Stadt. Auch der Bahnhof ist taghell erleuchtet.

Manfred reißt die Wagentür auf und André springt von oben direkt in die Arme seines Vaters. Uwe greift nach den Koffern und Susi hebt Anett auf den Bahnsteig.

„Millionen Lichter!", schreit André immer wieder. „Millionen Lichter!" Er kennt nur die sehr spärliche Straßenbeleuchtung im Osten, die obendrein 22 Uhr komplett abgeschaltet wird. Danach sind sämtliche Ortschaften stockdunkel.

Susi sitzt hinten im Auto zwischen ihren Kindern, die auf der Rückbank knien, um die hell erleuchteten Straßen in der fremden Stadt zu bewundern.

„Aber hier liegt gar kein Schnee", wundert sich

André. Bei den Großeltern in Sachsen war alles tief verschneit.

In ihrem neuen Heim flitzen die Kinder in jedes Zimmer und staunen, wie viel Platz sie in allen Räumen haben. Sie laufen auf dem langen Balkon hin und her.

Anett klatscht in die Hände und ruft: „Ich habe das größte und höchste und allerschönste Bett auf der ganzen Welt." Dann klettert sie die Leiter ihres Hochbettes hoch, kuschelt sich in ihre Decke und schläft sofort ein.

Der nächste Tag ist ein Sonntag. Manfred muss nicht wieder zurück an den Bodensee, seine Schulung ist abgeschlossen.

Anett jubelt und springt im Elternbett jauchzend in die Höhe.

„Nicht so laut!", mahnt André. „Du weißt doch, was die Oma gesagt hat."

„Was hat denn die Oma gesagt?", will Susi wissen.

„Na, dass die Kapitalisten keine Kinder mögen und sie aus der Wohnung schmeißen, wenn sie zu laut sind. Deshalb gibt es hier auch keine Spielplätze."

„Ach, die Oma war ja noch nicht hier. Deshalb weiß sie gar nicht, wie es hier ist. Wir stehen jetzt auf und erkunden nach dem Frühstück eure neue Umgebung."

Gleich am Haus ist ein kleiner Abenteuer-Spielplatz.

„Lauft! Hier könnt ihr euch austoben", fordert Susi ihre Kinder auf.

„Müssen wir denn gar nichts bezahlen?", will

André wissen.

„Wie meinst du das?"

„Na, ich weiß doch, dass im Westen die Spielplätze alle ganz viel Geld kosten und nur für die Reichen da sind."

„Aber nein. Hier muss man nichts bezahlen."

Nun sind die Kinder nicht mehr zu halten, probieren jede Rutsche, jede Schaukel, krabbeln in jedes Häuschen und erklimmen jedes Klettergerüst. Eines der Klettergerüste ist besonders hoch und besteht aus bunten Gummiseilen, an denen man hinaufklettern und dabei wunderbar wackeln und schaukeln kann. Manfred hebt Anett auf ein Pferd, das auf einer dicken Feder befestigt ist und hin und her wippt.

„Wo reitest du denn hin?", fragt er das kleine Mädchen.

„Nach Moskau."

„Und was willst du in Moskau?"

„Einkaufen natürlich."

„Heute habe ich Geburtstag", jubelt Anett am nächsten Morgen. Eigentlich wurde sie am 29. Februar geboren, aber den gibt es in diesem Jahr nicht, also feiern sie gewöhnlich am 1. März. Anett hüpft ins Elternbett.

„Au!", schreit Manfred „Meine Güte, bist du schwer geworden."

„Ich bin nämlich schon sechs. Bald komme ich in die Schule."

„Muss ich heute schon in die Schule?" fragt André leise.

„Nein, du darfst noch eine ganze Woche zu

Hause bleiben", beruhigt ihn Manfred. „Heute feiern wir Geburtstag. Ich habe extra Urlaub genommen."
Alle gratulieren Anett und singen ihr zu Ehren *Zum Geburtstag viel Glück* und *Hoch soll sie leben.*
„Heute ist der große Anett-Tag", verkündet Susi. „Das heißt, Anett darf heute bestimmen, was wir essen und was wir alles machen."
„Juhu! Ich bin der Bestimmer! Dann will ich Makkaroni mit Tomatensoße zum Mittag, Torte zum Vesper und Wiener mit Kartoffelsalat zum Abendessen."
Susi lacht. „Das hast du hervorragend ausgesucht, denn das sind alles meine Lieblingsspeisen."
Zuerst gehen sie zum Fleischer nebenan. Susi verlangt fünf Paar Wiener und Anett bestellt Schabefleisch.
„Das Schabefleisch wird heute zu viel, das kaufen wir morgen."
„Aber morgen ist es doch alle!", ruft Anett. Sie kann sich nicht vorstellen, dass es täglich Schinken, Wiener und Schabefleisch zu kaufen gibt. Die Verkäuferin lacht und reicht jedem Kind ein Wiener Würstchen. „Die schenke ich euch. Bei uns heißen sie Frankfurter."
„Weißt du, Mami, so schlimm finde ich den Westen gar nicht", stellt André fest.
Anett hat einen Zeitungskiosk entdeckt und möchte ganz allein etwas einkaufen.
Susi drückt ihrer Tochter Geld in die Hand. „Du darfst dir eine Kinderzeitschrift aussuchen und bring bitte noch die *Hör zu.*"

Anett schaut ihre Mutter abwartend an.
„Was ist? Lauf!"
„Ja, aber was soll ich bringen."
„Eine *Hör zu*."
„Ich höre doch zu", entgegnet Anett schon fast weinerlich.
Da versteht Susi. „Meine Süße, die Zeitschrift heißt *Hör zu*, du musst also eine *Hör zu* bestellen."
Nun muss auch Anett kichern.
Sie gehen zum Meldeamt, beantragen Kinderausweise und anschließend das Kindergeld. Die Kinder müssen außerdem im Flüchtlingsausweis eingetragen werden.
„Jetzt können Sie Ihre Hausratsentschädigung beantragen", erklärt der Sachbearbeiter.

Am nächsten Montag geht André zum ersten Mal in die Schule, die kaum 100 Meter vom Wohnhaus entfernt ist. Susi hatte die Schulbücher bereits besorgt, ebenso die Hefte und sonstigen Materialien.
Zum Mittag ist André wieder zurück und erzählt, dass seine Klasse in Banden eingeteilt ist.
„Banden?", wundert sich Susi. „Sind das vielleicht Gruppen?"
„Nein, es sind Banden, die sich bekämpfen wie im Krieg. Vier Jungs sind in der italienischen Bande, sechs in der jugoslawischen und sieben in der türkischen. Eine deutsche Bande gibt es nicht, das sind nur vier Mädchen."
„Und warum haben diese Banden solche Namen wie Italienisch und Türkisch?"
„Weil es Italiener sind oder Türken. Es gibt nur

ausländische Jungs in meiner Klasse. Ich bin der einzige Deutsche."
Susi hat sich über Ausländer und mögliche Probleme noch nie Gedanken gemacht. Aber wenn sich die Kinder schon in der dritten Klasse bekämpfen und sogar prügeln, weil sie eine andere Nationalität haben, dann ist das ein wirklich ernstes Problem.
Auch die Hausaufgaben sind ein Problem. André sitzt am Küchentisch und schimpft: „Ich kapiere nicht, was die wissen wollen."
Susi schaut sich die Aufgabe an und merkt, dass es auf jede Frage verschiedene Antwortmöglichkeiten gibt. Sie war es ebenso wie André gewöhnt, dass in der Schule nur ein einziges *richtig* galt, alles andere war falsch. Die Wahl zwischen mehreren richtigen Antworten zu treffen müssen sie alle noch lernen.

Während André in der Schule sitzt, übt Susi fast jeden Vormittag das Autofahren. Die kleine Anett darf auf der Rücksitzbank mitfahren.
Am 11. März bringt Manfred seine Susi zur Fahrschule. Dort steht ein Mann in einem langen schwarzen Mantel und schaut stirnrunzelnd in eine Mappe voller Papiere. Susi ist sofort klar, dass das der Prüfer sein muss. Sie ist froh, dass ihr der Mann keine Hand gibt, denn ihre Hände sind unangenehm feucht.
„Sie fahren vor zum Kaiserlei!", bestimmt der Prüfer. Der Fahrlehrer verdreht die Augen. Susi zittert. Sie atmet langsam aus und zählt in Gedanken bis zehn. Dann kontrolliert sie den

Innen- und den Außenspiegel, dreht den Zündschlüssel und ist erleichtert, als der Motor sofort anspringt. Vorn an der Hauptstraße hat sie noch einmal Zeit, sich zu sammeln, denn sie muss nach links abbiegen und es ist viel Verkehr.

„Sie biegen in die dritte Straße links ab und ordnen sich rechts ein!", bestimmt der Prüfer.

Der Fahrlehrer hatte Susi erklärt, dass man quasi schon durchgefallen ist, wenn man erst rechts und danach sofort links abbiegen soll. Aber bei ihr ist es genau umgekehrt, denn sie soll zuerst nach links und sich danach rechts einordnen. Susi seufzt erleichtert. Vor allem, weil sie offenbar nicht direkt in den Kaiserlei einfahren soll. Der Kreisel ist immer sehr stark befahren, man darf nicht zögern und muss sich sehr schnell in den laufenden Verkehr einfädeln. Das ist recht schwierig für einen Fahranfänger.

„Suchen Sie sich eine Lücke und parken Sie ein!"

Susi sieht direkt neben sich ausreichend Platz für den Audi, setzt den Blinker und bremst. Sie legt den Rückwärtsgang ein und peilt über die beiden Schrauben, die der Fahrlehrer unauffällig auf der Hutablage angebracht hatte, den richtigen Winkel an. Das Einparken gelingt ihr mit einem Zug.

„Wenden Sie und biegen Sie rechts in die Hauptstraße!"

Susi setzt den Blinker, schaut in den Rückspiegel, dreht den Kopf und fährt das Auto langsam aus der Parklücke. Dann stößt sie ebenso langsam zurück. Sie muss nur einmal kurz korrigieren, hat aber das Wenden in nur drei Zügen fast perfekt gemeistert.

Keine halbe Stunde später hält Susi auf dem Hof der Fahrschule. Der Prüfer steigt wortlos aus, der Fahrlehrer zwinkert Susi zu. Sie steht vor dem Prüfer, der schweigsam in seiner Mappe kramt. Dann reicht er Susi den grauen Führerschein entgegen.

„Bestanden?"

„Guten Tag!", grüßt der Prüfer, dreht sich um und geht. Susi fällt dem Fahrlehrer um den Hals.

Sie steckt den neue Führerschein in ihre Handtasche und läuft zum Autohandel nebenan. Auf einem großen Parkplatz stehen mehr als hundert verschiedene Fahrzeuge, große und kleine, alte und neue. Susi fällt ein seltsames eckiges Gefährt auf. Es ist komplett grasgrün und hat vier sehr schmale Türen. Susi öffnet die Fahrertür und steigt ein. Der Sitz ist hart, kurz und steil wie ein Küchenstuhl, man versinkt nicht darin wie im Citroen. Am Lenkrad gibt es keine Gangschaltung. Susi tastet das Armaturenbrett ab und beugt sich nach unten. Als sie wieder hochschaut, blickt sie in ein lachendes Männergesicht.

„Hallo, junge Frau, kann ich helfen? Ich bin der Verkäufer hier."

Der Mann erklärt Susi die Stockschaltung. Dann öffnet er die Heckklappe. Susi ist ganz begeistert, weil dieses winzige Auto innen erstaunlich viel Platz bietet.

„Das ist ein R4. Er hat 34 PS, ist sechs Jahre

alt und kostet 1.500 Mark. TÜV hat er keinen, aber den können Sie gleich da hinten in unserer Werkstatt machen lassen."
Susi nickt. Sie versteht nichts von Autos und Motoren. Deshalb sucht sie nach Zeichen und findet sie schnell: sechs Jahre alt ist das Fahrzeug, genau wie Anett, außerdem ist der R4 genauso grün wie der Citroen und kostet ebenfalls 1.500 Mark. Susi nickt wieder. „Mir gefällt das Auto. Ich nehme es."

André findet neben seinem Osternest ein Paar Rollschuhe. Sofort läuft er damit vors Haus und probiert sie auf dem langen Fußweg aus.
Susi fährt während der drei Wochen Osterferien mit den Kindern jeden Tag auf einen anderen Spielplatz. Ihr Lieblingsspielplatz ist der Monte Scherbelino direkt an der Autobahn. Dort gibt es ein Indianerdorf aus großen Zelten, ein Cowboy-Ford mit Kutschen, eine Wild-West-City mit kleinen Häuschen, in die man hineinlaufen kann, und eine Öl-Raffinerie, die aus einer riesigen langen Rutsche besteht. Die Kinder haben unendlich viele Möglichkeiten zum Spielen, Klettern und Toben. Über dem Spielplatz sinken die Flieger hinunter auf den Frankfurter Flugplatz. Sie sind so nahe, dass man glaubt, nach ihnen greifen zu können.
Oder sie fahren zum nahen Waldspielplatz Fechenheim, der eine riesige Kletterburg mit vielen Durchsteigen, Balken, Verstecken und einen hohen Ausguck hat. Dieser Spielplatz verfügt obendrein über eine wunderbare Rollschuhbahn, wo André seine neuen

Rollschuhe ausprobieren kann. Susi sitzt immer am Rand auf einer Bank und liest in einem Buch.
Die Kinder mögen Susis kleinen R4 gern. Von den hohen Sitzen aus können sie aus dem Fenster schauen.
Das ist im DS nicht möglich, weil die Polster so tief unten sind. Anett sitzt deshalb immer auf der mittleren Armlehne, die für sie breit wie ein Sessel ist, und schaut zwischen den Vordersitzen aus dem Fenster. Den Kindern gefällt, dass sie im Citroen lustig auf und nieder geschaukelt werden. Allerdings wird ihnen deshalb beim Fahren jedes Mal übel. Manfred muss bei jeder Tour mehrmals anhalten, damit sich die Kinder abwechselnd am Straßenrand übergeben können.
Eines Tages verliert Susi die Geduld. Sie schimpft: „Wer noch einmal während der Fahrt brechen muss, der darf nie wieder auf den Rummelplatz."
Von dieser Stunde an passiert unterwegs kein Malheur mehr.

Im April heiratet eine von Susis Cousinen in Bayern und lädt Uwe und Susi mit ihrer ganzen Familie zur Hochzeit ein. Susi freut sich sehr auf dieses Familientreffen. Sie wird Tante Lore, Julius und die beiden Söhne wiedersehen. Tante Trautchen kommt nicht, aber sie schickte Susi ein wunderschönes bodenlanges Abendkleid, das sie zur Feier tragen kann.
Als Susi in die Wohnung ihrer Tante kommt und die Stube betritt, sieht sie zuerst zwischen all

den lachenden Leuten ihre innig geliebte Oma Martha, stürmt auf sie zu und umarmt sie überglücklich.
"Nicht so heftig, Mädchen!", mahnt die Oma. Doch Susi sieht ihr an, wie sehr sie sich über das Wiedersehen freut.
Die Oma hat die Schüttelkrankheit, sie wackelt sehr stark mit dem Kopf und beiden Händen, die bei Aufregung regelrecht hin und her fliegen. Das hatte Susi völlig vergessen. Dabei war sie bei der Oma aufgewachsen und sogar später als Jugendliche nahezu täglich bei ihr zu Besuch.
Nachdem Susi all ihre Verwandten begrüßt hat, setzt sie sich zur Oma aufs Sofa und weicht ihr nicht mehr von der Seite. Anett kuschelt sich auf den Schoß ihrer Mami, denn ihr machen die vielen lauten Stimmen regelrecht Angst. Manfred fühlt sich wohl zwischen der unkomplizierten und sehr sympathischen Verwandtschaft seiner Frau.

Der Tag der Trauung beginnt mit einem Frühstück bei den Schwiegereltern der Cousine, danach trifft sich das halbe Dorf zum Frühschoppen im Dorfgasthof. Pünktlich 13 Uhr sollen sich alle daheim bei Susis Tante am festlich gedeckten Mittagstisch treffen. Sie hat für 15 Gäste typisch schwäbische Spätzle mit verschiedenen Gemüsen und Geschnetzeltem gekocht.
Am Nachmittag geht es in die Kirche. Das ist neu für Susi und ihre Familie. Keiner von ihnen war vorher in einer katholischen Kirche. Von

außen sieht das recht kleine Gebäude ganz normal aus. Aber innen ist es derart mit Prunk überladen, dass es Susi richtig schwindlig wird. Auch die Kinder sind von dieser üppigen Pracht regelrecht geblendet. Ein großes Kreuz voller riesiger Diamanten, unzählige goldene Büsten, herrliche Gemälde und ein riesiger Altar aus schneeweißem Stein lenken Susis Blicke von ihrer Cousine ab. Die kniet neben ihrem Mann auf einem Kissen und trägt ein wunderschönes weißes Brautkleid, über dem ein feiner Schleier bis über den gesamten Rücken fällt. In der linken Hand hält sie einen Brautstrauß aus lila und weißen Rosen.

Der Pfarrer fragt die jungen Leute, ob sie einander lieben und bis in den Tod treu sein wollen. Dann erklärt er das Paar für vermählt, obwohl es seit zwei Wochen durch den Standesbeamten längst verheiratet ist.

Am Abend trifft sich das gesamte Dorf im Saal des Gasthofs. Viele Burschen tragen Lederhosen und karierte Hemden und einige Mädchen prächtige Dirndl. In alten Filmen hat Susi schon oft Dirndl gesehen, aber sie wusste nicht, dass sie heute noch getragen werden.

„Wir haben alle unsere Dirndl, Alltagsdirndl und Festdirndl, das muss sein", erklärt eine Cousine.

Manfred amüsiert sich über die ungewohnt großen Biergläser, wo ein kompletter Liter hineinpasst. Susi kann so ein riesiges Glas gar nicht mit einer Hand halten. Es werden unglaubliche Mengen an Fleisch und Klößen aufgetafelt und eine Art Nudelsuppe, die sich

Hochzeitssuppe nennt. Nach dem Essen reicht ein Mädchen eine bunte Schachtel herum. Susi beobachtet, dass jeder Gast einen Umschlag hinein legt. Auch Lore legt einen hinein und erklärt: „In den Umschlägen ist Geld, damit das Brautpaar nicht alles allein zahlen muss."
Diese Sitte kennt Susi nicht und bedauert, dass sie keinen Umschlag dabei hat.
Um Mitternacht wickeln junge Leute aus dem Dorf das Brautpaar in Klopapier ein. Danach wird laut und fröhlich gesungen und bis zum Morgen ausgelassen getanzt. Auch zahlreiche Kinder toben über die Tanzfläche oder schlafen in irgendeiner Ecke inmitten des Trubels einfach ein.
Auch das ist neu für die Familie. In der DDR nahm man die Kinder nicht zu abendlichen Festen mit. Sogar daheim mussten sie ins Bett, bevor die Gäste eintrafen. Bei Lokalbesuchen sitzen André und Anett brav am Tisch, essen gesittet und unterhalten sich in normaler Lautstärke. Die Kinder in ihrer neuen Heimat springen quer durch den Gastraum, werfen sich auf den Boden, singen und quietschen laut und sind fast eine Belästigung für die Gäste. Susi weiß nicht so recht, ob ihr die gewohnte Ordnung lieber ist oder dass die Kinder überall dabei sind und sich nach Herzenslust vergnügen dürfen.
Am meisten freut sich Susi über das Wiedersehen mit ihrer geliebte Oma Martha, der sie während der gesamten Feier kaum von der Seite weicht.

Am ersten Mai bringen Susis Verwandte die Oma nach Offenbach, wo sie einige Tage bleiben soll.
Aber schon am nächsten Morgen ruft Tante Trautchen an. „Heinz ist gestorben. Bitte erzähle der Oma nichts, das verkraftet sie nicht."
Susi nickt, obwohl Trautchen das nicht sehen kann. Heinz ist Omas Lieblingsschwiegersohn und baute direkt in Omas Nachbarschaft ein Haus für seine Familie.
„Kann Uwe die Oma zu Lore nach Kiel bringen?", fragt die Tante.
Wieder nickt Susi. Sie setzt sich zu Oma aufs Sofa. „Willst du ein paar Tage zu Lore?"
Die Oma legt ihre Hand auf Susis Arm. „Du brauchst mir nichts zu sagen, Mädchen. Ich weiß auch so, dass mein lieber Heinz gestorben ist."
Susi legt ihren Kopf an Omas Schulter und weint.
Uwe ist sofort bereit, die Oma am nächsten Tag nach Kiel zu ihrer Tochter zu fahren. Das sind gut sechs Stunden Fahrtzeit. Mitten auf der Autobahn gibt es einen furchtbar lauten Knall. Bei voller Fahrt ist ein Autoreifen geplatzt. Die Oma hebt erschrocken die Arme und flüstert leise: „Oh Gottogottogott."
Dank der Hydraulik des Citroen kann Uwe das Fahrzeug problemlos an den Rand lenken und die Reifen wechseln. Die weitere und auch die Rückfahrt verlaufen ohne Probleme, obwohl Uwe mehr als zwölf Stunden ohne Pause hinter dem Steuer sitzt. Aber er kann sich nicht

ausruhen, denn der nächste Tag ist ein Montag und somit Arbeitstag.

„Morgen muss der Papi nicht zur Arbeit, denn morgen ist Himmelfahrt", verkündet Susi.
„Fein!", jubelt Anett. „Darf ich mitfahren?"
„Himmelfahrt ist keine Ausfahrt, sondern ein Feiertag. Er heißt einfach so. Aber du hast recht, denn wir fahren wirklich alle weg. Zwar nicht in den Himmel, sondern an einen riesengroßen See, den Bodensee."
„Oh! Den kenne ich! Von dem hat der Papi schon ganz viel erzählt."
„Ja, und dieses Mal dürfen wir alle mit. Der Papi hat dort Schule und wir Urlaub."
„Ich auch?", will André besorgt wissen.
„Ja, du auch. Ich habe deine Lehrerin gefragt."
Da es bis zu den Sommerferien nur noch wenige Schul- und mehrere Feiertage gibt und André sowieso fast das gesamte Schuljahr fehlte, wird er vom Unterricht freigestellt. Außerdem sind die Lehrer mit seinen Leistungen und Zensuren zufrieden.
In Überlingen wohnen sie im Haus einer sehr netten Frau, die drei kleine Mädchen hat. Eins ist etwas jünger als Anett, eins in André´s Alter und das Dritte so stark behindert, dass es weder sitzen, sprechen noch essen kann. Der Vater der Mädchen hat die Familie verlassen. Er konnte wohl die Behinderung seiner Tochter nicht ertragen. Nun vermietet die Frau das Schlafzimmer an Feriengäste und deckt für sie jeden Morgen einen üppigen Frühstückstisch.
Susi besucht mit ihren Kindern die Affen in

Salem, unternimmt Schiffsfahrten auf dem Bodensee, besichtigt den Rheinfall und geht mit ihnen oft ins Schwimmbad, weil die Maisonne so heiß brennt, als wäre Hochsommer. Der See ist Susi zu groß. Sie mag es nicht, wenn man das andere Ufer nicht sehen kann. Sogar die hohen Berge verschwinden im Dunst der Hitze.
Am Wochenende fahren sie alle zusammen mit Manfred in einer Gondel hinauf auf den Säntis. Am Grenzübergang müssen sie allerdings erst Geld umtauschen: deutsche Mark in Schweizer Franken. Das finden nicht nur die Kinder lustig, auch für Susi und Manfred ist es neu und spannend. Susi macht einige witzige Fotos von den Kindern, wie sie in ihren kurzen Hosen und T-Shirts eine lustige Schneeballschlacht veranstalten.

Die Sommerferien beginnen mit einem Urlaub in Kirchberg/Tirol. Auch hier tauschen sie zuerst deutsche Mark in österreichische Schilling, obwohl sie später merken, dass einige Lokale deutsches Geld akzeptieren.
Das Haus liegt am Rand des Dorfes, das ringsum von Wiesen und Hügeln mit Wäldern eingesäumt ist, in der Ferne ragen über den Wäldern Felsen hervor. Alles macht einen wunderbar friedlichen Eindruck.
Hinter dem Haus ist ein kleiner Spielplatz und ein großes Wasserbecken für die Kinder. Susi und Manfred sitzen gern auf dem Balkon, schauen ihren Beiden beim Spielen und Planschen zu und freuen sich über die wunderbare Aussicht über das Tal und in die

Berge.
Im Ort gibt es ein richtiges großes Freibad mit einer riesigen Rutsche. Anett steht am Rand und bewundert ihren großen Bruder, der den Mut hat, hinunterzurutschen und mit einem lauten Platsch ins Wasser taucht.
Und es gibt einen See, auf dem man mit dem Boot gondeln kann. Susi ist dieser See ganz unheimlich, weil das Wasser vollkommen schwarz ist und man weder Fische noch Pflanzen erkennen kann.
Vor allem gibt es wunderschöne Wanderwege hinauf in die Berge, auf deren Gipfeln oft noch Schnell liegt. Als sie ein Stück hinauf ins Kaisergebirge gewandert sind und einen wunderschönen Blick ins Tal haben, jubelt Susi: „Jetzt weiß ich, weshalb das Jodeln erfunden wurde, denn mir ist ständig nach Jodeln zumute."
Am Nachmittag lächelt Manfred etwas verlegen und verkündet: „Ich gehe jetzt in den Fernsehraum zum Fußball."
„Das ist nicht dein Ernst!", empört sich Susi.
„Deutschland spielt. Es sind Weltmeisterschaften."
„Na und? Es ist unser Urlaub."
Susi denkt zurück an ihren Urlaub vor vier Jahren in Schmilka im Elbsandsteingebirge.
„Ich will nicht, dass du wie damals jeden Nachmittag und Abend mit anderen Männern im Fernsehraum verbringst, Fußball schaust und mich mit den Kindern allein lässt. Das ist für mich kein Urlaub."
„Du weißt, wie wichtig mir Fußball ist. Aber ich

verspreche dir, dass ich mir nur die Deutschland-Spiele anschaue."
Susi zuckt mit der Schulter. Sie glaubt ihrem Mann nicht, da er beim Fußball oft komplett die Zeit und alles um sich herum vergisst.
„Und wenn die Österreicher spielen", ergänzt Manfred. „Schließlich sind wir in Österreich und sollten die Landsleute anfeuern."
Da diese Weltmeisterschaften in Spanien stattfinden, beginnen die ersten Spiele zu Susis Freude erst nach 17 Uhr. So kann die Familie ihren Tag ganz normal planen.
Einmal fahren sie durch den langen Felbertauerntunnel und zurück die Großglockner-Hochalpenstraße. Manfred tastet sich langsam die vielen steilen Serpentinen hinunter, während Susi und die Kinder vor Schreck und Aufregung kaum ein Wort herausbringen.

Als es in der zweiten Woche kalt ist und regnet, beschließen sie, nach Venedig zu fahren. Sie wählen die Route durch die Hohe Tauern. Das alte Auto hat keine Mühe, die steilen Straßen mit den vielen Kurven zu bewältigen. Kurz nach der italienischen Grenze tuckert der Motor seltsam und Manfred hält auf dem nächstbesten Parkplatz. Er öffnet die Motorhaube und klopft ein wenig hier und da und auch am Auspuff. Eine Schelle hat sich gelockert, die er wieder befestigen muss. Etwas unsicher fahren sie weiter. Irgend etwas stimmt nicht, denn es wird immer heißer im Fahrgastraum. Die Kinder haben längst ihre Jacken abgelegt und Susis Pullover klebt

unangenehm an ihrem Körper.
„Ich befürchte, dass der Motor kaputt ist."
„Dann halte an!", bittet Susi. „Nicht, dass noch etwas explodiert. Vielleicht brennt längst etwas, es ist so schrecklich heiß hier drinnen."
„Du siehst doch, dass ich hier nirgendwo halten kann. Die Straße ist viel zu schmal."
Es geht noch lange steil bergab, ehe sie endlich ein kleines Dorf erreichen und parken können. Manfred steigt aus und geht um das Auto herum. Noch ehe er die Motorhaube öffnet, fängt er an zu lachen.
„Was ist denn?, wundert sich Susi.
„Wir sind im Süden!", ruft Manfred. „Schau doch! Die Menschen laufen in kurzen Hosen und dünnen Kleidchen herum. Deshalb war es plötzlich so heiß im Auto "
Spät in der Nacht kommen sie in Venedig an und finden schnell ein Hotel mit einem großen Zimmer für die ganze Familie. Hier müssen sie mit italienischen Lira bezahlen. Am nächsten Morgen wird das Frühstück in einem wunderschönen kleinen Garten serviert, der voller Blumen und blühender Sträucher ist.
„Hier zu sitzen ist der reine Genuss. Ich möchte gar nicht mehr weg", freut sich Susi.
Aber die Kinder zappeln ungeduldig mit den Beinen. Sie wollen Venedig sehen, die Stadt, die mitten im Wasser liegt. Sie bummeln durch schmale Gassen, an Kanälen entlang und über viele kleine Brücken. Autos gibt es in der Innenstadt nicht, nur Karren voller Obst und sonstiger Waren, die die Händler ziehen oder schieben müssen. Die Kinder haben ihren

Spaß an den unzähligen Tauben, die ihnen auf dem San Marco Platz frech die Brotkrumen direkt aus der Hand picken. Manfred macht viele Fotos.
Plötzlich stolpert Susi. Ihr Absatz ist gebrochen. Sie hebt ihn auf und zeigt ihn Manfred. Da winkt ihnen eine Frau zu.
„Venire!"
Susi humpelt der Frau hinterher und landet wenige Schritte später in der Werkstatt eines Schusters.
„Vielen Dank!", ruft sie der Frau nach. Dann reicht sie dem Handwerker ihren kaputten Schuh und den Absatz. Als Manfred bezahlen will, winkt der Mann nur ab und schenkt den Kindern je eine wunderschöne Glaskugel. Anetts Kugel leuchtet rot, André seine blau. Die Kinder tauschen, weil die Lieblingsfarbe von Anett blau und von André rot ist. Gleich hinter der Werkstatt fließt wieder ein Kanal, auf dem viele schwarze Gondeln schwimmen.
„Bella Donna! Si prega de prendere la gondola!"
„Ich habe Gondel verstanden."
„Und ich schöne Frau", ergänzt Manfred lachend.
Die Kinder betteln: „Bitte, wir wollen mit dem Schiff fahren!"
Der Gondolere trägt ein weißes Hemd, das in der Sonne grell leuchtet, und einen Strohhut mit einem langen roten Band. Er zeigt mit einem Arm auf sein Boot und reicht den anderen Anett, aber das kleine Mädchen tritt ängstlich einen Schritt zurück. Doch André greift sofort zu

und springt mit einem Satz ins Boot. Manfred nimmt seine Tochter auf den Arm und übergibt sie dem Mann in der Gondel. Dann wartet er, bis Susi eingestiegen ist und nimmt als letzter Platz. Susi und Manfred sitzen auf einer Art Thron aus dunkelblauem Kunstleder, der mit einer Blumengirlande über einem verschnörkeltem Rahmen geschmückt ist. Der Mann steuert das Boot durch den Canale Grande, am Dogenpalast vorbei und unter der Rialtobrücke hindurch. Dann fängt er an zu singen. Das ist so wunderbar kitschig, dass Susi die Tränen in die Augen steigen.

Am Nachmittag merkt Manfred, dass der Fotoapparat den Film nicht transportierte. „So ein Mist! Wir haben kein einziges Bild von Venedig, den Gondeln, Brücken und Tauben."

Kurz entschlossen laufen sie schnell noch einmal die wichtigsten Sehenswürdigkeiten ab und knipsen eher wahllos nach allen Seiten. Dann wird es Zeit für die Fahrt zurück ins Urlaubshotel. Sie wählen die Strecke über die Brenner-Autobahn, die aus unzähligen Viadukten besteht und den Blick auf mehrere alte Burgen und Ruinen ermöglicht.

Susi nimmt sich vor, ein spezielles Fotoalbum für diesen wunderbaren Urlaub anzulegen und ab sofort alle ihre Erlebnisse mit Bildern und passenden Texten zu dokumentieren. Außerdem will sie sich künftig über wichtige Sportereignisse informieren, damit sie nie wieder im Urlaub davon überrascht wird.

Am 9. Juli ist Manfreds letzter Urlaubstag. Es

soll ein ganz besonderer Tag werden, denn genau vor einem Jahr fuhren er und Susi mit dem Bus aus dem ostdeutschen Gefängnis direkt nach Gießen in die Freiheit. Sie wollen den Kindern die deutsch-deutsche Grenze zeigen. Aber es kommt anders, denn kurz nach dem Frühstück erhalten sie die Nachricht, dass ein Container eingetroffen sei, der sofort abzuholen ist. Dieser Container war mehr als vier Monate unterwegs und hat Susis Eltern sehr viel Geld gekostet. Er beinhaltet die Umzugsgüter der Kinder: André´s Fahrrad und sein Indianerdorf, Anetts Puppenwagen mit zwei Puppen, ein Puppenhaus, mehrere Plüschtiere und Kleidung. Die Kinder jubeln und bauen sofort im Kinderzimmer Indianerdorf und Puppenhaus auf. Susi hat Mühe, die beiden zu einem Spaziergang zu überreden.
„Dann nehme ich aber meine Puppe Mandita mit!", verkündet Anett. Stolz schiebt sie ihren Puppenwagen am Mainufer entlang, während André große Runden mit seinem Rad dreht.

Manfred muss wieder arbeiten, aber die Sommerferien dauern noch vier Wochen an. Susi beschließt, die Einladungen ihrer Tanten anzunehmen und sie mit den Kindern an Ost- und Nordsee zu besuchen. Sie wählt die Route über Dänemark, von dort lassen sie sich mit der Fähre zur Insel Sylt übersetzen. Die Kinder stehen an der Reling und beobachten die Wellen. Es sind sehr kurze und unregelmäßige Wellen, so dass das Boot auf und nieder und gleichzeitig hin und her schaukelt. Das

Schaukeln wird immer heftiger.
„Kommen Sie unter Deck!", ruft ein Matrose.
Susi packt ihre Kinder an den Händen und torkelt mit ihnen zum Gastraum. Sie werden immer wieder hin und her geschleudert und müssen sich an den Haltestangen festhalten, die sich an jeder Wand in den Gängen befinden. Susi ist froh, als sie endlich im Gastraum auf den Bänken sitzen, aber sie umklammert sicherheitshalber die Tischkante. Den Kindern gefällt dieses Abenteuer. Sie kichern über die schwankenden Leute, zucken aber erschrocken zusammen, als mehrmals ein Stapel Teller zu Boden scheppert.
„Ich war schon mal am Meer", erklärt André stolz seiner kleinen Schwester. „Ich kenne das, wenn überall Wasser ist und man nur und nur Wasser ringsum sieht."
An den Urlaub in Güstrow kann sich André nicht erinnern, denn er war damals erst drei Jahre alt. Er weiß nur noch, dass er seinen täglichen Mittagsschlaf immer auf einer Decke am See halten musste. Das große Wasser aber, die Ostsee, hat er noch deutlich vor Augen. Anett war währenddessen in der Klinik in Leipzig. Von Geburt an kannte sie zehn Monate lang nur Ärzte und Schwestern, die ihr weh taten. Sie hatte somit überhaupt kein Urvertrauen, was die Grundlage für eine Lebensbasis ist. Das musste Susi erst langsam entwickeln und aufbauen, obwohl sie selbst unsicher war. Es gab damals keine Ärzte oder Therapeuten, die bei solch einer gravierenden Lebenskrise halfen.

Auf Sylt schlafen alle drei in Tante Trautchens Gästezimmer. Die zeigt am nächsten Tag den Kindern, wie man im Niedrigwasser Miesmuscheln sammelt, die es zum Mittag geben soll. Die Muscheln müssen noch geschlossen sein, offene sind tot und können nicht gegessen werden. Anett freut sich über diese ungewöhnliche Aufgabe. André findet es spannender, Krebse zu fangen. Innerhalb von fünf Minuten hat er zwölf winzige lebende Krebse in seinem Eimer. Er ist ganz begeistert von den Wellen, zieht seine Sachen aus und springt ins Wasser. Aber er hat nicht mit der Kraft der kurzen Wellen gerechnet. Sie werfen ihn sofort um. Prustend rennt er zu Susi.
„Unter mir ist die Erde weggelaufen. Sie hat meine Füße zurückgezogen, ich konnte nicht mehr stehen."
„Das kann ich mir nicht vorstellen", zweifelt Susi.
„Wenn das Wasser zurück geht, entsteht ein starker Sog. Das wissen viele Leute nicht. Manche werden hinaus aufs Meer gezogen und können nicht wieder zurück", erklärt Trautchen.
„Ab sofort geht ihr nur noch ins Wasser, wenn ein Erwachsener dabei ist!", befiehlt Susi ihren Kindern.
Anett nickt ängstlich, während André nur mit der Schulter zuckt. Susi packt ihn an den Armen und herrscht ihn an: „Hast du mich verstanden?"
Jetzt nickt auch André.

Eine Woche später besuchen sie Tante Lore an

der Ostsee. Dort wagen sich auch Susi und Anett ins Wasser, das nicht so harte Wellen hat wie die Nordsee. Susi kann gut schwimmen, doch sie liebt das Wasser nicht, sie fühlt sich nicht wohl darin. Das Meer macht ihr Angst. Sie empfindet diese Weite, die unvorstellbar große Wassermasse als bedrohlich. Sie mag kleine Seen, Teiche, schmale Bäche, wo man die Ufer, das Ende sieht.

André darf mit Lores Söhnen eine Katamaran-Fahrt in der Förde bis hinaus zum Leuchtturm machen.

Susi besucht mit den Kindern das Hansaland, das Delphinarium und geht mit ihnen oft am Schönberger und Timmendorfer Strand baden. Lustig findet sie, dass ein Strand *Kalifornien* heißt, als wären sie in Amerika. Dort kauft sie gleich viele Ansichtskarten und verschickt sie an die Eltern, die Omas und ihre Schwester.

Bei einer ihrer Erkundungstouren in der Nähe von Laboe sehen sie einen hohen Turm. Sie fahren sofort hin. Es ist ein Marine-Ehrenmal, das an die auf den Meeren gebliebenen Seeleute erinnern soll. Aber André beachtet den Turm nicht, er hat direkt daneben ein U-Boot entdeckt. Es liegt nicht im Wasser, sondern am Strand und sieht aus wie ein riesengroßer Walfisch.

„Mami! Da kann man rein!", ruft André ganz begeistert. Dieses U-Boot ist ein Museum und tatsächlich zu besichtigen. Susi ist es nicht geheuer, hinein zu steigen, aber André zuliebe überwindet sie ihre Angst. Die Gänge sind sehr schmal und Susi fragt sich, wie ausgewachsene Männer hier durchpassen. Manfred ist 1,92 Meter groß, der könnte sicher nur gebückt gehen. André bestaunt die vielen Rohre und Messgeräte. Die Kombüse besteht aus drei Herdplatten und einer winzigen Arbeitsfläche, hier wäre Susi nicht in der Lage zu kochen. Aller paar Meter passieren sie Durchsteigen zu den Räumen, die mit dicken Stahltüren dicht verschlossen werden können. Anett findet die Schlafplätze ulkig, die sich teilweise direkt unter den Torpedos befinden. Susi ist froh, als sie endlich wieder draußen an der frischen Luft sind. Sie bleibt einen Moment an der Treppe stehen und schaut hinaus aufs Meer, um sich zu beruhigen. Vor den Kindern wollte sie sich ihre Angst vor den extrem engen Räumen ohne Fenster nicht anmerken lassen. Seit ihrer Haftzeit erträgt Susi geschlossene Räume nur schwer und bekommt Panik, wenn es keine Fenster gibt.

„Heute gibt es Grütze!", verkündet Tante Lore.
Die Kinder schauen sich überrascht an und Susi verzieht das Gesicht. Grütze kochte ihre Mutter oft. Es war eine eklige rote Pampe aus gefärbtem Grieß und Wasser, die abscheulich schmeckte. Als sie Lores Grütze kosten, sind sie total überrascht und versichern der Tante, dass sie niemals zuvor solch eine leckere nach Früchten schmeckende Nachspeise gegessen haben.
„Wie hast du das gemacht?", will Susi wissen.
„Das ist ganz einfach: man nimmt irgendein Obst aus dem Garten und kocht es mit Zucker

auf, dann dickt man das Ganze mit Puddingpulver und Saft an."
Dieses Rezept will sich Susi merken, denn es ist ein einfaches Gericht, das man bei sommerlicher Hitze mit Milch und Cornflakes als Hauptspeise oder ansonsten als Kompott wunderbar genießen kann.
Die Kinder haben viele Muscheln und Krebse gesammelt, die sie unbedingt mit nach Hause nehmen wollen. André will die Krebse trocknen und packt sie für den Transport in verschließbare Gläser. Daheim muss er allerdings erkennen, dass die Krebse schrecklich stinken. Irgendwann hält er den furchtbar strengen Geruch nicht mehr aus und kippt seine komplette Sammlung in den Müll.

Während der Heimfahrt stottert der R4. Er ruckelt und wird immer langsamer. Susi befürchtet, dass er einfach mitten auf der Autobahn stehenbleibt. Genau in diesem Moment sieht sie ein Schild, das eine Tankstelle ankündigt. Erleichtert lenkt sie das kleine Auto direkt an das Kassenhäuschen und erklärt dem Mann an der Zapfsäule ihr Problem.
„Sind Sie im ADAC?"
Susi zuckt mit der Schulter und schüttelt den Kopf. Sie weiß nicht, was das ist und wozu man es benutzen kann.
„Das ist die Pannenhilfe. Wenn Sie dort anrufen, kommen die sofort und reparieren Ihr Auto. Hier ist die Nummer."
Von der Tankstelle aus kann Susi nicht nur den

ADAC informieren, sondern auch Manfred anrufen. „Ich sitze bei Kassel fest. Mein Auto ist kaputt."
„Kannst du gar nicht mehr fahren?"
„Ich weiß nicht, es wurde immer langsamer. Es kommt gleich jemand vom ADAC. Vielleicht kann der uns helfen."
Es dauert nicht lange und Susi sieht ein gelbes Auto auf die Tankstelle zufahren. Sie stellt sich mitten auf die Straße und winkt mit beiden Armen.
„Haben Sie mich gerufen?"
Susi nickt und erzählt, dass sie mit ihren beiden Kindern aus Kiel kommt und noch bis Offenbach fahren muss, aber das Auto offensichtlich die Strecke nicht mehr schafft.
Der Mann öffnet die Motorhaube und sucht nach der Ursache, während Susi den Antrag auf ADAC-Mitgliedschaft ausfüllt. Eine Weile klopft und wischt der Mechaniker noch hier und da, dann schließt er die Motorhaube wieder.
„Es tut mir leid, ich finde den Fehler nicht. Sie müssen wohl oder übel in eine Werkstatt fahren."
„Und was mache ich jetzt? Wie komme ich hier weg?"
„Am besten, Sie fahren ganz langsam weiter, nicht schneller als 50 oder 60 Stundenkilometer. Schalten Sie sicherheitshalber den Warnblinker an!"
Susi bedankt sich. „Wie viel bin ich Ihnen schuldig?"
„Nichts. Das ist der Service vom ADAC."
Susi freut sich und steckt dem Mann trotzdem

zehn Mark zu. Dann setzt sie sich zu den Kindern ins Auto und fährt langsam los. Bis Frankfurt sind es noch gut 200 Kilometer, nach Susis Rechnung mehr als vier Stunden Gezuckel im Schneckentempo.
Kurz nach Kassel kommt eine große Baustelle mit nur einer Spur pro Richtung. Es geht nur sehr langsam vorwärts, schließlich bleiben sie stehen. Stau. Allmählich wird es dunkel. Susi kurbelt das Fenster herunter und lehnt sich hinaus. Sie will schauen, ob sie das Ende des Staus sehen kann. Die Autos in Gegenrichtung fahren langsam weiter. Plötzlich sieht Susi ein auffälliges hellgrünes Fahrzeug näher kommen und erkennt schließlich den Familiencitroen.
„Huhu! Manfred!", schreit sie aus dem offenen Fenster und wedelt mit dem linken Arm Auch Manfred hat Susi längst entdeckt, kurbelt sein Fenster herunter und ruft: „Fahre beim nächsten Parkplatz raus und warte auf uns!"
Susi ist überglücklich, ihre Angst, mit den Kindern in einem kaputten Fahrzeug unterwegs zu sein, ist sofort verflogen. In Gedanken lobt sie ihren Schutzengel, der sie Manfred ausgerechnet in der Baustelle begegnen ließ.
Eine halbe Stunde später steht Susi auf dem Parkplatz. Die Kinder flitzen auf der Wiese hin und her, während Susi nach Manfreds Auto Ausschau hält. Sie muss nicht lange warten. Es steigt nicht nur Manfred aus dem Auto, sondern auch Uwe. Die Männer laden das Urlaubsgepäck in den Citroen.
„Ihr fahrt mit Manfred und ich zuckle mit der Schrottkarre hinterher", bestimmt Uwe.

Susi knufft ihren Bruder in die Seite, dann umarmt und küsst sie ihn. „Du bist der Beste", stellt sie glücklich und erleichtert fest.
„Jedenfalls der beste deiner Brüder", antwortet Uwe und setzt sich in den R4.

Der 3. August ist ein ganz besonderer Tag: Anetts Schulanfang. Ihre Haare sind inzwischen gewachsen und kringeln sich lustig im Nacken. Sie trägt ihr neues blaues Kleid und einen großen rot-blauen Schulranzen, außerdem eine rote Schultüte, aus der oben ein kleiner Plüschtiger herausschaut.
„Der heißt Ramon!", verkündet Anett.
„Warte!", ruft Uwe, als Anett ohne sich umzudrehen in das Schulgebäude laufen will. „Ich will noch Fotos von meinem Patenkind mit Ranzen und Zuckertüte machen."
„So, jetzt hast du dein Foto. Jetzt kann ich endlich in die Schule", bestimmt Anett, dreht sich um und marschiert davon.
Im Foyer sitzen bereits viele schwatzende Kinder auf mit Teppich belegten Stufen, während die Eltern im Hintergrund stehen. Die Lehrer rufen die Kinder auf, um sie ihren Klassen zuzuordnen. Susi hört nur fremdländisch klingende Namen und ihr fällt auf, dass nahezu alle Kinder schwarze Haare haben. Anett ist das einzige blonde Kind.
Im Klassenzimmer stehen die Tische kreuz und quer, nicht in geordneten Reihen als feste Bänke wie in der DDR. Anett wählt einen Platz ganz vorn neben dem Lehrertisch.
Die Eltern müssen das Zimmer verlassen. Um

die Wartezeit zu überbrücken, suchen sie Andrés Schulraum. Auch hier stehen die Tische wahllos im Zimmer verteilt. Der Junge sitzt ganz hinten direkt vor der Tür. Er will wohl in den Pausen der erste ist, der hinaus läuft. Uwe darf ein Foto von André´s Klasse machen.
Kaum daheim schüttet Anett ihre Zuckertüte aus und stülpt sie sich wie einen Hut auf den Kopf. Schokolade, Bonbons und bunte Stifte liegen kreuz und quer über Anetts Schreibtisch verstreut. Sie steckt sich einen Bonbon in den Mund, klemmt sich den kleinen Tiger unter den Arm und verkündet: „Und jetzt fahren wir in den Zoo."

„Ich lerne gar nichts in der Schule." stellt Anett verärgert fest.
„Aber Mädchen, in der ersten Woche kann man das noch gar nicht wissen", tadelt Susi.
„Doch! Ich habe immer nur eine Stunde Schreiben und eine Stunde Rechnen. Dann muss ich nach Hause gehen. Nur die ausländischen Kinder dürfen noch zwei Stunden bleiben und Deutsch lernen. Das finde ich ungerecht."
Insgeheim stimmt Susi ihrer Tochter zu. Laut tröstet sie: „Die Lehrerin hat sicher gemerkt, wie klug du bist und wie viel du schon weißt."
Einige Tage später kommt André völlig außer Atem nach Hause gelaufen, obwohl noch lange kein Schulschluss ist. Er klammert sich an seine Mutter. „Du musst mich verstecken! Die wollen mich totschlagen."
Susi führt André zum Sofa. Dort nimmt sie ihn

in den Arm, hält ihn fest und wartet, bis er sich beruhigt hat. Dann will sie wissen: „Was genau ist passiert? Erzähle alles der Reihe nach, von Anfang an!"
„Der Erkan sagt, dass ich ein ungläubiges Schwein bin, weil ich Schwein esse. Dann hat er zu seinen Freunden gesagt, dass sie mich totschlagen, wenn ich mich noch einmal blicken lasse. Dann ist die ganze Türkenbande zu mir gekommen. Dann bin ich weggelaufen."
„Das hast du gut gemacht", lobt Susi. „Du bleibst jetzt hier und ich gehe zum Schuldirektor und erzähle ihm alles."
André nickt, obwohl er weiß, dass es nicht helfen wird. Denn die Beschwerdebriefe, die die türkischen Kinder mit nach Hause bekommen, lesen sie ihren Eltern vor, die kaum Deutsch verstehen. Und dann lachen sie in der Schule darüber, wie sie Lehrer und Eltern zum besten halten.
Am Abend beschreibt Susi ihrem Mann diese Situation und bestimmt: „Wir müssen hier wegziehen, am besten aufs Land."

Bereits am Samstag besichtigen sie eine Wohnung in Rodenbach. Das ist ein kleines Dorf auf einem Hügel neben der Autobahn, 30 Kilometer nördlich von Frankfurt im Wetteraukreis. Die Vermieterin will sofort wissen, ob sie über ein zweites Auto verfügen. „Für die Kinder ist es ideal hier, aber ohne Fahrzeug ist man wie vom Leben abgeschnitten."
Erst, als Susi von ihrem R4 erzählt, dürfen sie

die Wohnung besichtigen. Das Haus steht am Dorfrand, die wunderschöne große Wohnung befindet sich im ersten Obergeschoss. Im Erdgeschoss lebt eine junge Familie mit zwei Mädchen im gleichen Alter wie André und Anett. Susi ist begeistert von der großen Wohnküche, wo ihre schöne Eckbank hervorragend hineinpasst. Neben der Küche gibt es ein Extra-Esszimmer.
„Hier könnte ich einen großen runden Holztisch mit sechs Stühlen aufstellen."
Der schönste Raum ist die helle Stube mit einem großen Balkon und Fenster in Richtung Osten, Süden und Westen. Man kann über die Felder bis hinüber zur Autobahn schauen, die sich die Hügel hinauf schlängelt. Im Tal erkennt man die Häuser der beiden Nachbarorte im Niddertal. Die 140 Quadratmeter große Wohnung verfügt außerdem über ein großes Bad mit Fenster, eine riesige Schlafstube und zwei wunderschöne große Kinderzimmer. Im Dorf gibt es einen kleinen Laden, einen Bäcker und eine Kirche, aber keine Schule.
„Der Schulbus hält direkt an der Kirche. Er bringt die Kinder zur Schule ins Nachbardorf und auch wieder zurück", erklärt die Vermieterin.

Am nächsten Tag fährt Manfred gleich nach dem Vesper nach Überlingen. Er hat wieder Schulung im Hauptwerk.
Am Abend sitzen beide Kinder in der Badewanne, spritzen sich voll und albern herum. Plötzlich rutscht André aus und

zerschlägt mit dem Fuß die in die Fliesen eingelassene Keramik-Seifenschale herunter. Sofort färbt sich das Badewasser rot. Susi zieht den Stöpsel, hebt Anett aus der Wanne, drückt ihr ein Handtuch in den Arm und schiebt sie aus der Tür. André sitzt in der Wanne und betrachtet seine Ferse, aus der Fleischbatzen aus einer tiefen klaffenden Wunde heraushängen. Susi umwickelt den Fuß notdürftig mit einem Handtuch. Der Junge ist zu schwer, um ihn aus der Wanne zu heben, er muss sich bei seiner Mutter abstützen und selbst herausklettern. Susi wickelt ihn in ein großes Badetuch, greift schnell zum Telefon und ruft Uwe an.

„Ich bin so froh, dass du daheim bist. Kannst du mir helfen? André hat sich den Fuß aufgeschlagen. Er muss ganz schnell in die Klinik. Aber mein Auto ist in der Werkstatt und Manfred unterwegs nach Überlingen."

„Ich komme sofort."

Uwe bleibt daheim bei Anett, während Susi André in die Notaufnahme bringt. Die Wunde muss mehrfach genäht werden. André verzieht bei der Behandlung keine Miene. An seinem Körper wurden schon mehrfach Wunden genäht und er tut so, als kenne er sich aus und müsse seine Mutter beruhigen. Das stimmt, denn Susi ist aufgeregter als der kleine Patient.

Am späten Abend liegen Susi und die Kinder im Ehebett. André hat zwar starke Schmerzen, aber er macht ständig Scherze.

Susi wundert sich. „Du scheinst dich über deinen kaputten Fuß noch zu freuen."

„Klar, nun muss ich wenigstens nicht mehr in die Schule gehen."
Susi beißt sich auf die Lippen. An den Ärger mit der Türkenbande hat sie gar nicht mehr gedacht. Am nächsten Nachmittag fährt Uwe nach seiner Arbeit den verletzten Jungen zum Arzt, der die Wunde neu versorgt und dem Kind eine Tetanusspritze verabreicht.
Am Abend klingelt das Telefon, es meldet sich eine Frau Wenzel. Susi muss einen Moment überlegen, dann fällt ihr ein, dass es die Vermieterin aus Rodenbach ist.
„Sie bekommen die Wohnung. Ich habe gemerkt, wie sehr Ihnen die Zimmer gefallen, weil Sie für jeden Raum schon die Möbel in Gedanken einräumten."
„Oh!", ruft Susi begeistert aus. „Das ist wunderbar. Vielen herzlichen Dank."
Sie schreibt sofort die Kündigung für ihre Wohnung in Offenbach.
Am Mittwoch kann Susi ihren R4 aus der Werkstatt holen, muss allerdings für die Reparatur 998,75 Mark bezahlen. Sie schiebt den Gedanken an das viele Geld beiseite, denn sie braucht das Auto und es bringt nichts, sich über Dinge zu ärgern, die sie sowieso nicht ändern kann.
Am Samstag fahren alle nach Rodenbach, um die Räume genau auszumessen. Es müssen Möbel für das Esszimmer gekauft werden und Tapeten für alle Wände und eine neue Küchenzeile, weil ihre jetzige zur Offenbacher Wohnung gehört und drin bleiben muss.
Die künftigen Nachbarn aus dem Erdgeschoss

bauen auf ihrer großen Terrasse den Grill auf und laden Susi, Manfred und die Kinder spontan zu einem Kennenlern-Essen ein. Auch die Vermieterin und ihr Mann sind dabei, die im Haus nebenan wohnen. Es wird ein sehr lustiger Abend, zumal sich Susis Kinder mit den beiden Mädchen aus dem Erdgeschoss wunderbar verstehen.

Am 23. August muss André wieder zur Schule. Er hat einen Verband um den Fuß, der nur in eine weite Sandale passt, kann aber schon auftreten. Sicherheitshalber fährt ihn Manfred hin und holt ihn am Mittag wieder ab.
„Ich bin zum Kindergeburtstag eingeladen bei Timos", verkündet André strahlend.
„Timos?"
„Der Grieche, der über uns wohnt. Er heißt irgendwie anders, viel länger, aber alle sagen Timos."
„Wann ist denn der Geburtstag?"
„Heute!", jubelt André.
„Aber heute hat Uwe Geburtstag. Ich habe extra einen Kuchen gebacken, denn Uwe kommt zum Vesper zu uns."
Enttäuscht lässt sich André auf einen Stuhl fallen.
„Weißt du was? Während du deine Hausaufgaben machst, besorge ich schnell ein kleines Geschenk für Timos. Dann kannst du mit dem Fahrstuhl hoch zu deinem Freund fahren. Und mit Uwe feierst du am Abend."
Damit ist André sofort einverstanden.

Im Oktober tapezieren Manfred und Susi jedes Zimmer in der neuen Wohnung. Manfred verlegt die Elektroleitungen und bringt neue Steckdosen und Lichtschalter an. Außerdem wird die neue Küchenzeile geliefert. Sie ist aus dem gleichen hellen Eichenholz wie die Eckbank und der Tisch. Susi klatscht begeistert in die Hände, so gut gefällt ihr die neue Küche.
Die Familie fährt gemeinsam Richtung Wiesbaden, wo es direkt an der Autobahn ein riesiges schwedisches Möbelhaus gibt. Ungewöhnlich ist, dass man im oberen Geschoss durch eine Ausstellung läuft und in der unteren Etage die Möbel gleich mitnehmen kann. Ungewöhnlich sind auch die sehr niedrigen Preise.
„Vielleicht werden die gar nicht in Schweden, sondern irgendwo im Osten gefertigt", vermutet Manfred.
Sie suchen sich einen großen ovalen Esstisch mit sechs Stühlen und einen halbhohen Schrank mit Schubfächern für den Speiseraum aus. Außerdem kaufen sie zwei hohe Bücherregale. Alle ausgewählten Möbel sind aus stabilem Holz gefertigt, machen einen sehr soliden Eindruck und sind trotzdem extrem preiswert.

Am 29. Oktober ist der große Umzug nach Rodenbach und am 01. November fahren die Kinder zum ersten Mal mit dem Schulbus nach Lindheim zur Grundschule. Schon während der Fahrt schließen sie die ersten Bekanntschaften. Die Schule hat nur vier Klassenzimmer und es

geht fast familiär zu.
Der nächste größere Ort, den man vom Fenster aus sehen kann, heißt Altenstadt. Er hat ebenfalls eine Grundschule und außerdem eine neue und ganz moderne Haupt- und Realschule, mehrere kleine Geschäfte, eine Apotheke und eine große Sporthalle. Dort meldet Susi ihre Tochter zum Ballett und den Sohn zu Judo an. Außerdem will André wie damals in Berlin zum Schwimmtraining. Nun bringt Susi an vier Wochentagen die Kinder zu ihren Sportgruppen und ihr wird klar, dass das Leben für eine Familie auf dem Land ohne zweites Fahrzeug wirklich nicht funktionieren kann.
Die Vermieter betreiben eine Landwirtschaft. Die Kinder dürfen in den neu gebauten Kuhstall hineinlaufen und Herrn Wenzel mit dem Traktor aufs Feld begleiten.
Eines Tages kommt der Nachbar mit einem Pferd nach Hause. Er hat es nicht für seine Landwirtschaft gekauft, sondern einfach aus Freude. Er will es eines Tages reiten, wenn es ausgewachsen ist. Noch ist es jung, ganz zierlich und rabenschwarz.
„Ein Araber. Ein Schimmel", erklärt er.
Die Kinder lachen, denn sie wissen, dass ein Schimmel weiß sein muss.
„Es ist wirklich ein Schimmel. Jetzt ist sein Fell noch schwarz, aber in einem Jahr grau und später ganz weiß."
Da Anett so klein und leicht ist, darf sie als Einzige auf das Pferd. Es hat keinen Sattel, das Mädchen muss sich an der langen Mähne

festhalten. Normalerweise ist Anett eher ängstlich, aber jetzt sitzt sie überaus stolz auf dem Pferd und winkt mutig ihrer Mutter zu.
Anett wird durch das freie Landleben immer furchtloser und selbständiger und begleitet ihren großen Bruder sogar auf seinen Erkundungstouren rund um das Dorf. Es gibt keine Spielplätze wie in der Stadt, die brauchen die Kinder hier nicht. Statt Klettergerüste aus Stahl haben sie hier richtige Bäume, in die sie hinaufsteigen können. Sie entdecken einen Steinbruch, worin sie viele Frösche, Eidechsen und sogar Blindschleichen fangen. Diese schleppen sie oft mit nach Hause und verstecken sie in ihren Kinderzimmern.
Eines Morgens rumort es seltsam in Anetts Schrank, als Susi ihre Tochter wecken will. Sie öffnet die Tür und sieht ein ausgewachsenes Huhn im Schrank sitzen, das empört gackert. Anett klettert sofort aus ihrem Hochbett und stellt sich mit ausgebreiteten Armen vor den Schrank.
„Bitte, Mami, ich will das Huhn behalten."
„Das geht nicht."
„Doch! Ich habe extra Stroh mitgebracht. Dem Huhn gefällt das und es kann hier sogar Eier legen. Du isst doch gern Eier."
Susi muss innerlich lachen. „Nein, meine Liebe, dem Huhn gefällt es nicht in deinem Schrank. Es will zu seinen Freunden auf die Wiese und in der Erde scharren. Du musst es zurückbringen."
Anett schaut auf ihre Füße.
„Sofort!", befiehlt Susi streng. „Und keine

Widerrede mehr."
Anett wirft ihrer Mutter zuerst einen ernsten, dann einen wütenden Blick zu, dreht sich um, greift das Huhn und wirft es aus dem Fenster. Susi ist fassungslos. „Wir wohnen im ersten Stock", schreit sie.
Das hört Anett nicht mehr, sie hat sich bereits im Bad eingeschlossen.

Die Vermieter betreiben außerdem den Dorfgasthof. Hier treffen sich die Bauern nach der Feldarbeit und die wenigen Handwerker der Umgebung. Sie alle trinken *Äbblwoi* (Apfelwein), den die Familie Wenzel in jedem Jahr aus eigenem Obst braut. Frisch gebraut direkt nach der Ernte heißt er Rauscher und wird mit einem zünftigen Anstich gefeiert.
Susi und Manfred lassen sich dieses Fest nicht entgehen. Allerdings schmeckt ihnen dieser Rauscher noch viel grässlicher als der fertige Apfelwein. Susi nippt am Glas und nimmt sich vor, das scheußliche Gebräu erst kurz vor dem Gehen in einem Hieb hinunter zu schütten. Manfred ist weniger empfindlich oder einfach höflicher und bestellt sogar ein zweites Glas. Die Gläser sind größer als normale Biergläser, aber Bier trinkt hier keiner. Der Vermieter kauft nur für die wenigen Besucher aus der Fremde einzelne Flaschen im Dorfladen, der Apfelwein dagegen kommt aus einem großen Fass unter der Zapfanlage.
In der Gaststube herrscht großer Lärm, die Leute reden fröhlich durcheinander. Am Nebentisch prahlt ein Busfahrer: „Am Mittwoch

war ich wieder in der Ostzone, dieses Mal mit zwei Bussen. Wir haben 62 Leute direkt aus dem Zonenknast raus geholt."

Susi horcht auf. Sie stößt mit dem Ellenbogen Manfred an und nickt mit dem Kopf in Richtung des Busfahrers.

„Das glaube ich nicht", schreit ein Gast. „Wo soll denn das gewesen sein?"

„In Karl-Marx-Stadt. Ich fahre jeden Monat dorthin und hole einen Bus voller Leute direkt aus dem Stasiknast. Das sind Freigekaufte."

„Wie wir", mischt sich Susi ein. „Vor zwei Jahren saßen wir wohl in Ihrem Bus und wurden direkt aus der Haft über die Grenze nach Gießen gebracht."

Im Gastraum ist es plötzlich ganz still, man hätte eine Maus laufen gehört. Alle Leute im Raum starren ungläubig Susi und Manfred an. Susi merkt, dass sie rot wird. Zwei Männer quetschen sich mit an ihren Tisch, ebenso der Busfahrer.

„Kommt alle rüber!", ruft die Vermieterin den anderen Gästen zu. „Das müsst ihr hören!"

„Naja", beginnt der Busfahrer. „Eigentlich darf ich nicht darüber reden." Doch man sieht ihm an, dass er sehr gern darüber reden möchte. Er rückt sich zurecht. Dann beugt er sich vor, legt seine Arme auf den Tisch und flüstert geheimnisvoll. „Das ist wie im Film." Der Mann macht eine bedeutungsvolle Pause und sieht sich um. „Ich manövriere den Bus rückwärts zwischen zehn Meter hohen Mauern mit Stacheldraht obendrauf direkt in den Knast. Dort steigen die Häftlinge einer nach dem anderen ein, hinterher ein halbes Dutzend Bewacher. Die passen auf, dass sich keiner am Fenster bemerkbar macht. Ich musste schon mal umkehren und die ganze Ladung zurück ins Zuchthaus bringen."

„Wie das?" Eine Frau hält sich vor Schreck die Hand vor den Mund.

„Einer von den Knastis hat sich wohl zu heftig gefreut. Jedenfalls hocken die wie die verschreckten Rehe in ihren Sitzen und machen keinen Mucks. Bis, naja ...", der Mann macht wieder eine Pause und schaut nickend in die Runde. Er lehnt sich zurück und schlägt sich mit den Händen auf die Brust. „Bis wir an die Grenze kommen und die Bewacher aussteigen müssen." Der Busfahrer lacht. „Und dann klappe ich wie bei James Bond mein Nummernschild um."

„Was?" „Donnerwetter!" „Blödsinn!" So tönt es von allen Seiten. „Du willst uns einen Bären aufbinden!"

„Nein, alles ist Wort für Wort wahr. Im Osten habe ich ein ostdeutsches Schild und im Westen mein normales mit HU für Hanau."

„Und dann?"

Der Busfahrer klatscht in die Hände. „Dann haue ich eine neue Musikkassette rein und rufe den Leuten zu, dass sie jetzt im Westen und frei sind." Er schlägt mit seiner Hand laut auf den Tisch. „Ihr könnt euch nicht vorstellen, was dann für ein Geschrei losgeht."

Susi steigen die Tränen in die Augen, als sie sich an diesen einzigartigen Moment erinnert. Manfred legt seinen Arm um Susis Schultern

und nickt. „Genauso war es auch bei uns."
„Ich spendiere jedem einen Äbblwoi!", ruft die Wirtin. In der Gaststube wird es wieder laut und alle reden durcheinander.
„Ist es nicht unglaublich, dass wir hier unseren Busfahrer in der Dorfkneipe treffen?", fragt Susi völlig aufgelöst.
„Du hast recht", antwortet Manfred. „Hätte ich so etwas in einem Buch gelesen, würde ich es nicht glauben und den Kopf schütteln über so viel Fantasie des Autoren."

Die Adventszeit wird von den Menschen, die aus dem Weihnachtsland Erzgebirge stammen, immer ganz besonders feierlich begangen. Am Vorabend des ersten Advent werden die Räuchermännlein in der guten Stube aufgebaut und Tannengrün mit Schnitzwerk geschmückt. Pünktlich 16 Uhr zum Adventssonntag werden die Schwibbögen in den Fenstern und das erste Licht am Adventskranz angezündet, das *Rachermannl nablt* (Räuchermännlein nebelt) und die *Peramed* (Pyramide) dreht sich.
Doch Susi hat weder einen Räuchermann noch einen Schwibbogen, so etwas gibt es in Hessen nicht zu kaufen. Aber sie hat Tannenzweige besorgt, stellt diese in eine große Vase und hängt einfache bunte Kugeln daran, Massenware. Auf dem Esstisch stehen vier Kerzen auf einem runden Holzbrett, dazwischen liegen hübsch dekorativ Tannenzweige, Nüsse und Äpfel. Susi denkt an ihren Vater, der nun jeden Sonntag auf dem Freiberger Obermarkt oben auf dem

Rathausturm steht und auf seiner Posaune erzgebirgische Weihnachtslieder bläst. Ihr wird ganz schwer ums Herz. Trotzdem ist sie glücklich, denn ihre Kinder sind bei ihr.

Am 24. Dezember bereitet Susi das traditionelle Weihnachtsessen zu: Linsensuppe, Bratwurst mit Sauerkraut und Kartoffelbrei und hinterher Apfelmus. Plötzlich hört sie, dass es mehrmals hupt und schaut aus dem Fenster. Unten steht ein ihr unbekanntes hellblaues Auto. Es ist recht groß, aber flach wie ein Sportwagen. Es hupt wieder. Dann geht das Seitenfenster herunter und ein Mann winkt heraus. Uwe!

„Kinder, lauft runter! Uwe hat ein neues Auto."

„Ich habe mir zu Weihnachten ein Auto geschenkt, es ist ein Mitsubishi", erklärt Uwe stolz. „Nach dem Essen lade ich euch zu einer Rundfahrt ein."

Aufgeregt springen die Kinder hin und her und zappeln am Esstisch. Sie beeilen sich und haben nicht einmal Ruhe für den Nachtisch.

Uwe kutschiert die ganze Familie über den Vogelsberg, wo sogar ein klein wenig Schnee liegt. Manfred flüstert Susi ins Ohr: „Er hätte lieber eine Waschmaschine kaufen sollen, damit er nicht jede Woche zu uns zum Waschen kommt."

„Ach, mich freut es, wenn er hier ist und die Kinder auch."

Zum Vesper genießen sie Dresdner Stollen, den Susis Schwester Ute aus Sachsen geschickt hat. Die Weihnachtslieder aus dem Radio klingen anders als die, die Susi aus dem

Erzgebirge kennt, die meisten sind auf Englisch. Also singen sie gemeinsam *So viel Heimlichkeit* und *Schneeflöckchen, Weißröckchen*, obwohl es leider nicht schneit. Und sie singen Susis Lieblingslied:

*Wenn es Raachermannl nablt
un es saat ka Wort drzu
un dr Raach steigt anner Deck naaf
sei mer allezamm su fruh.
Un schie ruhig is in Stiebl,
steigt dr Himmelsfriedn ro.
Doch im Harzn lachts un jubelts,
denn de Weihnachtszeit is do.*

Danach schmücken alle gemeinsam feierlich den Weihnachtsbaum mit einfachen bunten Kugeln, Lametta und Kerzen. Nach altem Brauch gibt es während der Adventszeit so viele Kerzen, weil es bereits am Nachmittag dunkel wird. Susi erklärt den Kindern, dass der Winteranfang kurz vor dem Fest der kürzeste Tag des Jahres ist und die längste Nacht. Die Menschen freuen sich, dass nun die Tage wieder länger werden und feiern deshalb dieses Fest. Der Schnee im Winter macht alles noch viel heller und freundlicher, doch hier gibt es leider keinen Schnee.
„Hierher kommt der Knecht Ruprecht nicht, hier kommt das Christkind", verkündet Susi. „Deshalb müsst ihr jetzt bis sechs Uhr in euren Zimmern spielen. Ihr dürft nicht heimlich gucken, sonst verschwindet das Christkind und ihr bekommt keine Geschenke."

Sobald die Kinder in ihren Zimmern verschwunden sind, holt Susi die in buntes Papier gewickelten Pakete und baut sie vor dem Tannenbaum auf. Inzwischen hat Manfred alle Kerzen angezündet. Die Wärme der brennenden Kerzen bewegt die Kugeln, die nun im Licht festlich glitzern und leuchten.
Nun dürfen die Kinder wieder in die Stube und ihre Geschenke auspacken. Für Anett steht eine große Schultafel mit bunter Kreide bereit.
„Jetzt kann ich eine richtige Lehrerin sein!", jubelt das Mädchen.
André erhält ein dickes Lexikon und ein Puzzle aus tausend kleinen Teilchen. Uwe schenkt der Familie eine große Spielekiste mit Mensch-ärgere-dich-nicht, Mühle und Halma.
„Gleich nach dem Abendessen werden wir alle zusammen Halma spielen", beschließt Susi.
Sie gibt die Wiener Würstchen ins heiße Wasser und greift nach der großen Schüssel voller Kartoffelsalat. In diesem Moment hört Susi gellende Schreie, die ihr durch Mark und Bein gehen. Sie läuft aus der Tür und erstarrt vor Schreck. Anett steht kreischend mitten im Flur, ihr ganzes Gesicht ist voller Blut, das sich in einer großen Pfütze auf dem Fußboden ausbreitet. Susi greift nach einem Handtuch und sucht nach der Wunde. Sie entdeckt oberhalb der Stirn ein Loch, aus der das Blut stoßweise herausprudelt. Schnell drückt sie das Handtuch fest auf die Wunde, während Manfred den Verbandskasten holt. Eine Kompresse aus nassen Lappen stillt so langsam die Blutung. Manfred trägt seine

Tochter ins Auto und bringt sie zum Notarzt. Die ganze Fahrt über schimpft Anett: „Ich will kein Loch im Kopf haben. Ich will kein Loch im Kopf haben." Die Verletzung ist zum Glück nicht so schlimm wie sie aussah, muss aber mit drei Stichen genäht werden.
André erzählt inzwischen, dass Anett beim Herumalbern ausrutschte und mit dem Kopf gegen die Kante einer offenen Tür schlug.

Während der ruhigen Vormittage schreibt Susi Briefe an ihre Verwandten oder verfasst kleine Geschichten, kauft ein, kocht das Mittag und backt Kuchen. Doch die Kuchen schmecken alle irgendwie gleich, obwohl Susi ganz unterschiedliche Packungen von Dr. Oetker kauft, die anfangs ausgesprochen lecker waren.
„Aber Susi! Das ist alles ungesunder Fertigfraß!", ruft die Nachbarin entsetzt.
„Fertigfraß? Ich gebe immer Eier und manchmal Quark dazu."
„Schon, aber die Basis ist Fertigmehl mit chemischen Zusätzen, die zum Teil richtig giftig und schädlich sind."
Das will Susi gar nicht glauben. „Es tut doch keiner Gift ins Essen. Das wäre ein Verbrechen. Ich vertraue jedenfalls darauf, dass alles erlaubt und kontrolliert ist. Kein Land hat so strenge Lebensmittelgesetze wie Deutschland."
„Natürlich wird kontrolliert. Das Zeug ist nicht verboten, es muss nur auf der Packung angegeben sein. Schau!" Die Nachbarin greift

nach der Schachtel, in der das Kuchenmehl war, und tippt mit dem Finger auf die Liste der Inhaltsstoffe. „Alles, was mit einem E gekennzeichnet ist, sind Zusätze, angefangen von Farbstoffen, über Konservierungsstoffe, Emulgatoren bis zu Antioxidantien."
Susi winkt ab. „Ich weiß gar nicht, was das alles heißen soll."
„Dafür gibt es eine lange Liste."
„Ach, ich glaube, ich will das gar nicht so genau wissen."
„Warte!" Die Nachbarin läuft schnell die Treppen hinunter in ihre Wohnung und kommt mit einer Schüssel voller Teig zurück.
„Das ist ein *Hermann*", erklärt sie. „Ein Teig, der nie aufgebraucht wird, wenn du ihn regelmäßig mit Mehl, Milch und Zucker fütterst und jede Woche nur die Hälfte davon für einen Kuchen verbrauchst."
Susi lacht über den Teig, den man wie ein Kind füttern soll. Doch sie will ihre Kinder auf keinen Fall wissentlich mit Chemie oder gar Gift füttern und nimmt sich vor, künftig keine Fertiggerichte mehr zu benutzen, obwohl sie so herrlich bequem sind und die Küchenarbeit erleichtern.

Susi hat sich eine Staffelei gekauft und diese an einen schönen Platz in der hellen Stube an einem Fenster aufgestellt. In der vielen freien Zeit, die sie als Hausfrau von zwei Schulkindern hat, malt und zeichnet sie mit Pinsel und Farbe, Kreide oder Kohle Landschaften und Stillleben.
Die Nachmittagen gehören ganz den Kindern,

sie fährt Anett zum Ballett und André zum Schwimm- und Judotraining oder besucht mit ihnen Freunde.

Um die Hausaufgaben kümmern sich die Kinder selbst, denn es sind ihre Aufgaben und nicht die der Mutter. Wenn sie etwas vergessen, dann haben sie einen Tadel verdient. Und wenn sie sich nicht gut auf den Unterricht vorbereiten oder nicht aufpassen, dann erhalten sie eine schlechte Zensur. Das begreifen die Kinder schnell.

Sie haben sofort gemerkt, dass es in ihrer neuen Heimat nicht so streng zugeht wie in der DDR. Kinder dürfen hier laut sein und sogar die Erwachsenen stören. Susi dagegen ärgert sich über die *modern* erzogenen Nachbarskinder, die völlig rücksichtslos mitten in die Gespräche hineinplatzen oder sich einfach dazusetzen, wenn sich Erwachsene unterhalten. Das gefällt Susi nicht und sie droht ihren Kindern: „Wenn ihr mich stört, dann mache ich das bei euch ebenso. Ich setze mich einfach zu euch ins Kinderzimmer, wenn eure Freunde da sind." Das verstehen die Kinder sofort.

Einmal in der Woche ruft Susi energisch: „In zehn Minuten komme ich mit dem Staubsauger!" Dann wissen die Kinder, dass sie blitzschnell ihre Zimmer aufräumen müssen, denn die Mutter hat außer dem Staubsauger noch eine große Mülltüte dabei, in die alle herumliegenden Kleider und Spielsachen gestopft und rigoros entsorgt werden.

Anett liebt es, Gedichte vorzutragen und sich

zu verkleiden. Deshalb meldet sie sich im Theaterkreis an. Beim Schulfest spielt sie mit großer Begeisterung einen Kaufmann. Ihre ungewöhnlich laute Stimme ist selbst in der hintersten Ecke des Saales deutlich zu verstehen. Für ihr gekonntes Schauspiel bekommt das kleine Mädchen den größten Applaus. Von diesem Moment an möchte Anett eine weltberühmte Schauspielerin werden.

Sie lebt meist in ihrer eigenen Fantasiewelt, in der sie von vielen Tieren umgeben ist. Oft spricht sie mit ihren Fingern, das sind ihre Vögel. Bei Spaziergängen dreht sie sich manchmal um und befiehlt streng: „Tinka, hierher!" Tinka ist einer von vielen Hunden, die nur für Anett sichtbar sind. Außerdem kommandiert sie laut eine ganze Fantasie-Pferdeherde.

Seit die Kinder in Venedig eine Glasmurmel geschenkt bekamen, sammeln sie diese wunderschönen bunten Gebilde. Manche sind milchig, andere klar, manche sehe aus, als hätten sie im Innern einen Regenbogen oder einen Wirbel, andere sind einfach nur bunte, helle oder dunkle Glaskugeln. André schnippst sie geschickt weg und will sie nach bestimmten Regeln treffen, während Anett ihnen Namen gibt und mit ihnen wie mit Puppen spielt.

Anett ist am Morgen schon putzmunter und plappert ohne Pause, während ihr großer Bruder schwer wach zu bekommen ist. Susi kniet sich vor sein Bett und streichelt seinen Kopf, der meist gegen die Wand gedrückt ist. André will genau wie sein Vater am Morgen seine Ruhe und möchte nicht sprechen.

Die Nachbarin, die unter ihnen wohnt, ist wie Susi Hausfrau. Deshalb treffen sie sich sehr oft zu einem Schwatz und erledigen die Wocheneinkäufe gemeinsam. Einmal in der Woche kocht Susi für alle vier Kinder das Mittagessen, ein anderes Mal wird im Erdgeschoss gegessen.
„Heute gibt es Plinsen!", verkündet Susi.
Maria, die Nachbarin, schaut verdutzt. „Was sind denn Plinsen?"
Susi zeigt mit der Hand auf zwei große Pfannen, die auf den Herdplatten stehen und den großen Berg fertige gebackene Plinsen in der Mitte des Esstischs.
„Ach, du meinst Pfannkuchen!"
„Pfannkuchen? So heißen bei uns die runden Kräbbelchen, die mit Marmelade gefüllt und mit Zucker bestreut sind."
Maria lacht. „Das sind Berliner."
Susi stellt noch Grütze, Apfelmus, Zucker und Nutella auf den Tisch. „Für jeden Geschmack ist etwas dabei."
„Bei uns isst man Pfannkuchen am liebsten mit heißen Kirschen und einem Berg Schlagsahne." Maria stammt aus dem Rheinland.
„Oh! Das schmeckt sicher sehr lecker."
Nach dem Mittag unternehmen sie oft eine lustige Ausfahrt in die schöne Umgebung, gehen spazieren, schwimmen oder Eis essen. Die Männer schauen manchmal gemeinsam Fußball und Autorennen oder spielen Skat.

Die Nachbarn sind etwa zehn Jahre älter als Susi und Manfred. Die Frau fährt eine *Ente.* Das ist ein Citroen 2CV, ein ebenso lustiges Fahrzeug wie der R4. Der Mann hat einen 3er BMW, in den er sich nur mühevoll hineinquetschen kann, weil er so groß und korpulent ist. Obwohl er eine gut bezahlte Arbeitsstelle hat, hat er gleichzeitig einen Studentenausweis, damit er verbilligt Eintrittskarten fürs Kino und Freibad kaufen kann.

Der Nachbar hat einen Computer, einen Atari 2600 mit einem Spiel darauf. Das Spiel heißt Pong und ist für André und seinen Vater hochinteressant. Stundenlang sitzen sie vor dem Gerät und vergessen beim Daddeln regelmäßig die Zeit.

Eines Tages bringt Manfred ebenfalls einen Computer mit nach Hause und versucht, ihn in Gang zu bringen.

„Hast du auch Pong drauf?", will André aufgeregt wissen.

„Nein, das ist keine einfache Spielkonsole wie beim Nachbarn, ich brauche den Computer zum Ansteuern von Messgeräten", erklärt Manfred.

„Ooooch, kann man gar nichts damit machen?"

Manfred lacht. „Es sind auch Spiele drauf, aber erst muss das Ding mal laufen."

Anett greift immer wieder mit ihren kleinen Fingern zwischen Manfreds Armen hindurch, versucht die Tastatur zu erreichen und ruft: „Da musst du drücken, Papi!"

„Lass das! Nimm die Finger weg!", mahnt

Manfred. Aber meist muss er erkennen, dass das kleine Mädchen intuitiv die richtigen Tasten drücken wollte. Manfred fragt sich, woher ein Kind, das niemals zuvor einen Computer gesehen geschweige bedient hat, das richtige technische Gespür aufbringt.
Als der Computer endlich funktioniert, zeigt Manfred seinen Kindern ein Spiel, wobei man Kisten in ein Lager sortieren muss. Das macht allen so viel Spaß, dass sie zu Susis Ärger stundenlang damit spielen.

Manfred muss oft recht weit bis zu seinen Kunden fahren. Deshalb kommt er manchmal erst spät nach Hause. Diese Zeit kann er an anderen Tagen abfeiern. Wenn er früher Feierabend machen kann, ruft er daheim an, um Susi zu informieren. Hebt keiner ab, packt ihn die Angst, dass irgend etwas mit Anett passiert sein könnte. Die Sorge um die kleine kranke Tochter hat sich derart in ihm festgesetzt, dass ihm sein Hirn unschöne Bilder vorgaukelt. Während der ganzen Heimfahrt versucht er sich zu beruhigen, indem er sich vorstellt, dass Susi mit den Kindern schwimmen oder bei einer Freundin ist. Einmal wollte er gerade die Krankenhäuser der Umgebung anrufen, als Susi mit den Kindern fröhlich lachend zur Tür herein kam. Seit diesem Tag hinterlegt Susi immer einen Zettel auf dem Küchentisch, damit Manfred weiß, wo sie sich befindet und dass alles in Ordnung ist.
Manfred darf seinen Firmenwagen privat uneingeschränkt nutzen und muss nicht einmal

das Benzin bezahlen. Also fahren sie an jedem Wochenende in verschiedene Parks, in Städte, an Flüsse, besuchen Burgen und Museen, auch wenn diese weit entfernt sind.

Während der Osterferien nimmt Manfred seine Familie mit auf Kundentour nach Saarbrücken, Heidelberg am Neckar, Würzburg, Nürnberg und viele Orte mehr. Während Manfred seine Arbeit erledigt, spazieren die Kinder mit ihrer Mutter durch Parks oder besichtigen die Sehenswürdigkeiten der Gegend.

Seit Manfred im Vertrieb arbeitet, fährt er einen großen 5-er BMW und trägt täglich Anzug, Schlips und Kragen. Meist wählt er italienische Schnitte und Stoffe, in denen er elegant und umwerfend gut aussieht, dazu witzig gemusterte bunte Krawatten. Susi empfindet es als unfassbares Glück, dass dieser stattliche Mann sie liebt. Seine Nähe, seine Stimme, seine Blicke – Susi schmilzt regelrecht dahin, bevor seine Hände sie auch nur berühren. Gleichzeitig fürchtet sie, dass dieses Glück eines Tages plötzlich vorbei ist. Es ist einfach zu viel des Guten, so etwas kann gar nicht ewig halten. Sie ist sich sicher, dass Manfreds unglaubliche Ausstrahlung auch andere Frauen beeindruckt.

Susi stellt sich vor den großen Flurspiegel und betrachtet ihre schlanke Figur, zu schlank für eine fast 30-jährige Frau und Mutter von zwei Kindern. Sie kann aller zwei Stunden essen, Kuchen, Eis, Schokolade, Käse und was ihr einfällt, sie nimmt nicht zu. Doch nun hält sie es für an der Zeit, etwas zuzunehmen und

fraulicher auszusehen. Sie weiß nur nicht, wie das funktionieren soll.
Susi ist eifersüchtig auf alles, was Manfred ohne sie macht. Sie erinnert sich ungern an einen Abend am letzten Freitag. Nach Feierabend geht Manfred mit seinen Kollegen immer zum Italiener, um die Arbeitswoche abzuschließen. Er kam erst spät in der Nacht nach Hause und wollte sich heimlich und leise ins Bett schleichen. Aber Susi war noch wach, sie konnte ohne Manfred nicht einschlafen.
„Wo kommst du jetzt her?", fauchte sie ihn an.
„Habe meine Sekretärin nach Hause gebracht."
„So?" Susi sprang gereizt aus dem Bett. „Kann die nicht allein nach Hause?"
„Die wohnt im Taunus, das ist weit."
„Ich weiß, wie weit das ist! Ganz am anderen Ende. Warum nimmt die kein Taxi?", schrie Susi hysterisch.
„Weil ich sie eben heimbringen wollte. Und nun ist Schluss, ich bin müde und will schlafen. Gute Nacht." Manfred drehte sich um und schlief ein, während Susi furchtbar viele dumme Gedanken durch den Kopf gingen und sie in der Küche hin und her lief, bis sie endlich völlig durchgefroren zurück ins Bett kroch.

Eine Woche später klingelt am Abend das Telefon, während die ganze Familie am Tisch sitzt. Manfred nimmt den Hörer ab und spricht eine Weile. Da Susi mit den Kindern beschäftigt und außerdem schwerhörig ist, verfolgt sie das Gespräch nicht. Doch als sie „Vielen Dank, Susi." hört, springt sie von ihrem Stuhl auf.

„Wer war das?", will sie wissen.
„Eine Bekannte."
„Eine Bekannte, die Susi heißt wie ich? Das ist ja lustig. Wo wohnt die denn?"
„In Stuttgart."
„Und woher kennst du sie?"
„Wir sind zusammen zur Schule gegangen."
„Ach so", beruhigt sich Susi. Trotzdem scheint irgend etwas nicht zu stimmen. Also hakt sie nach: „Ihr habt euch getroffen?"
„Ja, zufällig. Stell dir vor, sie arbeitet in einer Firma, die ich gestern besuchte."
„Und warum ruft sie heute an? Wofür hast du dich bedankt?"
„Ich habe meinen Geldbeutel in einer Telefonzelle liegen gelassen, als ich dich anrief. Der Finder hat sie bei Susi abgegeben."
„Wieso bei Susi?"
„Vielleicht stand ihre Adresse drin."
Jetzt glaubt Susi zu verstehen. Sie nimmt die große Karaffe voller Apfelsaft, die auf dem Tisch steht, und schleudert sie gegen die Wand. Gleich hinterher alle vier Kompottschüsseln, die noch mit Pudding und Grütze gefüllt sind. Ein Teil der Grütze klebt an den Bildern, die an der Wand hängen, der Rest läuft wie der Saft an der gelben Tapete herunter.
Manfred macht den Kindern ein Zeichen, in ihre Zimmer zu verschwinden. Dann schaut er Susi mit seinen sanften braunen Augen an, denen sie normalerweise nie widerstehen kann und bittet: „Rege dich nicht so auf! Es ist ja nichts passiert. Der Geldbeutel samt Ausweis und

Papieren hat sich eingefunden."
„Mir geht es nicht um diesen doofen Geldbeutel. Mir geht es um dich." Susis Stimme überschlägt sich und endet in einem Krächzen. Sie merkt, dass Manfred kein weiteres Wort mehr darüber verlieren wird und sie ganz für sich allein ihre Geschichte mit der Stuttgarter Susi und die Konsequenz daraus zusammenbasteln muss. Im Moment erträgt sie Manfreds Nähe nicht, setzt sich ins Auto und fährt ziellos durch die Gegend. Susi ist traurig und gleichzeitig wütend, sie weiß nicht, ob ihr unbändiger Zorn überhaupt begründet ist. Und noch weniger weiß sie, was sie jetzt machen soll. Susi ist sehr stark und selbstbewusst und nie um eine Antwort verlegen. Aber bei Manfred ist sie schwach und weiß, dass sie ihn nie verlassen kann. Deshalb macht sie erst einmal gar nichts, sondern kehrt zurück nach Hause. Sie konzentriert ihre Gedanken auf die Kinder und blendet die Möglichkeit, dass Manfred sie mit einer anderen Frau betrügen könnte, einfach aus. Das hat sie während ihrer Haftzeit gelernt, störende Gefühle einfach nicht zuzulassen, um nicht zu verzweifeln. Diese Fähigkeit kommt ihr jetzt zugute.

Im April fahren sie nach Bad Hersfeld, aber außer einer Burgruine und einem italienischen Eiscafé finden sie nichts Sehenswertes in dieser Stadt. Ganz in der Nähe ist die deutsch-deutsche Grenze. Sie können direkt bis an die Schilder *Halt! Hier Grenze. Bundesgrenzschutz* herangehen. Dahinter sieht man so weit das

Auge reicht Brachland und dazwischen hohe Metallzäune, einen Betonweg und einige Wachtürme. Susi macht die Kinder auf die Warnschilder aufmerksam: *Achtung Minen! Gesperrt! Lebensgefahr!* und erklärt ihnen, dass jeder, der dort entlangläuft, von Minen getötet oder von Soldaten erschossen wird.
„Aber das ist doch auf der anderen Seite!", wundert sich André.
„Da hast du recht. Hier auf unserer Seite schießt niemand, hier darf man laufen." Susi zeigt mit der Hand auf die Spaziergänger ringsum und dann Richtung Osten, wo kein einziger Mensch weit und breit zu sehen ist, auch kein Haus oder Garten, nur platt gewalzte Flächen, die weit einsehbar sind und immer wieder hohe Zäune aus Metall.
„Wer jemanden erschießt, der ist böse", verkündet Anett. „Warum machen die das?"
„Weil sie nicht wollen, dass jemand aus der DDR weg geht."
„Warum wollen die das nicht?"
„Das weiß ich nicht."
„Ich habe mir gleich gedacht, dass die BRD nicht so schlimm ist wie die Oma und die Lehrer immer sagen. Sonst wärt ihr gar nicht hergegangen, stimmt´s?"
„Stimmt. Uns hat es in der DDR nicht gefallen. Weil wir dort nicht bleiben wollten, hat uns die Polizei ins Gefängnis gesperrt."
Susi und Manfred war es sehr wichtig, dass die Kinder mit eigenen Augen die Grenze mit den Minenschildern sehen und begreifen, welche deutsche Seite ihre Bürger einsperrt oder gar

erschießen lässt. Alles Andere würden die Kinder später begreifen, wenn sie andere Fragen stellen als heute.
Am Männertag reisen sie nach Amsterdam, wo die Kinder besonders von den bunten Hausbooten begeistert sind und sich wünschen, ebenfalls auf einem Boot zu wohnen. Susi überlegt, ob sie vielleicht einen Urlaub in einem Hausboot planen sollten.

„Wir wollen nicht nur Auto fahren. Das ist langweilig", mault Anett.
„Wir machen eine Radtour!", bestimmt André.
„Au ja!", jubelt Anett. „Ich kann schon Rad fahren."
„So richtig kannst du es noch nicht. Aber ich werde heute Abend mal mit Vati darüber sprechen. In Ordnung?"
Manfred will lieber Auto als Fahrrad fahren. Ihm gefällt es, wenn die Felder so schnell vorbeifliegen, während er gemütlich vom Fahrersitz aus die Welt betrachtet. Die Kinder sitzen nicht gern still. André würde viel lieber auf einen Baum klettern als an ihm vorbeizufahren.
„Wir fahren mit dem Rad am Steinbruch vorbei bis Stammheim, dann durch den Wald bis Florstadt und Richtung Süden durch den nächsten Wald und sind wieder daheim."
„Ist das nicht zu viel für Anett?"
Anett schüttelt ihren Kopf. „Ich will so lange Rad fahren wie sonst mit dem Auto."
„Gut." Susi lacht. „Soll ich die Landkarte holen?"

„Nein, die brauchen wir nicht. Florstadt kann man fast von hier aus sehen."
„Gut. Dann werde ich mal einen großen Korb Marschverpflegung zurechtmachen", antwortet Susi.
Der steinige Feldweg lässt die Stimmen zittern und stottern, wenn sie sich etwas zurufen. Als Susi anfängt zu singen, lachen alle schallend, weil die Melodie ganz verzerrt klingt. Normalerweise mögen es Manfred und die Kinder nicht, dass Susi ständig vor sich hin singt. Anett tadelt: „Du verdirbst wirklich jedes Lied!" Manfred kann das Lied nur erkennen, wenn er den Text hört. Doch Susi kennt nur wenige Textstellen und trällert meist *La lallalala la.*
Im Wald wirft André sein Rad sofort ins Gras und klettert auf den nächsten Baum, während Anett ihre vielen unsichtbaren Tiere kommandiert.
Der weitere Weg führt immer steiler bergauf, so dass alle ihre Räder schieben müssen.
„Ist es noch weit, Vati? Da vorn ist ein Schild. Darf ich hinrennen und nachschauen?"
„Ja, André, lauf!" Manfreds Stimme klingt erleichtert.
„Da steht Himmelreich drauf. Und ein Bild von einer kleinen Kirche."
„Das ist so ein Wallfahrtsort", erklärt Manfred.
Susi vermutet, dass Manfred nicht wirklich weiß, wo sie gerade sind, und ärgert sich, weil sie die Landkarte daheim gelassen hat. Doch sie ruft fröhlich: „Auf zum Himmelreich!"
Das Himmelreich entpuppt sich als ein

verwitterter Stein mit einer Schrift drauf, die keiner entziffern kann. Um den Stein herum ist die Erde säuberlich geharkt und mit Linien wie zu einem Muster durchzogen. Rund um diese Linien befindet sich ein niedriger Metallzaun mit einem winzigen Türchen. André springt über den Zaun und klettert auf den Stein.
„Ich will nach Hause", mault Anett. „Vielleicht habe ich die Biene Maja längst verpasst."
„Biene Maja. Das ist was für Babys", winkt André ab.
„Selber Baby! Meine Lehrerin hat gesagt..."
„Hat eure Lehrerin auch etwas zum Himmelreich gesagt?"
Die Kinder schauen sich an und kichern. „Nö, hat sie nicht."
„Wisst ihr wenigstens, wo Florstadt liegt?"
Die Kinder schütteln den Kopf und zucken mit der Schulter.
„Was lernt ihr eigentlich in der Schule, wenn ihr nicht einmal wisst, wo Florstadt liegt?" Manfreds Stimme klingt ärgerlich. „Aber wo New York liegt, das wisst ihr."
Anett jubelt: „In Amerika!"
Susi lacht und küsst Anett auf die Wange. „Du bist ein kluges Kind. Und ich bin eine hungrige Mutti."
Manfred hebt den Korb vom Rad und trägt ihn zu einer Bank. Susi verteilt die dick mit Wurst und Käse belegten Schnitten, Äpfel und den Saft.
„Wir fahren den Weg einfach weiter. Die Richtung stimmt. Wir müssen uns nur etwas mehr rechts halten", ordnet Manfred an.

Doch es kommt kein Abzweig nach rechts. Der Weg wird immer schmaler und sandiger und die Familie muss wieder absteigen und die Räder schieben.

„Hier sind Reifenspuren. Hier geht es weiter." Die Spuren enden unvermittelt an einem Hochstand. Direkt davor ist die Erde aufgewühlt, dazwischen liegen Kartoffeln und Rübenstücke und es stinkt fürchterlich.

„Eine Wildfütterung, wahrscheinlich für Wildschweine. Die Reifenspuren stammen vom Auto eines Jägers. Hier kommen wir nicht weiter, wir müssen zurück", erklärt Manfred, als sei er schon einmal hier gewesen.

Es dauert nicht lange und der Weg endet auf einer Lichtung. Himmelreich. Susi verbeißt sich das Lachen. Ein alter Mann kniet am Rande des Zaunes und zieht frische Rillen in die Erde.

„Warum tun Sie das?", will André wissen.

„Damit es schön ordentlich aussieht. Ab und zu steigt jemand über den Zaun und zertrampelt alles."

„Das war ich", gesteht André. „Ich wusste nicht, dass die Rillen wichtig sind."

Der Mann lächelt. Dann zeigt er auf den Papierkorb neben der Bank. „Dann hast du wohl auch deinen Abfall hier gelassen?"

André zuckt mit der Schulter. „Klar!"

Susi erklärt: „Wir haben hier Pause gemacht und dann die leeren Tüten entsorgt - wie es sich gehört."

„Nein, das gehört sich nicht", schimpft der Mann. „Man nimmt seinen Müll wieder mit nach Hause und lässt ihn nicht im Wald. Ich bin

schon alt, aber ich laufe jede Woche zwei Mal hierher, packe den ganzen Müll in diesen Plastiksack da und trage alles bis dorthin ins Dorf." Er zeigt mitten in die Büsche.
Susi biegt die Zweige auseinander und entdeckt ganz in der Nähe viele Häuser.
„Ist das Florstadt?"
Der Mann schüttelt den Kopf. „Stammheim", nuschelt er und wendet sich wieder seiner Arbeit zu. Susi ist erleichtert, dass die Irrfahrt ein Ende hat und radelt mit ihrer Familie in Richtung Dorf.
Am späten Nachmittag kommt die Familie vor ihrem Haus an. Alle sind erschöpft, aber glücklich. André springt vom Rad, Anett will es ihm gleichtun, rutscht auf einem Kuhfladen aus und stürzt. Wenn André fällt, fängt er sich mit seinen Armen ab und rollt geschickt zur Seite. Anett dagegen breitet ihre Arme aus und fällt deshalb immer auf ihr Gesicht. Sie sieht schlimm aus. Wange, Augenbraue und Lippe sind von den Steinen auf dem Hof aufgeschürft und bluten. Manfred packt sie sofort ins Auto und fährt mit ihr ins Krankenhaus nach Büdingen, wo die Wunden gereinigt und mit mehreren Stichen genäht werden. Anett hat zwei Wochen lang ein dick geschwollenes Gesicht und kann anfangs mit den unförmigen Lippen nicht einmal sprechen. Essen geht überhaupt nicht. Susi muss ihr Suppe oder dünnflüssigen Grießbrei kochen, was sie mit einem dicken Strohhalm schlürfen kann.

Im Juni darf Manfreds Mutter zum ersten Mal

zu Besuch in den Westen kommen, denn sie ist inzwischen Rentner. Susi vermutet, dass es der DDR-Regierung ganz angenehm wäre, wenn solch ein Rentner nicht zurück käme. Er nützt dem Staat nichts mehr, er kostet nur Geld.
Manfreds Mutter staunt über das große Auto, mit dem sie vom Bahnhof in Frankfurt abgeholt wird. Alle fünf und das Gepäck haben viel Platz darin.
Beim ersten Einkauf im Supermarkt bleibt Manfreds Mutter im Eingang stehen und fängt bitterlich an zu weinen.
„Was ist denn passiert? Tut dir etwas weh?", fragt Susi besorgt.
Die Mutter schüttelt den Kopf. „Es ist nur alles so schön hier, so sauber. Und die vielen Sachen, die man kaufen kann."
Das kann Susi gut nachvollziehen. Ihr ging es ebenso, als sie zum ersten Mal in Offenbach einkaufte. Fast hätte sie dieses Gefühl vergessen, so schnell hat sie sich an die Annehmlichkeiten unkomplizierter Einkäufe gewöhnt. Es gibt immer alles zu kaufen, was sie besorgen muss. Das erleichtert den Alltag ungemein.
Nach jedem Abendbrot lehnt sich Manfreds Mutter auf ihrem Stuhl zurück und lächelt glücklich, weil sie weiß, dass Susi ihr gleich eine Banane reicht, die sie mit großen Appetit genießt.

Manfreds Mutter ist eine Wasserratte und freut sich, dass der Frühsommer 1983 sehr heiß ist und sie täglich mit Susi und den Kindern zum

Freibad fahren kann. Susi wählt jeden Tag ein anderes Bad aus. Einmal fahren sie in ein Bad, das ein großes Bassin besitzt. Die Kinder springen hinein und man kann von außen durch eine Glasscheibe beobachten, wie sie tief unten im Wasser tauchen. So etwas hat Susi noch nie gesehen und macht gleich viele Fotos.
Fast jeden Tag pflücken sie auf einem großen Feld im Nachbardorf Erdbeeren. Die zuckern sie ein und genießen sie mit Milch, was nicht nur hervorragend schmeckt, sondern bei der Hitze eine wunderbare Erfrischung ist. Susi erinnert sich an Tante Lores Grütze und probiert das Rezept sofort aus. Die Kinder und ihre Oma sind ganz begeistert und wünschen sich nun jeden Tag Grütze.
Nach der Erdbeerzeit sind die Johannisbeeren reif, die an einem großen Strauch hinter dem Haus wachsen. Auch davon lässt sich eine sehr lecker schmeckende Grütze zubereiten.

„Du musst mit André zum Augenarzt!", bestimmt Manfreds Mutter.
„Wieso das?", wundert sich Susi.
„Siehst du nicht, dass er immer die Augen zusammenkneift, wenn er in der Ferne etwas erkennen will? Er ist kurzsichtig wie Manfred und braucht dringend eine Brille."
„Davon halte ich nichts. Eine Brille macht die Augen nur träge."
„Ein Auge ist kein Muskel, den man trainieren kann. Mit einer Brille kann der Junge wieder alles sehen."
Obwohl Susi nicht überzeugt ist, fährt sie mit

André zum Augenarzt, nachdem seine Oma wieder abgereist ist. Tatsächlich stellt der Arzt Kurzsichtigkeit fest und besteht darauf, dass der Junge ab sofort ständig eine Brille trägt.
Manfred lässt ebenfalls seine Augen untersuchen und muss sich daraufhin eine stärkere Brille besorgen. Der Arzt empfiehlt ihm Haftschalen. Das sind winzig kleine Linsen, die auf die Hornhaut aufgesetzt werden. Sie haften nicht direkt auf der Hornhaut, sondern schwimmen auf einem Tränenfilm. Da Manfred über recht wenig Tränenflüssigkeit verfügt, rät der Arzt zu harten Linsen. Die weichen Schalen dagegen saugen sich auf der Hornhaut fest und entziehen Flüssigkeit, lassen aber keinen Sauerstoff hindurch. Deshalb sind formstabile Linsen gesünder für das Auge, vor allem, wenn man sie wie eine Brille täglich tragen will. Der größte Vorteil von Linsen besteht darin, dass das Sichtfeld nicht durch den Brillenrand eingegrenzt wird und man wirklich ungehindert sehen kann. Das Anpassen der Linsen dauert sehr lange. Trotzdem kann Manfred den Fremdkörper auf dem Auge nicht ertragen und entscheidet sich schließlich für die weichen Linsen. Die spürt er nach einiger Zeit gar nicht mehr. Nur das Einsetzen und vor allem Entfernen am Abend ist lange eine unangenehme Fummelei, die Manfred gern auf sich nimmt, weil er sich viel freier und attraktiver fühlt als mit Brille.

Die Miete für das Fernsehgerät ist inzwischen abgelaufen, aber die Restsumme für den Kauf scheint Manfred zu hoch. Quelle möchte den Mietvertrag nicht verlängern und stimmt keiner Ratenzahlung zu. Das wäre bei einem Mietkauf nicht möglich. Schweren Herzens muss Susi zusehen, wie das Gerät schon am übernächsten Tag abgeholt wird. Zwei Männer tragen vorsichtig den schweren Apparat die Treppen hinunter. Als Susi ihre Tür schließt, hört sie einen lauten Knall und schaut vom Balkon herunter. Dort sieht sie die beiden Träger neben einem riesigen Scherbenhaufen stehen. Der Fernseher ist so ungünstig auf die Treppenstufen gefallen, dass der Bildschirm in mehr als tausend Teile zersprungen ist. Im ersten Impuls will Susi nach unten laufen und helfen, die Scherben zu beseitigen. Einer der Männer holt schon einen großen Besen aus dem Lieferwagen. Susi überlegt es sich anders, beugt sich über das Balkongeländer und ruft: „Es wäre besser gewesen, wenn Sie den Fernseher bei mir gelassen hätten."

In den Herbstferien fährt die ganze Familie zusammen mit Uwe nach Lloret de Mar an der Costa Brava. Die Fahrt startet bei sommerlichen Temperaturen direkt vor der Haustür.
„Das ist ja unser Schulbus!", jubeln die Kinder.
„Und auch der Fahrer vom Schulbus."
Die Fahrt dauert 18 endlose Stunden. Manfred und Uwe haben Probleme mit ihren langen Beinen und versuchen, sie immer mal wieder in den Gang hinein auszustrecken. Sie sind froh, dass der Bus aller zwei bis drei Stunden anhält

und sie sich draußen die Beine vertreten können. Die Kinder finden die lange Busfahrt lustig. Sie kringeln sich in der Nacht auf ihren Sitzen zusammen und schlafen seelenruhig trotz Lärm und Geruckel.
Im Urlaubshotel drängen sich die Leute eilig aus dem Bus und stürmen an die Rezeption.
„Wir warten hier hinten, bis der Ansturm vorbei ist und gehen als letzte vor", bestimmt Manfred.
Susi verdreht die Augen. Ihr wäre es lieber gewesen, wenn sich Manfred Platz ganz vorn am Tresen verschafft und als erster die Zimmerschlüssel für seine Familie ergattert hätte.
„Es tut mir leid, wir sind ausgebucht. Wir haben kein freies Zimmer mehr für Sie." Die Dame an der Rezeption hebt bedauernd ihre Schultern.
„Das ist alles deine Schuld!", schreit André und schaut seinen Vater böse an.
„Sei ruhig! Die Dame wird etwas für uns finden, schließlich haben wir im voraus bezahlt."
Nach einigem Hin und Her bekommt die Familie den Schlüssel für eine riesige Ferienwohnung mit eigener großer Terrasse und einer voll eingerichteten Küche mit Kühlschrank. So haben sie viel Platz und können sogar Getränke und Obst mitnehmen, was in den Hotelzimmern nicht gestattet ist.
„Glück im Unglück nennt man das", sagt Manfred lachend und klopft André auf die Schulter.
„Die Koffer packen wir später aus. Jetzt gehen wir ans Meer." Susi steht auf der Terrasse und zeigt mit beiden Armen hinunter, wo nur wenige

Meter entfernt die Wellen an den Strand plätschern.

„Das Wasser ist ja wärmer als in unserem Schwimmbad", ruft André überrascht aus. Er stürmt sofort hinein ins Mittelmeer, dicht gefolgt von seinem Vater und Uwe. Sie spritzen mit ihren Händen Susi voll, die nur ihre Füße vom Wasser umspülen lässt. Anett sitzt im Sand und erklärt ihren unsichtbaren Hunden, wie sie sich am Strand verhalten müssen.

Der Sand ist nicht so fein wie der auf Sylt, sondern grobkörnig und klebt somit weder im Badetuch noch in der Wäsche, was allen sehr angenehm ist.

18 Uhr wird der Familie ein runder Tisch im Speiselokal zugewiesen. Zuerst serviert die Bedienung eine Vorsuppe, die André sofort ausspuckt. Susi fragt den Kellner nach dem seltsamen Gewürz, was in der Suppe vorherrscht.

„Das ist kein Gewürz. Das ist Chlor."

„Chlor?"

„Wir sammeln das Wasser auf dem Dach in einem Bassin und müssen Chlor zusetzen, sonst wird das Wasser faulig", erklärt der Kellner. Er bietet der Familie als Ersatz für die Suppe Saft an und rät ihnen, vom Buffet nur Speisen zu wählen, die nicht gekocht sind. Nun können alle die Mahlzeiten besser genießen.

Gleich am nächsten Tag sucht Manfred eine Bank auf, um spanische Peseten zu kaufen.

Neun Tage lang toben die Kinder täglich im Meer, außerdem besichtigt die Familie zusammen mit Uwe Blanes, die mittelalterliche Stadt Tosca und zuckelt mit einer Pferdekutsche durch Barcelona.

Jeden Abend gehen sie in eine Bodega und bestellen Erdbeerbowle, die hier Sangria genannt wird. Das Besondere an diesen spanischen Weinkellern sind die unzählig vielen Liköre, Sherry und Brände, die in kleinen Holzfässern lagern. Meist besteht eine ganze Wand hinter dem Tresen aus diesen Fässern. Jede Sorte kostet umgerechnet 50 Pfennig. Susi, Manfred und Uwe gönnen sich den Spaß, jeden Tag einen anderen Schnaps zu probieren.

Als sie wieder daheim in Rodenbach sind, regnet es in Strömen und die Temperaturen haben sich empfindlich abgekühlt. Trotz dicker Pullover und Jacken frieren alle entsetzlich.

„Das ist mir eine Lehre", erklärt Susi. „Nie wieder werde ich im Herbst oder zu einer anderen kalten Jahreszeit in den warmen Süden reisen."

Am ersten Februar 1984 sitzen Susi und Anett im Warteraum der Universitätsklinik Frankfurt. Hierher kommen sie aller drei Monate, um das Blut des Mädchens untersuchen zu lassen. Anett verbrachte ihre ersten zehn Lebensmonate in der Universitätsklinik Leipzig. Den Eltern sagte man damals nur, dass das Blut ihrer Tochter nicht in Ordnung sei und ständig kontrolliert werden müsse. Bei späteren Untersuchungen in Berlin/Buch nahm man der besorgten Mutter das Kind einfach ab und behandelte es hinter geschlossenen Türen. Susi hörte Anett jedes Mal fürchterlich schreien, aber sie durfte weder einschreiten noch dabei sein oder gar die Behandlung ablehnen.

„Sollte Ihr Kind sechs Jahre alt werden, was sehr unwahrscheinlich ist, entfernen wir die Milz", hatte damals der Berliner Arzt verkündet.

Inzwischen ist Anett acht Jahre alt und fürchtet sich noch immer vor Ärzten, obwohl sich diese in Frankfurt viel Zeit nehmen. Sie sprechen mit dem Kind und nicht über seinen Kopf hinweg. Es gibt Spielsachen und Musik zur Beruhigung. Und selbstverständlich sind die Eltern immer dabei. Auch bei einer Spezialblutuntersuchung in Freiburg bemühte man sich sehr um Anett, damit sie sich nicht ängstigt.

Inzwischen wissen Susi und Manfred, dass Anett eine sehr seltene Blutkrankheit hat, bei der ständig viel zu viele rote Blutkörperchen produziert werden. Die Milz will ausgleichen und sortiert die roten Blutkörperchen aus, so dass diese nie ausreifen können und eilig neu erzeugt werden. Damit bildet sich gleichzeitig zu viel Eisen, das im Körper unkontrolliert abgelagert wird und zu einer Vergiftung führt. Diese seltsame Krankheit heißt Disthermopoetische Hämolytische Anämie und wurde vermutlich vom mehrfachen Blutaustausch unmittelbar nach der Geburt verursacht. Das Knochenmark hatte somit niemals die Möglichkeit, auf gesunde normale Art rote Blutkörperchen zu produzieren. Die Milz ist stark gewachsen, um ihre übermäßige Aufgabe erfüllen zu können, dick angeschwollen und nimmt inzwischen den gesamten Bauchraum ein.

„Anett, heute ist es soweit. Du bist jetzt groß genug, um auf deine Milz verzichten zu können", erklärt der Arzt.

„Ich will aber meine Milz behalten."

„Ich weiß. Aber schau dir deinen kugelrunden dicken Bauch an. Dahinter ist überall Milz, die anderen Organe wie Leber und Magen haben gar keinen Platz und werden gequetscht. Sie können nicht richtig wachsen und würden dir später schrecklich weh tun. Außerdem frisst deine Milz die roten Blutkörperchen auf, obwohl sie noch gar nicht reif sind. Das macht deinen ganzen Körper krank. Wenn du unreife Kirschen isst, bekommst du Bauchweh. Wenn wir die Milz nicht entfernen, wird es schlimmer als nur Bauchweh."

„Kann man der Milz nicht sagen, dass sie das nicht machen soll?"

„Wir haben versucht, deine Milz zu überlisten. Deshalb hast du jeden Tag zwei Tabletten schlucken müssen. Doch es hat nicht geholfen. Deshalb nehmen wir die Milz einfach raus, dann kann sie deine roten Blutkörperchen nicht mehr wegfressen."

„Und wann?"

„Morgen. Heute bleibst du gleich hier im Krankenhaus." Der Arzt wendet sich an Susi. „Die Schwester bringt Sie ins Krankenzimmer. Möchten Sie ein Bett?"

„Für mich? Geht so etwas?"

„Selbstverständlich. Sie können sich rund um die Uhr bei Ihrem Kind aufhalten. Das tut ihm gut und die Genesung geht schneller."

Am nächsten Tag erhält Anett ein Beruhigungsmittel. Als sie die Wirkung spürt, bekommt sie Angst und schreit: „Ich will nicht operiert werden! Ich will meine Milz behalten!"
Die Schwester streckt Anett einen kleinen ausklappbaren Kosmetikspiegel entgegen, auf dem eine kleine Katze abgebildet ist.
„Darf ich den behalten!", fragt Anett.
„Aber nur, wenn du nicht so schreist. Ich habe dir versprochen, dass du von der Operation nichts merkst, weil du ganz fest schläfst. Und wenn du wach wirst, ist deine Mami bei dir."
Damit gibt sich Anett zufrieden.
Susi dagegen ist nervös. Ihr wird übel, als Anett in den Operationssaal geschoben wird und sich die Türen hinter der Krankentrage schließen. Sie denkt an die Worte des Arztes, dass alles gut vorbereitet ist und sie in Ruhe abwarten soll. Ruhig wird sie trotzdem nicht. Sie läuft auf dem Gang hin und her, versucht, sich mit Lesen abzulenken, aber nichts hilft. Ihr kleines Mädchen liegt auf dem Operationstisch, ihm wird der Bauch aufgeschnitten und ein wichtiges Organ entfernt. Susi fängt an zu beten, dass alles gut gehen soll, obwohl sie gar nicht gläubig ist. Nach zwei Stunden kommt eine Schwester lächelnd auf sie zu und sagt: „Alles ist gut. Sie können bald zu ihrer Tochter und an ihrem Bett warten bis sie wach wird."
Susi fährt nun zwei Wochen lang jeden Morgen in die Klinik und bleibt bei Anett, bis Uwe sie nach seiner Arbeit am Krankenbett ablöst.

André ist inzwischen bei den Nachbarn gut aufgehoben. Manfred kommt meist gegen 19 Uhr und wartet, bis seine Tochter ruhig eingeschlafen ist. Erst dann fährt er nach Hause.
Kurz vor André´s elften Geburtstag ist Anett wieder daheim, muss aber vorerst jede Woche zur Kontrolle der Blutwerte in die Klinik. Nur so können die Ärzte beobachten, wie der Körper diesen schwerwiegenden Eingriff verkraftet.

Der Postbote bringt ein kleines Paket, adressiert an Anett. Anett reißt das Packpapier ab und zieht ein kleines Männchen hervor, das einem Äffchen ähnelt. Das runde Gesicht, Füße und Hände sind aus Kunststoff, der Körper aus braunem Fell.
„Ein Monchichi!", ruft Anett begeistert aus.
Susi hat so ein seltsames Tierchen noch nie vorher gesehen.
„Schau, es kann nuckeln!" Anett greift den Daumen der kleinen Figur, der genau in den Mund passt.
Anett hat während ihrer ersten Lebensjahre am Daumen gelutscht und damit ihre Mundhöhle und den Oberkiefer verformt. Dafür ist sie oft ausgeschimpft worden. Nun hat sie einen Gefährten, dem sie das Nuckeln abgewöhnen kann. „Wenn ich ganz viel Geld habe, kaufe ich dem Monchichi eine Frau. Es gibt eine im Laden neben der Sporthalle, die kostet nur 50 Mark."
„Kind! 50 Mark für so eine kleine Puppe sind viel zu viel!", ruft Susi entsetzt aus. Aber es hilft

nichts, Anett hat sehr schnell ihr gesamtes Erspartes zusammengekratzt und die Monchichi-Frau für 58 Mark gekauft.

Anetts 8. Geburtstag am 29. Februar 1984 wird ein riesiges Fest, denn es ist ein echter Geburtstag, der nur aller vier Jahre vorkommt. Ein Schulfreund schenkt Anett eine kleine Quietschpuppe, weil sie in Wirklichkeit erst ihren zweiten Geburtstag feiert. Da heute außerdem Ascher-Mittwoch ist, toben acht Kinder in bunten Faschingskostümen durch alle Räume, die mit bunten Girlanden und Lampions geschmückt sind. Auf der Geburtstagstorte brennen acht Kerzen, die Anett stolz mit einem Mal auspustet. Was sie sich dabei wünschte, will sie allerdings nicht verraten.

Nach dem Vesper spielen alle Kinder ein Würfelspiel. Susi legt Obst, Süßigkeiten und Zwiebelringe auf einen Teller. Wenn ein Kind eine Eins würfelt, muss es ein Stück Zwiebel essen, bei einer Sechs darf es sich selbst etwas aussuchen. Als Anett zum dritten Mal eine Eins würfelt und deshalb schon wieder ein Stück Zwiebel essen soll, beendet sie verärgert das Spiel.

Susi klatscht in die Hände, um sich bei all dem Kindergeschrei Gehör zu verschaffen. „Ihr könnt essen kommen. Es gibt Spaghetti mit Tomatensoße!"

Keine Minute später sitzen alle Kinder artig am Tisch und genießen ihr Lieblingsessen.

Manfred hat oft auf Flughäfen und in Kasernen zu tun, so auch in einer amerikanischen Station in Gelnhausen. Dort wurde er gefragt, ob er nicht mit seiner Familie an deutsch-amerikanischen Treffen interessiert wäre.
„Und was sollen wir dort machen?", will Susi wissen.
„Nichts besonderes eigentlich. Es geht nur darum, Freundschaften zwischen den Familien zu knüpfen, was den Soldaten wohl schwer fällt."
„Warum nicht? Bei dieser Gelegenheit können wir unser Schulenglisch verbessern, auch für André wäre das gut."
„Vielleicht sollen die aber Deutsch lernen", vermutet Manfred.
„Wie auch immer – lustig wird das ganz bestimmt."
Bereits am nächsten Samstag fährt die ganze Familie in freudiger Erwartung nach Gelnhausen. Man bittet sie auf Englisch, sich einfach umzusehen, die Wohnungen stünden allen offen.
Sie betreten einen Wohnblock, denn trotz des schönen Wetters ist kein Mensch auf dem Sportplatz vor dem Haus zu sehen. Von einem breiten Gang aus, in dem sie sich wie in einer Schule vorkommen, gehen Räume ab. Die Türen stehen meist offen. Hinter einer Tür hören sie laute Stimmen und steuern darauf zu. Es sitzen mehrere Männer und Kinder auf einem zerfledderten Sofa und dem Boden herum, die Stimmen kommen aus einem Fernseher. Dorthin stieren alle wie gebannt und

greifen nebenbei ohne hinzusehen in große Schüsseln mit Popcorn oder nuckeln an ihren Coladosen. Susi grüßt laut und freundlich, erhält aber nur ein knappes *Hi* zurück.
Eine Frau rutscht vom Fensterbrett, auf dem sie sitzt, herunter, stubst einen Jungen an und zeigt mit der Hand auf den Boden. Der Junge macht Platz, so dass sich Susi und Anett auf das Sofa setzen können. André fragt den Jungen, ob er mit ihm Ball spielen will, aber dieser klopft nur selbstvergessen auf seinen Ball, der zwischen seinen Beinen klemmt, während er weiter in den Fernseher schaut. Dort läuft ein Footballspiel. Ein Mann erhebt sich und schüttet Körner aus einer Tüte in ein Gerät, das wie eine Küchenmaschine aussieht. Plötzlich springen Erbsen mit lauten *plopp* im Behälter herum. Popcorn! André und Anett schauen interessiert zu und bekommen eine Schale mit dieser Leckerei. Eine Frau reicht Anett eine Coladose, Anett blickt ihre Mutter fragend an. Offenbar ist es hier nicht üblich, aus Gläsern zu trinken, also stellt Anett die Dose wieder ab. André greift zu, öffnet sie geschickt und trinkt sie fast in einem Zug leer, während Susi ihm tadelnde Blicke zuwirft. Anett mag sehr gern Cola. Daheim darf sie keine trinken, nur, wenn sie in einem Gasthof sind. Hier wäre Gelegenheit, aber hier gibt es leider keine Gläser, um daraus zu trinken.
Schnell wird es der Familie langweilig. Sie freuen sich, als endlich das Footballspiel beendet ist. Doch da schiebt ein Mann wortlos eine Videokassette in ein Gerät und startet

einen Film mit viel Polizei und Schießerei. Die Familie geht, ohne viel mehr als fünf Sätze mit den Soldaten und ihren Familien gewechselt zu haben.
„Vielleicht war heute ein schlechter Tag oder wir haben uns ungeschickt angestellt", vermutet Manfred.
In der nächsten Woche versuchen sie es noch einmal, allerdings ohne Anett, die lieber bei den beiden Mädchen der Nachbarin bleiben will. Aber auch dieser Versuch verläuft ebenso wie der in der Woche davor: Videos, Cola aus Dosen, Popcorn, keine Gespräche.
„So muss ich mir meinen Tag nicht verderben", verkündet Susi.
Auch Manfred und André verspüren keine Lust auf eine Wiederholung.

Bei einer ihrer Spazierfahrten am Wochenende entdeckt Manfred ein großes Plakat mit der Werbung *Musterhaussiedlung*. Sofort parkt er das Auto und die Familie schaut sich die verschiedenen Häuser an. Es gibt kleine, mittlere, große und sehr große Häuser mit spitzen Dächern, Walmdächern, Kniestock mit und ohne Balkon, verwinkelte und klare Grundrisse. Für jeden Geschmack ist etwas dabei. Am besten gefällt allen gleichermaßen ein sogenanntes Landhaus, ein L-förmiger Flachbau, in dem es keine Treppen gibt und sämtliche Räume auf einer Ebene wie bei einer großen Wohnung angeordnet sind.
Der Berater merkt, dass die Familie ernsthaft an einem Eigenheim interessiert ist und nimmt

sich viel Zeit für ein Gespräch. Er bietet ihnen sogar ein wunderschön in Büdingen gelegenes Grundstück an mit alten Bäumen und einem Bach. Die Familie ist überaus begeistert. Zum Schluss rechnet der freundliche Herr aus, dass sie monatlich 1.790 Mark Zinsen zahlen müssten – vorausgesetzt, sie hätten ein Eigenkapital von 30 Prozent und würden auf einen Keller verzichten.
„So viel Geld jeden Monat allein an Zinsen der Bank geben? Nein, da zahle ich lieber ein Drittel davon als Miete an die Familie Wenzel, die ich kenne und mag."
Das heißt, der Traum vom eigenen Haus ist so schnell er entstand, ausgeträumt. Mit der Bank zu sprechen bringt nichts, weil sie nicht einen Pfennig Eigenkapital besitzen, sondern Manfreds Gehalt immer komplett verbrauchen. Der Berater hatte von einer absoluten Hochzinsphase gesprochen von 21 Prozent bei Immobilienkrediten. Mit einer solchen Problematik hatten sich die jungen Leute noch nie zuvor beschäftigt. Zwei Jahre später sank der Zinssatz auf acht Prozent, nützte ihnen aber wegen des fehlenden Eigenkapitals ebenfalls nichts.

„Ich erreiche Uwe nicht", beklagt sich Susi. „Er geht nicht ans Telefon."
„Was willst du denn von ihm?"
„Eigentlich nichts. Ich mache mir Sorgen, weil er am Wochenende nicht wie üblich bei uns war. Ich verstehe das nicht."
Erst eine reichliche Woche später besucht Uwe

seine Schwester.
„Ich war im Krankenhaus", erklärt er.
Susi schlägt sich vor Schreck die Hand vor den Mund. „Um Himmels Willen! Was ist denn passiert?"
„Nichts."
„Nichts? Aber warum ...?"
„OP am Bein."
„Aber ..."
„Mehr brauchst du nicht zu wissen, es ändert nichts."
Susi ist verärgert, dass Uwe so ein Geheimnis aus seiner Operation macht. In Susis Gesicht sieht jeder sofort, was in ihr vorgeht. So, als wäre ihr jeder Gedanke auf die Stirn geschrieben. Richtig entsetzt reagiert sie, als sich Uwe schon nach wenigen Minuten verabschieden will. Trotzdem schlingt sie die Arme um seinen Hals und sagt so freundlich wie es ihr möglich ist: „Bis zum nächsten Samstag."
„Nö, da komme ich nicht."
„Nanu? Hast du was vor?"
Uwe nickt, dreht sich um und will aus der Tür gehen, aber Susi hält ihn am Arm fest. „Wann sehen wir dich wieder? Du musst doch sicher wieder Wäsche waschen."
„Aber nicht bei dir!"
„Ah! Du hast dir eine Waschmaschine gekauft?"
„Nö."
„Nun rede schon!", drängt Susi.
Uwe lächelt. „Musst du alles wissen?"
„Allerdings!", entgegnet Susi scharf. Sanfter setzt sie hinzu: „Dann sage wenigstens, wann

du uns wieder besuchst. Ich will das wissen, damit ich daheim bin. Du weißt, dass wir viel unterwegs sind. Also: kommst du Samstag zum Mittag?"

„Nö, da bin ich nicht da."

Nun wird Susi wütend. „Muss ich dir jedes Wort einzeln aus der Nase ziehen?"

„Ich bin in der Schweiz."

„Oh, das freut mich. Machst du Urlaub?"

„Nö."

Susi weiß, dass Uwe nicht gern über sich und seine Pläne spricht, aber seine alberne Geheimnistuerei geht ihr auf die Nerven. „Dann sage wenigstens, wann du wieder hier bist!"

„Gar nicht."

Jetzt platzt Susi der Kragen. „Kannst du auch normal antworten?"

Uwe öffnet die Tür und geht.

„Lass ihn!", tröstet Manfred. „Er wird schon wissen, was er tut."

Aber Susi rennt auf den Balkon, um Uwe wie immer nachzuwinken. Er beugt sich aus dem Autofenster und ruft: „Ich ziehe um und arbeite ab Montag in Sion." Dann gibt er Gas und fährt davon.

Susi sitzt lange auf dem Sofa und versucht, Uwe und diesen seltsamen Abschied ohne Abschied zu verstehen. Dann holt sie sich den Atlas und sucht *Sion*. Die Stadt liegt ganz im Süden der Schweiz,

Nur wenige Wochen später besuchen Susi, Manfred und die Kinder Uwe in seiner neuen Wahlheimat. Er bewohnt ein kleines Zimmer in

einer Pension bei Madame Chaquerioz, die sich sehr freut, endlich wieder ein volles Haus zu haben. Sie ist schon alt und vermietet deshalb nicht mehr alle Zimmer. Früher war jeder Raum mit Monteuren belegt, für die sie sogar sämtliche Mahlzeiten zubereitete. In ihrer Küche stehen deshalb viele riesige Kochtöpfe.
„Irgendwie riecht es hier komisch", stellt Susi fest.
Uwe erklärt. „Das kommt vom Ziegenbock."
Die Kinder und Manfred lachen schallend über diesen Witz, aber Susi bleibt ernst. Sie mag keine albernen Bemerkungen.
„Im Kellergeschoss wohnt tatsächlich ein Ziegenbock, der stinkt eben."
Susi schüttelt entsetzt den Kopf, aber die Kinder stürmen sofort in den Keller. Sie wollen den Ziegenbock sehen. Im Garten entdecken sie sogar ein rabenschwarzes Rennpferd, das allerdings sehr scheu ist und sich nicht streicheln lässt.
„Das ist ein ganz berühmtes Rennpferd", erklärt Uwe und zeigt auf die vielen Urkunden und Pokale, die überall die Wände und Regale zieren.
Er führt die Familie seiner Schwester vier Tage lang durch die wunderschöne Umgebung von Sion, fährt mit ihnen auf beängstigend schmalen Straßen hoch in die Berge, durch lange Tunnel, nach Zermatt am Matterhorn, Chamonix am Mont Blanc, Montana und auf den Grand St. Bernard.
Uwe kann sogar Sonntags einkaufen, für Milch, Brot und andere Dinge des täglichen Bedarfs

haben die Läden geöffnet. Ganz neu für die Familie sind Zugabe-Artikel. Wenn Manfred zum Beispiel nicht nur eine Schachtel Zigaretten, sondern eine ganze Stange kauft, erhält er als Zugabe ein Feuerzeug geschenkt.

„Heute essen wir Bündner Fleisch", verkündet Uwe. Die Wirtin des Lokals bringt eine riesige Holzplatte voller hauchdünner Fleischscheiben, dazu Brot, Butter, Senf und eine Mühle mit schwarzem Pfeffer. Uwe streut Pfeffer auf das Fleisch. „Dieses Gericht gibt es nur hier. Das ist gepökeltes und getrocknetes Rindfleisch und schmeckt ganz vorzüglich." Das können Susi und Manfred bestätigen.

An einem der nächsten Tage probieren sie eine andere Spezialität aus der Region: Käsefondue. Dazu werden verschiedene einheimische Käsesorten in einem Kessel Weißwein geschmolzen, gewürzt und mit Maismehl gebunden. Der Topf steht einfach in der Tischmitte und jeder Gast tunkt Brot- oder Kartoffelstücke an einer langen Gabel in diesen Käsebrei.

„Mami, das machen wir ab jetzt daheim auch!", bestimmt Anett.

Die Kinder haben ihren Spaß beim Rühren und Angeln mit ihren Brotspießen im Käsebrei, während Susi diese Art zu essen ziemlich eklig findet.

„Heute am letzten Abend gibt es Raclette", verkündet Uwe. Dazu fahren sie hoch hinauf bis zu einem Berggasthof, vom Tisch aus schauen sie direkt aufs Matterhorn. Die Wirtin

stellt eine große Schüssel Pellkartoffeln auf den Tisch, auf dem bereits kleine Schälchen mit sauren Gurken, Essigzwiebeln und Senffrüchten stehen. Susi rümpft sofort ihre Nase und Manfred tritt ihr zur Strafe leicht gegen das Schienbein.
„Dazu gibt es sehr fetten warmen Rahmkäse."
Uwe zeigt mit dem Arm in die Mitte des Lokals. Susi dreht sich um und sieht einen Ofen mit offenem Feuer, im vorderen Teil Glut wie beim Grillen. Davor liegt ein großes Brett und darauf mehrere Hälften riesiger Käselaiber mit der Schnittfläche zur Glut. Dabei wird der Käse nicht nur geschmolzen, sondern gleichzeitig geräuchert und gegrillt. Der Koch geht mit einem Käselaib von Gast zu Gast und schabt den warmen Käse auf die Teller. Susi ist überaus überrascht von dem einmalig herzhaften Geschmack. Allerdings fragt sie sich, wie sie von einer Käsescheibe satt werden soll. Doch der Wirt kommt ein zweites und drittes Mal von Tisch zu Tisch und verteilt warmen Raclette. Die dritte Scheibe kann Susi gar nicht mehr essen, so satt ist sie inzwischen.
„Schaut!", ruft eine Frau.
Susi folgt mit den Augen dem Blick der Frau und ihr bleibt vor Staunen der Mund offen stehen. Direkt hinter der Matterhorn-Spitze geht glutrot die Sonne unter, was für alle Gäste ein unvergleichliches Schauspiel ist.
Die Berge im Wallis sind noch höher und wirken noch gewaltiger als die in Tirol. Susi vergisst vor Begeisterung fast das Fotografieren und nimmt sich vor, ihren Bruder mindestens

zweimal pro Jahr zu besuchen.

Während der Rückfahrt hören sie im Radio kurz vor der deutschen Grenze von einem langen Stau, der sie möglicherweise stundenlang aufhalten wird. Sie verlassen die Autobahn und machen in Baden-Baden eine lange Pause, schauen sich die Stadt an und essen zu Mittag. Beim Verlassen der Stadt bemerken sie viel Polizei, die die Zufahrten zur Autobahn sperrt. Deshalb fahren sie auf der Landstraße, die parallel zur Autobahn verläuft, Richtung Norden. Sogar an den Seitenstraßen stehen Polizeifahrzeuge. Schließlich werden sie von Motorrädern überholt und mit Zeichen in einen Waldweg gewiesen, wo bereits mehrere Polizeiautos stehen. Manfred muss aussteigen, Susi mit den Kindern im Fahrzeug bleiben. Dann sollen auch sie aussteigen. Sämtliches Gepäck wird durchsucht, sogar die beschmutzte Urlaubswäsche ausgekippt.

„Können Sie uns nicht endlich sagen, wonach Sie suchen?", erkundigt sich Manfred zum wiederholten Male. „Es kann sich doch nur um ein Missverständnis handeln."

„In Baden-Baden wurde eine Kamera aus einer Wohnung gestohlen. Die Beschreibung passt genau auf Ihr Fahrzeug."

„Wir waren heute zum ersten Mal in unserem Leben in dieser Stadt, kennen uns also überhaupt nicht aus. Außerdem haben wir zwei kleine Kinder dabei."

„Nun, es war von einem voll besetzten Fluchtfahrzeug die Rede."

Die Polizisten durchsuchen in Manfreds Beisein jeden Winkel der Familienkutsche, während sich Susi mit den Kindern entfernen darf. Die Kinder haben ihren Spaß an diesem Abenteuer. André tut so, als wäre das Diebesgut zwischen seinen Spielsachen im Rucksack versteckt, den er bei sich hat.

„Lass das!", ermahnt ihn Susi streng. „Wir haben schon genug Ärger und brauchen wegen deiner Albernheiten nicht noch ernsthafte Schwierigkeiten."

Erst nach einer reichlichen Stunde geben sich die Beamten zufrieden und lassen die Familie weiterreisen. Zum Glück hat sich der Stau inzwischen aufgelöst und sie sind zwei Stunden später daheim.

„Wieso kommst du schon ins Bett? Ist noch vor Mitternacht." Susi lächelt, aber nur mit dem Mund. Ihre Augen blitzen wütend. Seit fast zwei Stunden liegt sie im Bett und wartet auf ihren Mann. Anfangs vertrieb sie sich die Zeit mit Lesen. Aber als der Romanheld seine Christa endlich in den Armen hielt, wirft sie das Buch in die Ecke. Blöde Geschichte. Im wahren Leben sind die Männer Langweiler, während ihre Frauen ewig auf einen Kuss warten.

Auch Susi wartet. Doch Manfred hockt wie immer bis weit in die Nacht vor dem Fernseher statt sie zu umarmen. Sie schnauft wütend, als er seine Hände unter ihr Nachthemd schiebt. Grob stößt sie ihn beiseite und vergräbt ihr Gesicht im Kopfkissen.

„Was hast du, Liebes?"

„Nichts."
Wenn Susi *nichts* sagt, ist sie verärgert.
„Du, der Film war wirklich spannend."
„Ich weiß." Susi setzt sich auf und faucht: „Alles ist spannend. Alles ist wichtig. Nur ich nicht."
„Sei nicht albern, Schatz!"
„Schatz, Schatz", äfft Susi, „wenn ich das schon höre!"
Manfred lacht. „Du bist nun mal mein Schatz."
„Aber erst nach Sendeschluss. Vorher stehe ich nicht auf deinem Programm." Beleidigt schweigt Susi. Sie wischt die Tränen weg und schnaubt geräuschvoll in ihr Taschentuch.
Manfred braucht die Zeit vor dem Fernseher, um seinen Arbeitsalltag abzustreifen. Seit er die neue Arbeitsstelle in Frankfurt hat, kommt er selten vor 20 Uhr nach Hause. Susi erwartet ihn meist schon an der Tür und redet auf ihn ein, während er seine Tasche abstellt, die Jacke an die Garderobe hängt und die Schuhe auszieht. Die Kinder springen aus dem Bett und plappern auf ihren Vater ein. Manfred liebt seine Kinder sehr, aber am Abend will er nur noch seine Ruhe.
„Ich brauche jemanden zum Reden. Nicht irgendwen, sondern am allerliebsten dich."
„Ich weiß, meine Liebe, aber ich brauche meine Ruhe."
„Vor allem Ruhe vor mir. Du hängst lieber stundenlang vor dem Fernseher statt mir ein paar Minuten zuzuhören oder etwas von deiner Arbeit zu erzählen."
„Was soll ich schon erzählen?"
„Von deinen Kollegen, deiner Arbeit, was du zu

Mittag gegessen hast. Eben alles."

„Ach." Manfred zuckt nur mit der Schulter und schweigt.

„Dann sage ich dir was. Ich fühle mich wie ein Taxi. Montags fahre ich André zum Judo-Training, Dienstags die Kleine ins Ballett, Mittwochs und Freitags muss André zum Schwimmen und Donnerstags fahre ich zum Wertkauf."

„Wir wohnen nun mal auf dem Land."

Manfred bückt sich nach seinem Pantoffel, hebt ihn langsam über den Kopf und schlägt ihn gegen die Wand. „Getroffen!"

Angeekelt dreht Susi ihren Kopf zur Seite. „Blödes Viehzeug! Überall Fliegen und Mücken und was weiß ich nicht alles. Ich bin ganz zerstochen." Sie wischt sich über ihre Arme und Beine. Die Mückenplage ist in diesem Jahr besonders schlimm. Auf Initiative der *Grünen* durften die Nidderauen nicht entwässert werden. Nun ist dort ein riesiges Sumpfgebiet entstanden, ein Paradies für Mücken.

„Mir ist langweilig", mault Susi.

„Dann fahr doch in die Stadt! Besuche deine Freundinnen, geh einkaufen – was weiß ich."

„Toll! Vor acht Uhr komme ich hier nicht weg und spätestens zwölf Uhr muss ich wieder hier sein. Bis Frankfurt brauche ich eine gute halbe Stunde."

„Na und? Ich muss diese Strecke täglich fahren. Und das im Berufsverkehr. Beklage ich mich etwa?"

„Du musst aber nicht pünktlich zurück am Kochtopf sein, bevor die Kinder aus der Schule kommen. Du schneist irgendwann am späten Abend herein und setzt dich an den gedeckten Tisch."

„Wir hatten das alles besprochen. Und zwar, BEVOR wir hierher zogen." Manfred weiß, dass Susi seinen Einwand nicht hört. Sie ist sauer und das kann dauern. Er hasst diese ewigen Dispute um Mitternacht.

„Und wenn du zu Hause bist, guckst du in deine Zeitung oder in den Fernseher. Weißt du eigentlich, wie sehr mich das verletzt?" Susi wartet Manfreds Antwort nicht ab, sie schimpft ohne Pause weiter. „Gar nichts weißt du! Weil dir alles egal ist."

„Was fehlt dir eigentlich?"

„Das Leben fehlt mir. Hier passiert nichts, überhaupt nichts. Jeden Tag das gleiche Einerlei, die gleichen Bauernweiber in Ihren hässlichen Gummistiefeln. Ich sterbe vor Langeweile."

„Du bist zu bedauern." Seufzend steckt sich Jürgen eine Zigarette an.

„Musst du unbedingt die Luft verpesten? Den ganzen Tag stinkt es. Überall." Susis Stimme überschlägt sich. „Hier drinnen nach deinem Qualm und draußen nach Mist und dem blöden Kuhstall nebenan. Ich halte das nicht mehr aus."

Manfred knirscht mit den Zähnen. Susi hat sich in Wut geredet und würde so schnell nicht aufhören, ihm Vorwürfe zu machen. Manfred weiß, dass er seine Frau jetzt nicht beruhigen kann. Trotzdem zählt er die Vorteile ihrer neuen Umgebung auf.

„Denke doch an die Kinder, Schatz! Hier können sie nach Herzenslust toben, Rad fahren. Wir brauchen uns keine Sorgen zu machen."

„Natürlich nicht. Die Kinder könnten mit geschlossenen Augen quer über die Dorfstraße trödeln – in diese gottverlassene Gegend verirrt sich nicht einmal ein Auto. Wir müssen uns eher Sorgen machen, dass die Kinder hier verblöden."

Darauf geht Manfred nicht ein. Ruhig spricht er weiter: „Die Kinder sind glücklich hier. Sie sind viel ruhiger geworden. Überhaupt gefällt mir diese herrliche Ruhe ringsum."

„Ruhe?" Susi wirft ihr Kopfkissen gegen die Tür. „Ich hasse diese grauenhafte Stille. Ich zucke bei jedem Geräusch zusammen, weil immer alles so schrecklich ruhig ist. Und nachts hört man überhaupt nichts mehr. Ich bin wie lebendig begraben."

„Und morgens das Vogelzwitschern..."

„... geht mir auf die Nerven."

Manfred legt einfach seinen Arm um Susi. Dieses Mal stößt sie ihn nicht zurück. Aber sie mault weiter. „Und die Hunde laufen frei durchs Dorf, ganz ohne Leine."

„Na und? Dafür liegen hier keine Hundehaufen wie in der Stadt. Das hast du wohl vergessen? Musst mal sehen, wie ich morgens vom Auto zum Büro um all die Häufchen balanciere." Manfred stellt sich neben das Bett und stiert übertrieben deutlich auf den Boden, als suche er nach einem Käfer. Dann schreit er: „Huch!", breitet die Arme aus und springt zur Seite.

Plötzlich verzieht er seinen Mund, schaut auf seinen Fuß und ruft: „Bäh! Igitt!"
Susi lacht.
„Vielleicht sollten wir uns einen Hund zulegen", überlegt Manfred. „Anett bettelt schon lange um ein Haustier."
Susi schüttelt ihren Kopf. „Und wer soll sich um das Tier kümmern?" Sie beantwortet ihre Frage gleich selbst: „Ich natürlich."
„Du natürlich. Du hast dich über Langeweile beklagt. Und über fehlende Hundehaufen", wagt Manfred zu scherzen.
Jetzt muss Susi laut lachen. „Du hast Recht. Wer sich beklagt, der muss auch für eine Lösung sorgen. Aber ein Hund ist für mich keine Lösung. Du weißt, dass ich Panik vor Hunden habe. Vielleicht lege ich einen Garten an, schließlich war mein Vater Bauer, so etwas steckt im Blut."
Susi küsst ihren Mann, dreht sich zur Seite und schläft augenblicklich ein, während Manfred noch lange über Susis Worte nachdenkt.

Gleich am nächsten Tag fährt Susi in die Gärtnerei, Tomaten-pflanzen, Samen für Kopfsalat, Radieschen, Möhren, verschiedene Blumen und eine Hacke. Hinter dem Haus ist Platz für vier Beete und eine schöne Blumenrabatte. Susi will diese Beete nicht so anlegen wie der Vater in seinem Garten. Sie mag es nicht, wenn Blumen und Gemüse in Reihe und Glied wachsen wie Soldaten, ihr ist ein fröhliches Durcheinander lieber. Also streut sie die Samen quer über die Erde und gießt

alles schön an. Nur für die Möhren- und Kohlrabisamen zieht sie Zeilen. Die Tomatenpflanzen setzt sie vor den Zaun zum Nachbargrundstück, daran können sie hochranken.
Susi geht nun jeden Tag in ihren kleinen Garten, jätet Unkraut und freut sich, als sie ihre Pflänzchen wachsen sieht. Leider haben lange vor der Ernte Schnecken und Mäuse alles weggefressen, sogar die Blumen.
„Du musst darauf achten, welche Sorten sich vertragen. Du kannst nicht einfach alles wild nebeneinander und durcheinander anpflanzen", erklärt die Nachbarin. „Wenigstens wachsen deine Möhren ganz gut."
Dass das richtige Nebeneinander der Pflanzen beachtet werden muss, hatte Susi noch nie vorher gehört. Immerhin kann sie Möhren und Kohlrabi ernten und daraus ein leckeres Gemüse machen. Sie denkt an ihre geliebte Oma Martha, die dieses Gemüse so gern mochte. Susis Vater brachte ihr immer Möhren und Kohlrabi aus seinem Garten, denn das gab es im Laden nur selten zu kaufen. Zum Überwintern legte er die Wurzeln und Knollen in eine große Kiste voller Sand und stellte sie in den Keller. Dort lagerten auch die Kartoffeln in einer Schütte, die man im Herbst immer säckeweise kaufen konnte.
In Susis Garten steht nur noch Rhabarber in dicken Büschen am Rand. Den gab es schon, als sie einzogen. Während der Blüte hielt sie die langen Rispen für eine Blume. Sie erinnert sich, dass ihre Mutter gern Rhabarberkuchen

mit Streuseln gebacken hat. Das nimmt sich Susi ebenfalls vor. Einige Stengel schneidet sie in kleine Stücke, bestreut sie mit Zucker und bietet sie den Kindern als Kompott an. Viel mehr fällt ihr zu Rhabarber nicht ein. Susi weiß nicht, was sie mit dem vielen Rhabarber machen soll. Also lässt sie ihn einfach weiterwachsen, so sieht der Garten immerhin nicht ganz so kahl aus.

Anett lutschte als Baby immer am Daumen, um sich zu beruhigen, denn in der Klinik gab es keinen Schnuller. Als Kleinkind behielt sie diese Angewohnheit bei, obwohl Susi viel versuchte, ihr das Daumenlutschen abzugewöhnen. Das hat ihren Gaumen stark verändert und das obere Gebiss nach vorn verschoben. Der Zahnarzt rät dringend, diese auffällige Kieferfehlstellung korrigieren zu lassen.
Susi fährt mit beiden Kindern nach Frankfurt zum Kieferorthopäden.
„Kein Problem", befindet der Arzt. „Allerdings müssen wir fünf Zähne ziehen. Wir ziehen heute zwei und machen in der nächsten Woche weiter." Er sieht sich André´s Zahnstellung an und hält bei ihm ebenfalls eine Korrektur der Zahnstellung für nötig. „Und wie steht es mit Ihnen, Frau Herzog?"
Susi schaut den Arzt verblüfft an und schüttelt den Kopf. „Das geht nicht, schließlich bin ich kein Kind mehr."
„Das stimmt, aber als Kind haben Sie sich leider nicht um ihr Gebiss gekümmert."
Susi zuckt mit der Schulter. „Wie soll das

aussehen, eine Frau mit Zahnspange?"
„Man könnte die Zahnspange auch nur über Nacht tragen, dann sieht sie keiner. Aber das bringt nicht viel. Ihre Zähne stehen krumm und schief. Hören Sie, Sie sind eine schöne Frau, allerdings nur, wenn Sie den Mund nicht öffnen."
Susi lacht.
„Sehen Sie, wenn Sie lachen oder auch nur reden, sieht es einfach nicht gut aus."
Susi zuckt wieder mit der Schulter, aber die Worte des Fachmannes geben ihr zu denken. Sie ist zwar nicht direkt eitel, aber gut aussehen möchte sie trotzdem.
„Im Grunde geht es gar nicht allein um die Optik. Wenn die Zähne schief stehen, klappt die gesamte Verdauung nicht. Es ist absolut wichtig und notwendig, dass Sie einer Gebisskorrektur zustimmen."
Susi muss nicht lange überlegen. Sie ist Hausfrau und wenn sie doch einmal ausgeht, kann sie die Spange sicher einfach weglassen.
„Ich bin einverstanden. Sie sagen, ich müsste diese Spange auch tagsüber tragen?"
„Allerdings. Ich rate Ihnen und Ihren Kindern zu einer fest installierten Zahnspange. Dazu klebe ich kleine Brackets aus Metall auf die Zähne, befestige darauf einen Draht, der regelmäßig nachgezogen wird."
„Du lieber Himmel! Wie soll das denn aussehen?", empört sich Susi.
„In Amerika ..."
„Wir sind aber nicht in Amerika!", fällt ihm Susi ins Wort.

„ ... sind die Frauen vielleicht eitel, aber nicht so unvernünftig wie Sie", beendet der Arzt seinen Satz. „Jedenfalls ist das die sicherste und damit auch schnellste Methode."
„Wie schnell ist denn schnell?"
Der Arzt lacht und hebt die Hände. „Zwei bis vier Jahre Geduld müssen Sie mitbringen."
Susi reißt erschrocken die Augen auf. Sie hatte mit einem halben Jahr gerechnet.
„Die Behandlung für die Kinder übernimmt voll die Krankenkasse. Da ich bei Ihnen drei Zähne ziehen muss, entstehen auch Ihnen keine Kosten."
Susi seufzt. Vor dem Zähneziehen hat sie große Angst, will sich aber vor den Kindern nichts anmerken lassen. Zwei bis vier Jahre eine feste Spange zu tragen scheint ihr unendlich lange. Doch sie gibt sich optimistisch. Außerdem wäre sie nie auf die Idee gekommen, dass sie möglicherweise das Richten der Zähne bezahlen müsste.
Sie verbringen zwei volle Stunden in der Praxis. Es müssen Abdrücke vom oberen und unteren Gebiss gemacht werden, wobei es Susi immerzu würgt und sie das Gefühl hat, erbrechen zu müssen. Bei jedem werden zwei Zähne gezogen, die Brackets aufgeklebt und der Draht festgezogen. Das tut höllisch weh und Susi wundert sich, dass die Kinder nicht einmal jammern.
Sie kann danach zwei Wochen lang nichts Festes beißen und sich nur von Joghurt, Quark und Suppe ernähren. Wenn die Zähne auf etwas Hartes oder auch nur aufeinander

stoßen, durchzuckt sie ein heftiger Schmerz im gesamten Kopf. Die Kinder haben dieses Problem deutlich abgeschwächt nur drei Tage lang. Bei ihnen ist nicht einmal die Mundhöhle wund geworden wie bei Susi. Trotzdem will Susi durchhalten, denn sie will nicht nur ein gesundes Gebiss haben, sondern auch schön aussehen, wenn sie lacht.

„Ich will in ein Internat!", verkündet André.
Susi und Manfred schauen sich überrascht an.
„Gefällt es dir daheim nicht?"
„Mir gefällt das blöde Gymnasium nicht."
„Möchtest du lieber die Realschule besuchen? Da könntest du mit dem Rad hinfahren und müsstest nicht jeden Tag eine halbe Stunde den Bus bis Büdingen benutzen."
„Nein, da lerne ich noch weniger!", empört sich André. „Mir ist so langweilig. Ich habe keine Lust, mir alles hundert oder tausend Mal anzuhören. Und dauernd kriege ich Ärger, wenn ich was sage."
Wieder schaut Susi Manfred an. Dieses Problem kennen beide nur zu gut aus ihrer eigenen Schulzeit, denn beide hatten die ständigen Wiederholungen des Unterrichtsstoffes ebenfalls furchtbar gelangweilt. Jede ihrer Zwischenfragen störte die Lehrer und brachte Einträge ins Klassenbuch und Mitteilungen an die Eltern. Genau wie bei André. Er ist außerdem ein sehr ungeduldiges Kind und wird schnell wütend.
„Das verstehe ich, aber glaubst du wirklich, in einem Internat wäre das anders?"

„Wisst ihr denn nicht, dass in Hessen Gesamtschulen eingeführt werden? Dann gibt es überhaupt kein Gymnasium mehr, nicht einmal eine Realschule", verkündet André.
Susi springt auf. „Also wieder so eine Einheitssoße! Ich fasse es nicht."
„Wir haben Transparente gebastelt mit dem Text: *Lasst uns das Gymnasium! Sonst ziehen wir nach Bayern um.*"
„Wieso Bayern?"
„Dort ist eine andere Partei, die CSU heißt, die will keine Gesamtschulen."
Bisher haben Susi und Manfred immer nur gehört, dass Bayern rückständig sei. In der Notaufnahme in Gießen wurden sie sogar vor der Politik von Franz Josef Strauß gewarnt. Doch die bisher wahrgenommenen Interviews mit diesem Minister haben sie eines Besseren belehrt, denn dieser äußerst engagierte Mann spricht ungewöhnlich klar und überzeugt mit klugen Argumenten.
Susi und Manfred haben sich seit ihrer Haftentlassung bewusst aus der Politik herausgehalten. Sie wollen sich nie wieder derart manipulieren lassen, wie es den Lehrern in der DDR gelungen ist. Nun ärgern sie sich, dass sie dadurch einen wichtigen Punkt der Zukunft ihrer Kinder nicht mitbekamen.
„Und wie kommst du plötzlich auf ein Internat?", will Susi wissen.
„Da waren Leute in der Schule und haben erzählt, dass man sich in so einem Internat viel besser entwickeln kann. Die Freizeit ist dort sowieso besser."

„Das kann ich mir nicht vorstellen", zweifelt Manfred.
„Doch. Sie haben ein Schwimmbad und Judo und Fußball und Musik und Theater und noch tausend Sachen mehr."
„Das hast du hier auch."
„Aber die Mutti muss mich zum Schwimmen und zur Sporthalle hinfahren. Ich kann nichts allein", beschwert sich André. Er läuft hinaus und holt einen ganzen Stapel Prospekte aus seinem Ranzen.
„Und dass du ganz woanders wohnst, macht dir nichts aus?", wundert sich Susi. „Ohne deine Eltern und deine Schwester?"
„Kann ich nun ins Internat oder nicht?"
„Wir schauen uns die Prospekte an und denken darüber nach", verspricht Manfred.
In dieser Nacht diskutieren Susi und Manfred noch bis in die frühen Morgenstunden und wollen zwei der ausgewählten Internate in den nächsten Tagen kontaktieren. Sie entscheiden sich schließlich für das Steigerwald-Landschulheim in Wiesentheidt, das kleine Klassen hat, gute Betreuung bietet, bezahlbar ist und außerdem in Bayern liegt. Ab September wird André dort wohnen und zur Schule gehen.

Mitte Juli fährt die Familie nach Hamburg. Dort startet ihr Urlaub nach England. Und zwar mit dem Schiff *Prinz Hamlet.* Sie fahren mit dem Auto direkt in den Schiffsbauch hinein und nehmen nur eine einzige Tasche mit in ihre Kabine. Das ist ein recht kleines Zimmer mit jeweils zwei Schlafkojen übereinander an den Seitenwänden, einem Fenster und einem kleinen Duschbad.

„Ich habe für 18 Uhr einen Tisch zum Abendessen bestellt", verkündet Manfred.

„Warum denn so früh?", wundert sich Susi.

„Der Steward meinte, da könne man von der Elbe aus noch viel sehen, 20 Uhr zur nächsten Tischrunde wäre die Fähre bereits draußen auf der See."

„Typisch!", schimpft Susi. „Kein Mensch will Häuser gucken beim Essen. Alle wollen erst spät zu Abend essen. Und du lässt dich für dumm verkaufen."

„Nun ist es nicht mehr zu ändern, wir essen 18 Uhr wie daheim und fertig", bestimmt Manfred.

Pünktlich steht die Familie im riesigen Speiselokal. Der Steward führt sie an einen schönen großen Tisch direkt am Fenster, von wo sie einen wunderbaren Blick auf Hamburg und die Ortschaften an der Elbe haben. Ein unglaublich üppiges Buffet bietet mehr Gerichte als man sich vorstellen kann: verschiedene Fische, Fleisch, Beilagen, Nachspeisen. Susi nimmt sich einen Teller und belädt ihn mit vielen kleinen Häppchen, damit sie so viel wie möglich kosten kann. Auch Manfred und die Kinder greifen zu. Sie laufen sogar ein zweites Mal zum Buffet, um weitere Leckereien auszuwählen. Susi entscheidet sich für etwas Käse, Obst und eine Grütze.

Kurz vor 19:30 Uhr räumt der Steward das gebrauchte Geschirr ab und bittet die Familie, Platz für den zweiten Durchgang zu machen.

Inzwischen hat das Schiff das freie Meer erreicht und schaukelt hin und her.

„Im Film gehen die Wellen immer nur rauf und runter, aber hier wird man auch hin und her geschüttelt", bemerkt Manfred.

„Das sind die typischen Nordseewellen." Susi erinnert sich an die Fahrt von Dänemark nach Sylt und die seltsamen unregelmäßig kurzen Wellen.

Der Seegang wird schnell stärker und die Familie hat Mühe, sich an den Haltestangen entlang bis zu ihrer Kabine zu hangeln. Susi und Manfred wollen noch einmal in die Bordbar gehen, aber Susi hat große Mühe, sich bei dem Geschaukel umzuziehen. Sie fällt immer wieder um, worüber sich die Kinder ausschütten wollen vor Lachen. Endlich stehen sie im Gang und versuchen, die Bar anzupeilen, doch sie werden ständig hin und her geworfen. Zuerst kichern sie über ihr Ungeschick und meinen, sie wirken auch ohne Alkohol wie stark betrunken. Als sie in der Bar keinen einzigen Passagier und auch keine Bedienung sehen, vergeht ihnen das Lachen und sie torkeln wieder zurück in ihre Kabine. Susi lässt sich in Manfreds Arme fallen. „Weißt du, wie froh ich bin, dass du unseren Tisch so schrecklich zeitig bestellt hast? Ich hätte jetzt keinen Bissen herunter bekommen."

Dann kriecht sie in ihre Koje, ohne sich vorher zu duschen und hält sich die ganze Nacht am Bettkasten fest, weil sie ständig das Gefühl hat, gleich aus dem Bett zu kullern und auf den Boden zu fallen. Die Kinder dagegen haben viel

Spaß an dem Geschaukel.

Kurz nach dem Mittag am nächsten Tag erreichen sie Harwich. Die See liegt jetzt glatt wie ein Brett.
Sie fahren mit ihrem Auto zuerst nach Norwich, der Hauptstadt von Norfolk. Manfred hat keine Probleme mit dem Linksverkehr, denn er war bereits mehrfach geschäftlich in England. Die Stadt wirkt wie ausgestorben, denn die Geschäfte schließen bereits 17 Uhr, die Pubs öffnen erst 18 Uhr. Es bleibt ihnen nichts anderes übrig, als hungrig ihr Feriendomizil aufzusuchen. Das ist ein verwunschenes kleines Häuschen mitten in einem völlig zugewucherten Garten. Auf ihr Klopfen öffnet ein altes Ehepaar die Tür. Es hat seltsam altertümliche Kleidung an und amüsiert sich köstlich über die verdutzten Gesichter ihrer Gäste. Dann erklären sie, dass am Abend ein Dorffest stattfindet und derartige Kostüme erwartet werden. Manfred muss einiges für Susi und Anett übersetzen, die nicht so gut Englisch verstehen. Die Familie bekommt zwei schöne große Zimmer im Obergeschoss, das über eine knarrende Holztreppe zu erreichen ist.
Am nächsten Morgen klopft es an Susis Tür. Die alte Dame hält ein Tablett in ihren Händen, worauf zwei Tassen Tee stehen. Susi ist dieser Service furchtbar peinlich.
„Oh no! We don´t want that." Susi weiß nicht, ob sie sich korrekt ausgedrückt hat, denn sie merkt, dass die Frau gekränkt ist. Trotzdem möchte sie sich auf keinen Fall von so einer

alten Dame bedienen lassen, während sie selbst gemütlich mit ihrem Mann im Bett liegt.
Als die Familie kurz darauf ins Erdgeschoss kommt, findet sie ein üppiges Buffet vor mit Cornflakes, Müsli, Milch, Tee, Bratwürstchen, Toast und Marmelade – ein wunderbarer Start in den Urlaub.
Nach dem Frühstück erkunden sie jeden Tag neu die Umgebung und besichtigen viele Burgen, Städte und Märkte. Sie fahren ans Meer. Dort stinkt es nach totem Fisch, Algen und ein wenig nach Benzin. André und Anett sammeln Muscheln – große dicke schuppige Muscheln und Steine. Zum Baden ist es allerdings zu kalt. Trotz der Kälte tragen die meisten Leute keine Strümpfe, nicht einmal die Babys in den Kinderwagen, die oft blau gefrorene Ärmchen und Beinchen haben. Überhaupt sind viele Leute recht nachlässig gekleidet. Sie schlurfen in Badelatschen mitten durch den Ort, das Unterkleid schaut unter dem Rock hervor, eine farblich völlig unpassende Jacke mit zerschlissenem Futter krönt das Ensemble.
Das größte Erlebnis für alle ist London. Die Kinder interessieren sich nicht so sehr für den Buckingham Palast oder das House of Parlament. Anett ist allerdings von den rabenschwarzen Pferden der Wache begeistert, während sich André über die knallroten Uniformen und vor allem den überdimensionalen Hut amüsiert. Sie sehen zum ersten Mal junge Leute mit Irokesenschnitt, knallbunten Haaren und

zerfetzten Jeans, woran sich keiner zu stören scheint.

In die Pubs haben Kinder keinen Zutritt, also essen sie zum Mittag fast immer Fish and Chips und bringen sich zum Abend Sandwiches mit. Das sind pappig weiche dreieckig geschnittene, mit Wurst oder Käse belegte Weißbrotschnittchen. Nur in den größeren Städten wie Norwich, Cambridge und London finden sie Lokale für eine normale Mahlzeit.

Die Wolken in Norfolk unterscheiden sich sehr von denen in Deutschland. Sie hängen immer sehr tief und bilden hohe aufgeplusterte Türme, die wie ein Berg Schlagsahne wirken. Oft regnet es, meist um die Mittagszeit.

Für diesen Urlaub hat die Familie auf Anraten ihrer Bank Traveler-Schecks mitgenommen. Um diese in Englische Pfund zu tauschen, müssen sie jedes Mal eine Bank aufsuchen, was zeitaufwändig und unpraktisch ist. Mit Manfreds Kreditkarte ist das erheblich einfacher, zumal man für viele Einkäufe nicht erst Geld tauschen muss.

Wieder in Deutschland fahren sie von Hamburg aus direkt zu Tante Lore, wo zu Susis Freude Oma Martha gerade zu Besuch ist. Deshalb bleibt die Familie gleich noch eine Woche an der Ostsee.

Im August hat Manfred mehrere Termine in München und nimmt seine Familie mit. Während er arbeitet, spaziert Susi mit den Kindern durch den Englischen Garten, den wunderschönen Nymphenburger Park, besucht das Bavaria Filmstudio und das riesige Olympia Stadion. Als sie von ganz oben hinunter auf das Spielfeld und die Laufbahnen schaut, wird ihr direkt schwindlig und sie kann sich nicht vorstellen, von hier aus die kleinen Menschlein dort unten zu erkennen, wenn sie Fußball spielen oder um die Wette rennen.

Für André ist der Besuch im Deutschen Museum am aufregendsten. Dort möchte er am liebsten gleich die gesamten Ferien verbringen. Er liest nahezu jede Beschreibung und studiert aufmerksam jedes einzelne Exponat. Susi und Anett stehen daneben und klopfen ungeduldig mit ihren Füßen auf den Boden. Als André einen Aufseher anspricht und diesen mit unzähligen Fragen bombardiert, schauen sich Susi und Anett genervt an. An diesem Tag können sie nichts anderes unternehmen, weil sie sich wegen André bis zur Schließzeit im Museum aufhalten.

Wenn Susi daheim ihren Sohn fragt, was sie machen wollen, dann antwortet er immer: „Wir fahren ins Senckenberg Museum." Nicht nur die riesigen Dinosaurier und Wale beeindrucken André, er interessiert sich besonders für Steine und ist von der geologischen Sammlung in diesem Naturmuseum fasziniert. Manfreds Vater arbeitet im Freiberger Naturkundemuseum und konnte seinen Enkel vor allem für Mineralien begeistern. André sammelt bei Spaziergängen Steine, begutachtet sie und bewahrt die schönsten auf. Ihm zuliebe fahren sie hin und wieder nach Idar Oberstein oder zu anderen Mineralien-Ausstellungen.

Sonntag, der 17. Februar 1985, André's 12. Geburtstag. Die Kinder sind schon sehr früh wach. Susi ist vorbereitet und hat statt des gewohnten Frühstücks eine Torte mit zwölf Kerzen auf den Tisch gestellt, die sofort angeschnitten wird. André ist so aufgeregt, dass er seine neue Stereoanlage mit Radio und Plattenspieler gar nicht bemerkt, obwohl die Geräte knallrot sind. Viel Zeit zum Ausprobieren bleibt nicht, denn sie wollen den großen Karnevalszug in Frankfurt nicht verpassen.
Susi malt beiden Kindern Schnurrbärte und dicke finstere Augenbrauen, André bekommt zusätzlich noch eine Augenbinde und ein rotes Seeräuber-Tuch auf den Kopf und Anett einen Zylinder. Dann fahren sie in die Stadt und stellen sich mit vielen Leuten an der Straße auf, wo der bunte Zug erwartet wird. Anett wird ganz hibbelig, als sie Pferdegetrappel hört. Doch bevor ein langer Zug mit mehr als 30 Pferden und ihren Reitern in knallroten Uniformen und breiten schwarzen Hüten näher kommt, ermahnt sie streng ihre unsichtbaren Hunde, ruhig neben ihr liegen zu bleiben. André sammelt eifrig die Bonbons auf, die von den bunt geschmückten Wagen heruntergeworfen werden. Dann wird eine große Gulaschkanone vorbeigezogen, aus der kein Suppenduft herausdringt, denn der Kessel ist mit *Äbblwoi* gefüllt. Ein Mann in roter Weste verteilt dieses Getränk einfach so in der Menge. Susi lässt sich von der feucht-fröhlichen Stimmung anstecken und greift nach einem Becher,

obwohl sie eigentlich keinen Apfelwein mag.
Am Faschings-Dienstag gehen die Kinder in ihren Kostümen zur Schule, André als gefährlicher Seeräuber und Anett als Zauberer. Am Nachmittag bringt Susi die Beiden nach Offenbach zum Kinderfasching.

Anfang April ist es schon ungewöhnlich warm. Susi holt Manfreds Mutter vom Frankfurter Bahnhof ab, um die sie sich allein kümmern muss, weil Manfred dienstlich in Zürich zu tun hat und schon vor einigen Tagen hinfliegen musste.
Sie bummeln durch die Innenstadt von Frankfurt, über die Zeil, an der Alten Oper vorbei und als krönenden Abschluss ans *Pueblo,* einem riesigen erdbraunen Lehmbau.
„Was wird dort gebaut? Eine Moschee?", wundert sich Manfreds Mutter.
Einige große Stöcke rund um das Gebäude sehen wie ein Gerüst aus, das das Haus halten müsste. Drinnen glaubt man sich im Dschungel wegen der vielen exotischen Pflanzen und der stickig heißen Luft. Dazwischen sehen sie kleine Wasserfälle und Bassins.
„Das ist so eine Art Freizeiteinrichtung mit Sporthallen für Tennis und Gymnastik. Es gibt sogar eine Sauna, aber wir gehen nur in den Gasthof", verkündet Susi. Seltsamerweise sind sie fast die einzigen Gäste. Am Essen liegt es nicht, denn das schmeckt ganz hervorragend.
Am nächsten Tag besuchen sie zusammen mit den Kindern die Osterschau im Frankfurter *Palmengarten.* Dort werden Millionen und

Abermillionen Frühlingsblüher wunderschön in verschiedenen Gestecken präsentiert. Auch draußen sind die Wiesen mit einem Meer von Krokussen, Tulpen und Narzissen überflutet. „So viele Frühlingsblumen!", ruft Manfreds Mutter begeistert. „Bei uns schauen kaum die ersten Schneeglöckchen hervor."
André will unbedingt ins Kakteenhaus, wo es Susi wegen der unerträglichen Hitze keine fünf Minuten aushält. Im nächsten Haus bewundern sie herrlich leuchtende Orchideen und wunderschöne Wasserpflanzen in Bassins.

Am nächsten Tag fahren sie mit Manfreds Firmenwagen nach Zürich, um Manfred abzuholen. Von dort geht es weiter zu Uwe nach Sion.
Sie zeigen Manfreds Mutter all die besonderen Sehenswürdigkeiten der Umgebung wie den Ort Crans-Montana, der hoch über dem Rhonetal liegt. Am nächsten Tag fahren sie hinauf nach Chandolin, dem höchstgelegenem Dorf Europas, wo man einen herrlichen Blick über die Walliser Alpen hat. Uwe bringt sie nach Täsch. Dort müssen sie das Auto stehen lassen und den Zug nach Zermatt nehmen, denn dieser Ort ist komplett autofrei. Sie genießen den grandiose Blick auf das einzigartige Matterhorn und amüsieren sich über die Schifahrer, die direkt bis in den Ort hinein rutschen. Einmal fahren über einen Pass hinüber nach Frankreich, nach Chamonix am Mont Blanc. Zuerst sehen sie nur bewaldete Hügel rings um die Stadt. Plötzlich ziehen die

Wolken auf und die Berggipfel lugen dazwischen hervor, ein ganz bezauberndes Schauspiel, das Susi sofort fotografiert.

Daheim ist sie enttäuscht, dass auf den Bildern nichts von dem überwältigenden Gefühl zu sehen ist, das sie beim direkten Schauen überkam.

An den Abenden besuchen sie Uwes Freunde. Alle seine Arbeitskollegen besitzen einen Weinberg und stellen selbst Wein her. Nun müssen sie überall Wein probieren und sich die Besonderheiten der verschiedenen Sorten erklären lassen. Der Wein ist sehr gehaltvoll und steigt Susi sofort in den Kopf. Sie ist Alkohol nicht gewöhnt. Die Weinbauer dagegen trinken schon tagsüber, sogar vor Autofahrten und vor allem bei Wanderpausen Wein und essen Brot und Käse dazu.

Vor der Heimreise packt Uwe noch zwei volle Kisten Wein neben die Koffer, die Susi und Manfred daheim genießen und noch lange an die schöne Zeit im Wallis erinnern.

Zum Schuljahresabschluss spielt Anetts Theatergruppe für Schüler, Eltern und Gäste aus den umliegenden Dörfern. Anett ist mit Susis weitem rosa Rock und ihrem knallroten Hut herausgeputzt und sieht hinreißend aus in ihrer Rolle als eitle Frau von Silberstock. Diese kleine Hauptdarstellerin erhält wieder den meisten Applaus.

Sofort am ersten Tag der Sommerferien fliegt die Familie nach Tunesien, wo sie drei Wochen Strandurlaub gebucht hat. Susi merkt, dass sich seit der Landung nahezu jeder nach Anett umdreht.

„Ihre Tochter hat blonde Locken und sieht aus wie ein kleiner Engel. Wundern Sie sich nicht, wenn jeder ihr Haar berühren möchte, das soll Glück bringen", erklärt die Reiseleiterin.

„Ich will nicht, dass mich alle Leute anfassen!", empört sich Anett.

Susi kauft sofort ein jeansblaues Hütchen mit breiter Krempe, worunter sie die auffällig blonden Locken verstecken kann.

Die Familie wohnt in einem wunderschönen großen Appartement mit Klimaanlage. Vom Balkon aus können sie das nahe Meer sehen.

Es ist so furchtbar heiß in Tunesien, dass sie nur jeweils zwei Stunden am Vormittag und zwei gegen Abend am Strand verbringen.

Auch für Ausflüge ist es eigentlich zu heiß. Doch sie wollen so viel wie möglich von der Umgebung sehen und fahren mit dem Zug nach Sidi bou Said, wo die Kinder ständig fragen, wo es etwas zu trinken gibt.

Lustiger ist der Kamelmarkt in Nabeul mit vielen laut schreienden Tieren und Männern. Mit einem gemieteten Auto fahren sie zum Kolosseum El Jem, das eine riesige Ruine ist und den Kindern beim Auskundschaften der vielen Gänge und Herumklettern viel Spaß bereitet.

Außerdem besichtigen sie Kairouan. Diese interessante Stadt hat 135 Moscheen und wunderschöne weiße Häuser. Durch die Straßen laufen Araber, die Männer in weißen und die Frauen in ganz schwarzen Umhängen.

Doch es gibt außerdem viele Berber, die man an ihren bunt zusammengewürfelten Kleidern und Tüchern erkennt. Überall werden sie angesprochen und auf Waren aufmerksam gemacht, die vor den Läden aufgebaut sind. Der Händler nennt seinen Preis auf Englisch, Französisch und Deutsch. Meist erkennt er die Familie sofort als deutsche Urlauber und plappert ohne Pause auf sie ein. Sobald Susi auf einen Artikel schaut, wird er ihr in die Hände gelegt. Manfred merkt schnell, dass der geforderte Preis auf keinen Fall bezahlt werden soll, der Händler möchte feilschen. Das widerspricht Susis Ordnungssinn, ihr ist das furchtbar peinlich und sie geht einfach weiter. Oft wollen Männer Geld tauschen. Sogar vor den vielen Wechselstuben in den Städten stehen sie und werben, dass ihr privater Tausch günstiger sei als der offizielle. Auf allen Straßen ist dichtes Gedränge von unglaublich vielen Menschen und der Familie wird bewusst, wie weit weg sie von daheim ist.
Mitten in der Medina von Tunis bricht Susis Absatz. Aber noch ehe sie den Schuh aufheben kann, zeigt ihr ein Mann einen Schuster. Der sitzt am Straßenrand auf einer Decke im Schatten und klopft den schmalen Absatz mit mehr als 20 Nägeln fest. Manfred lacht. „Machst du das jetzt in jedem Urlaub im Ausland?" Er erinnert an das nahezu gleiche Erlebnis in Venedig.
Sie gehen jeden Vormittag und späten Nachmittag an den nahen Sandstrand, der direkt hinter dem Hotel beginnt. Susi hält sich

nur im Schatten auf, während Manfred gern weit hinaus schwimmt. Susi mag nicht ins Wasser gehen, nachdem ihr gleich am ersten Tag ein Kackwürstchen direkt an den Mund schwamm. Vor lauter Ekel bekommt sie eine riesige Blase an der Lippe, die zuerst immer dicker wird, dann sogar eitert und erst zum Ende der drei Urlaubswochen langsam einen Grind bildet. Täglich kommt mehrmals ein Mann am Strand entlang gelaufen, der ein großes Tablett voller Gebäck auf dem Kopf balanciert. Er ruft laut: „Schouschousch!" Die Leckerei lässt sich die Familie nicht entgehen, sie schmeckt wie besonders luftige Pfannkuchen.

Eines Tages sieht Manfred, dass eine Frau im Wasser heftig mit den Armen rudert und ganz offensichtlich Probleme hat. Ohne lange zu überlegen rennt Manfred ins Meer, schwimmt die letzten Meter zu der Frau und zieht sie an Land. Sofort bildet sich eine Menschentraube um Manfred, um die Frau kümmert sich keiner. Susi beobachtet von ihrer schattigen Terrasse aus, dass die tunesischen Männer Manfred am Arm zerren und hört, wie sie ihn anschreien. Sie ruft laut um Hilfe und zeigt mit den Armen auf die Menschenmenge, zwischen der Manfred kaum noch zu erkennen ist. Einige Kellner hatten ebenfalls bemerkt, dass sich auf dem Strand Ärger anbahnt und laufen direkt auf ihre wütenden Landsleute zu. Sie bahnen sich einen Weg durch die aufgebrachte Menge und reden auf die Männer ein, die schließlich von Manfred ablassen und sich schimpfend entfernen. Manfred zuckt völlig irritiert mit der

Schulter und erklärt seinen Rettern, dass er eine Frau vor dem Ertrinken bewahrt hat.

„Ein Mann darf keine fremde Frau berühren, das steht nur der engsten Familie zu", erklärt einer der Kellner.

Manfred ist klar, dass er die Sitten in fremden Ländern beachten muss. Trotzdem hätte er die Frau nicht ertrinken lassen können. Er wundert sich, dass sich offenbar keiner über die Rettung der Frau freut.

Ein netter Kellner möchte ein Foto von der Familie am Esstisch machen. Er nimmt Susis Fotoapparat und geht einige Schritte zurück, um die ganze Familie auf das Bild zu bekommen. Manfred hebt Daumen und Zeigefinger, schließt sie zu einem Kreis und macht somit das Zeichen für *wunderbar.* Im gleichen Augenblick wirft der Mann die Kamera zur Seite und geht wütend davon. Das Paar am Nachbartisch hat die Szene beobachtet und erklärt: „Hier bedeutet das Zeichen *Arschloch.*"
Manfred springt sofort auf, um dem Kellner das Missverständnis zu erklären und um Entschuldigung zu bitten, aber der Mann ist gekränkt und möchte die Familie nicht einmal weiter bedienen. André kichert und macht heimlich immer wieder dieses Zeichen.

Er verkündet ernsthaft: „Wenn ich groß bin, heirate ich eine Tunesierin."

Susi und Manfred sind ebenfalls ganz angetan von den schönen Menschen mit ihren schwarzen Haaren und Augen. Besonders die Kinder, die stark duftende Jasminblüten

verkaufen, schauen mit ihren riesigen Kuhaugen ganz hinreißend aus.
Susi und Manfred sitzen gern auf der schattigen Terrasse und genießen Pfefferminz-Tee, der hervorragend schmeckt. Den Kaffee mögen sie nicht so gern, denn der Boden der winzigen Tasse ist immer voller Satz.

Nach diesem Urlaub muss Anett bald wieder in die Schule, während André noch vier Wochen Ferien genießen darf, denn sein Internat befindet sich in Bayern, wo noch Ferien sind.
Susi, Manfred und Anett fahren nun jeden Samstag Vormittag nach Wiesentheid, um André abzuholen. Oft verstopfen ab Aschaffenburg lange Kolonnen von amerikanischen Armeefahrzeugen die Autobahn, weswegen sie manchmal stundenlang in einem Stau warten müssen. Für Susi ist diese Präsenz von so unendlich vielen Kriegsgeräten sehr bedrohlich.
„Warum müssen die ausgerechnet an den Wochenenden die Autobahn benutzen?", ärgert sich Manfred. „Wir werden wieder zu spät kommen."
André finden sie fast immer im Tischtennisraum. Dieses Spiel ist seine neueste Leidenschaft, was er noch lieber mag als Fußball.
Sie essen zusammen in einem Gasthof zu Mittag, während André von seinen Erlebnissen der Woche erzählt. Susi findet es lustig, dass André mit sieben Jungen in der Gruppe Schmidt betreut wird, denn Schmidt ist ihr

Geburtsname. Danach wandern sie bei schönem Wetter durch die umliegenden Wälder und sind am Abend wieder daheim.
Sonntags bringen sie André am späten Nachmittag zum Bahnhof nach Frankfurt, damit er zurück ins Internat fahren kann.

An einem Abend laden sie Manfreds Freund Jürgen und seine Frau zum Abendessen ein. Susi gibt sich viel Mühe mit dem traditionellen Festessen für Gäste: Kartoffelsalat. Außer dem üblichen Fleischsalat, Gewürzgurken und hart gekochten Eiern rührt sie noch kleingeschnittene Paprika, Äpfel, Schnittkäse und Kochschinken in den Salat, damit er ganz besonders gut schmeckt. Dazu gibt es natürlich Wiener Würstchen.
„Sei nicht beleidigt, aber ich dachte mir schon, dass es bei dir nur Kartoffelsalat gibt", beschwert sich Jürgen.
„Wie meinst du das?", wundert sich Susi.
„Naja, Kartoffelsalat ist nichts besonderes, verstehst du?"
Susi nickt, obwohl sie eigentlich gar nichts versteht. So weit sie zurückdenken kann, gab es daheim bei ihrer Mutter immer Kartoffelsalat für Gäste. Auch ihre Verwandten und Freunde hielten es so, Susi ebenfalls.
Drei Wochen später erhalten sie von Jürgen eine Gegeneinladung zum Abendessen. Außer ihnen sind acht weitere Freunde eingeladen. Zuerst trägt Jürgens Frau eine gelbe Suppe auf, sie ist aus Kürbis, Kokosmilch und Ingwer zubereitet und schmeckt köstlich, aber recht

ungewöhnlich. Danach gibt es einen Salat mit Hühnerbrust und Walnüssen. Susi freut sich, als anschließend kurze Nudeln mit einer roten Soße, die Susi für eine Tomatensoße hält, serviert wird.
„Nein, das sind pürierte Rote Bete", erklärt Jürgen.
Susi ist nicht begeistert, denn sie mag keine Roten Bete. Schließlich präsentiert Jürgen eine riesige Platte. Alle Gäste rufen „Ah!"
„Saltimbocca!", verkündet Jürgen feierlich. „Saltimbocca an Pilzrahmsoße mit Pfifferlingen, dazu Ratatouille und Risotto." Die Gäste klatschen begeistert in die Hände, Susi und Manfred ebenfalls, obwohl beide nicht wissen, was diese Namen alle bedeuten. Immerhin schmeckt das Gericht hervorragend.
Susi und Manfred sind längst satt, da trägt Jürgen ein großes Brett herein. „Und da wir hier in der Weingegend sind, gibt es zu unserem Hauswein noch warme Zwiebeltarte."
Jeder Gast erhält ein Glas Weißwein. Susi ist kein Weinkenner, doch dieser etwas süße Wein schmeckt ihr richtig gut. Den seltsamen Zwiebelkuchen mag sie allerdings nicht.
„Den Abschluss bildet eine Himbeer-Holunder-Parfait mit Portwein-Zwetschgen."
Susi öffnet heimlich den obersten Hosenknopf unter ihrer Bluse, aber auf diese leichte Cremespeise mag sie nicht verzichten.
„Ich habe sämtliche Rezepte aufgeschrieben. Wer also Interesse hat ..."
Susi erinnert sich, dass Jürgen Kochkurse in der Volkshochschule gibt, doch ihr ist klar, dass

das Nachkochen viel zu aufwändig ist. „Nein, Jürgen, so hervorragend wie du könnte ich nicht einmal mit deinen Rezepten kochen. Und ich bin froh, dass es bei euch nicht nur Kartoffelsalat gab." Sie zwinkert Jürgen zu.

Ostern 1985 fährt die Familie in den Winterurlaub nach Hinterglemm. Dort soll es eine große Schi-Schaukel geben, die viele Schigebiete miteinander verbindet. Alle freuen sich besonders auf den Schnee, den es im Frankfurter Raum höchst selten gibt. Und sie werden nicht enttäuscht. Meterhoch liegt die weiße Pracht und glitzert in der Sonne, was Susi und ihre Familie sofort überglücklich macht. Sie lassen sich übermütig in den tiefen Schnee hineinfallen.

Gleich, nachdem sie ihre Koffer ausgepackt haben, gehen sie in die Verleih-Abteilung ins Haus nebenan. Dort erfahren sie, dass sie zum Schifahren unbedingt besondere Schuhe benötigen. Das sind keine normalen biegsamen Winterstiefel aus Leder, sondern steife klobige Plastikteile.

„Die Dinger ziehe ich nicht an", protestiert Susi.

„Die Schuhe sind der wichtigste Teil der ganzen Ausrüstung", erklärt der Berater. Er misst alle acht Füße kreuz und quer, die Länge und die Breite, den Spann, den Ballen und sucht danach die passenden Stiefel aus.

„Darin kann man sich gar nicht bewegen!", beklagt sich Anett.

„Der Fuß muss fest sitzen. Er leitet die Muskelkraft der Beine und die Verlagerungen des Körpers auf die Bretter weiter."

Das klingt ziemlich geschwollen. Dabei ist Schifahren so einfach: abwärts rutscht man auf den Brettern den Berg hinunter, hinauf muss man quer Schritt für Schritt steigen. Der Mann zeigt, wie man die Schuhe in der Bindung einrasten lässt und rät der Familie zu einem Schi-Kurs.

Susi glaubt nicht, dass sie so etwas brauchen. Schließlich ist sie genau wie Manfred als Kind den ganzen Winter über Schi gelaufen und gerodelt. Rings um ihre Dörfer gab es zahlreiche Hügel, die sich für Abfahrten auf Brettern und Schlitten hervorragend eignen. André und Anett verbrachten zwei Winter bei den Großeltern und kennen sich ebenfalls mit dem Wintersport aus. Trotzdem beherzigen sie den Rat und melden sich in einem Schi-Kurs an.

Pünktlich zehn Uhr wartet am nächsten Tag ein großer Pulk Kinder, junger und schon älterer Erwachsene auf die Schi-Lehrer. Schließlich stellen sich acht junge Leute in leuchtend roten Schi-Anzügen als ihre Trainer vor.

„Wir bilden jetzt die Gruppen. Jeder von euch fährt der Reihe nach die zehn Meter hier an mir vorbei", bestimmt einer der Schi-Lehrer. „Ich entscheide dann, in welche Gruppe ihr kommt."

Er zeigt auf die anderen Schi-Lehrer, die sich in gewissen Abständen etwas entfernt aufstellen. Der Lehrer sieht sofort, wie sicher oder wackelig der Schüler auf den Brettern steht und weist ihm eine Gruppe zu. So kommt es, dass die Familie getrennt wird und jeder in einer anderen Gruppe lernt.

„Das gefällt mir nicht", mault Susi. „Das ist kein Urlaub, wenn wir uns den ganzen Tag nicht sehen."

Sie ist außerdem enttäuscht darüber, in einer Anfängergruppe zu sein. Allerdings merkt Susi schnell, dass sie tatsächlich über keine Fahrtechnik verfügt.

„Das liegt nur an den blöden Schuhen", begründet sie ihr Ungeschick. Sie muss viel üben, um den sogenannten Schneepflug zu beherrschen. Oft landet sie auf dem Hintern, weil sie anders die Fahrt nicht abbremsen kann.

Nach zwei Stunden ist eine lange Mittagspause, in der die gesamte Gruppe in einem Gasthof einkehrt. Danach sind weitere zwei Stunden Schi-Schule.

Als Susi gegen 16 Uhr im Hotel ankommt, ist sie völlig kraftlos und sinkt sofort ins Bett. Manfred geht es ebenso. Den Kindern dagegen wird es langweilig und sie gehen ins Schwimmbad und spielen hinterher Tischtennis. Erst kurz vor dem Abendessen kriechen Susi und Manfred aus ihren Betten, duschen und ziehen sich für den Gasthof passend an. Sie können sich kaum bewegen, ihre Arme und Beine fühlen sich bleischwer an. Am nächsten Tag ist es noch schlimmer, als sie ein böser Muskelkater plagt. Den Kindern scheint der ungewohnte Sport nichts auszumachen.

Zwei Tage vor Urlaubsende ist der Schi-Kurs vorüber und Susi will mit ihrer Familie zusammen die Hänge hinunterfahren.

„Wir nehmen den Lift dort hinten!", ruft André. „Die Pisten kenne ich, sie sind toll."
Susi sieht ein großes Plakat *Schönster Übungslift im Tal*. „Das verstehe ich nicht. Hier ist ein steiler Hang und kein Tal."
Der Lift setzt sich in Bewegung, schwebt über einen Hügel und gibt den Blick auf eine gigantische Bergkulisse frei.
„Mir wird schlecht", jammert Susi. „Im Leben komme ich diesen steilen, kilometerlangen Berg nicht herunter."
„Nur keine Panik", tröstet Manfred. „Wir gehen es ganz ruhig an. Wir müssen uns sowieso nach der kleinen Anett richten."
Als sie aus dem Lift aussteigen, fahren die Kinder sofort mit einem energischen Schwung die Piste hinunter.
„Wartet!", schreit ihnen Susi hinterher, aber das hören sie nicht mehr. Nun muss Susi wohl oder übel ihren ganzen Mut zusammen nehmen und ihren Kindern so schnell wie möglich folgen.

Allen ist klar, dass sie das Abfahren noch nicht vollständig beherrschen. Doch sie haben große Freude an diesem neuen Sport und sind ganz begeistert, als Uwe sie zum Jahreswechsel zu einem Schi-Urlaub nach Montana einlädt. Die Kinder und Manfred wedeln so schnell sie können die Pisten hinunter, während Susi gern die wunderbaren Aussichten auf die umliegenden schneebedeckten Berge genießt, wozu der typisch tiefblaue Montana-Himmel einen ganz einzigartigen Kontrast bildet. Susi kann sich nur schwer vom Schauen losreißen, weshalb ihre Familie oft recht lange auf sie warten muss.

Manfreds Freund Achim arbeitet seit einem Jahr bei einer japanischen Firma in München. Er erzählt begeistert von seiner Arbeit, dem überdurchschnittlichen Verdienst und der wunderbaren Stadt mit ihrer ganz einzigartigen Lebensqualität.
„Könntest du dir vorstellen, in München zu leben?", will Manfred wissen.
„Warum nicht? Ich kann überall leben, wo du bist."
„Und dann gehen wir jeden Tag ins Deutsche Museum", freut sich André.
„Bloß nicht! Vom Museum habe ich genug für die nächsten Jahre", wehrt Susi lachend ab.
Manfred schickt seine Bewerbungsunterlagen an die Firma, in der Achim arbeitet, und wird wenige Tage später zu einem Vorstellungsgespräch eingeladen. Die ganze Familie fährt mit nach München und wartet in einem nahen Gasthof auf Manfred.
„Stellt euch vor, mein Verdienst wäre fast doppelt so hoch wie das jetzige Gehalt, zusätzlich gibt es Provisionen und einen Audi als Firmenwagen", berichtet Manfred.
Susi merkt, dass er diese Arbeit gern machen würde und fragt: „Hast du schon zugesagt?"
Manfred nickt. „Du warst doch einverstanden, nach München zu ziehen, oder? Ich könnte sofort anfangen, aber ich habe drei Monate Kündigungszeit in Frankfurt, kann also frühestens am ersten August beginnen."

„Das passt perfekt, da haben beide Kinder Sommerferien."
„Und ich müsste nicht in die doofe Gesamtschule, sondern kann wie André in ein Gymnasium und außerdem in Bayern", freut sich Anett.
„Hat sich denn keiner an deiner Ausbildung und deinem Studium in der DDR gestört? Es hieß doch, dass die Bayern keine ostdeutschen Ausbildungen anerkennen."
„Überhaupt nicht. Sie waren eher angenehm überrascht, dass ich außer dem Abi zwei Berufe habe und an der TU Dresden studierte. Außerdem hat ihnen gefallen, dass ich schon Erfahrungen mit der neuesten Technik von Messgeräten habe."
Die Familie verbringt drei wundervolle Tage an der Isar und im Stadtzentrum und stellt sich vor, wie es ist, hier in München zu wohnen.

Nun brauchen sie ganz schnell eine Wohnung für die Familie. Achim will sich vor Ort umhören. Nur wenige Wochen später ruft er an. „In der Zeitung steht, dass die Münchner Rückversicherung Häuser im Norden von München gebaut hat und demnächst Wohnungen vermietet."
Manfred ruft sofort im zuständigen Büro an. Eine freundliche Dame erklärt: „Sie haben Glück, denn übermorgen findet eine Massenbesichtigung in unserem neuen Objekt statt."
„Was bitte ist eine Massenbesichtigung?"
„Der Termin und die Adresse stehen in der

Tageszeitung. Wer zuerst kommt hat die größten Chancen auf eine Wohnung."

„Wir wohnen zur Zeit in der Nähe von Frankfurt. Ich arbeite ab August in München und brauche eine Wohnung für vier Personen. Würden Sie uns bitte einen Grundriss für eine Vier-Raum-Wohnung faxen? Dann wissen wir, ob sich der weite Weg für uns lohnt."

Nur wenige Minuten später liegen Manfred drei Faxe mit verschiedenen Grundrissen vor. Eine der Wohnungen gefällt ihm auf Anhieb, auch Susi ist begeistert vom Schnitt dieser Wohnung. Sie ist mit 100 Quadratmetern zwar etwas kleiner als die in Rodenbach, aber hervorragend geschnitten. Im vorderen Bereich befindet sich die große Wohnstube mit Balkon, ein Gäste-Klo mit Dusche und Fenster und die geräumige bereits möblierte Küche, die noch Platz für die Eckbank bietet. Im hinteren Bereich sind die drei Schlafzimmer und ein Bad mit Wanne und Fenster.

Manfred ruft die Dame sofort zurück und bittet darum, den Mietvertrag für die Wohnung 12/4 vorzubereiten.

„Es sind im gesamten Objekt nur noch zwei dieser Wohnungen frei, eine im zweiten und eine im vierten Stock. Aber das können wir alles zur Besichtigung klären."

„Es geht um die langfristige Miete einer Wohnung für meine Familie mit zwei Kindern und nicht um so etwas banales wie ein alltäglicher Lebensmitteleinkauf." Manfred ist wütend. „Selbstverständlich möchten wir die Wohnung vorher sehen, aber nicht zusammen mit halb München."

„Es geht nicht anders. Aber ich merke Sie vor und bringe den Vertrag mit."

Damit gibt sich Manfred zufrieden und bedankt sich bei der Frau.

Am nächsten Morgen fährt die ganze Familie nach München und schaut sich das Haus von außen an, in das sie möglicherweise bald einziehen. Es hat zwölf Eingänge und fünf Etagen, eine Tiefgarage, einen kleinen Park mit Spielplätzen und Bänken. Gleich gegenüber befindet sich ein Einkaufszentrum mit mehreren Geschäften und einem Supermarkt. Daneben ist ein S-Bahnhof, die Bahn fährt direkt bis ins Stadtzentrum. Bis zum Gymnasium müssten die Kinder keine zehn Minuten laufen, es ist auf der gleichen Straße wie das künftige Wohnhaus und offensichtlich ebenso neu und modern.

Susi und Manfred hoffen, dass alles gut geht und sie bald hierher ziehen können. Die Lage ist einfach ideal für die ganze Familie.

Ganz in der Nähe entdecken sie einen großen Biergarten mitten zwischen riesigen Kastanien. An einfachen langen Tischen sitzen Leute auf groben Bänken, trinken Bier und unterhalten sich ungezwungen. Susi strahlt ihren Manfred an, hier fühlt sie sich sofort wohl und merkt, dass es den anderen ebenso geht.

Am nächsten Morgen steht die komplette Familie hübsch herausgeputzt etwas abseits vom großen Pulk der Wohnungssuchenden. Sie fallen der Vermittlerin sofort ins Auge. Auch

Susi ist auf die Frau mit der großen Mappe unter dem Arm aufmerksam geworden. Sie winkt ihr zu, als würde sie sie längst kennen und geht mit ausgestrecktem Arm auf sie zu.
„Guten Tag, wir sind die Familie Herzog. Wie Ihnen mein Mann bereits am Telefon sagte, gefällt uns die Wohnung 12/4, am liebsten die im vierten Stock. Können wir sie sofort sehen?"
Die Frau lächelt und nickt. „Selbstverständlich, bitte folgen Sie mir!"
Sie gehen an all den wartenden Leuten vorbei ins Haus hinein und fahren mit dem Fahrstuhl nach oben. Die Wohnung wirkt größer als sie nach der Zeichnung vermuten ließ. An der Stube ist ein wunderschöner Südbalkon, der viel Platz bietet.
„Bei günstiger Wetterlage können Sie von hier aus die Alpen sehen, den Karwendel."
„Wirklich?", staunt Susi. „Das ist ja fantastisch!"
André beugt sich über die Brüstung und ruft: „Schaut! Hier unten ist ein großer Spielplatz."
Susi entdeckt weder im Duschbad noch im großen Bad einen Anschluss für eine Waschmaschine.
„Den brauchen Sie nicht. Im Keller gibt es vier große Maschinen mit jeweils sieben Liter Fassungsvermögen und zwei Trockner."
„Das ist mein Zimmer!", hört Susi Anett rufen. Sie hat sich den Raum zur Straße ausgewählt, während die Schlafstube und André´s Zimmer nach hinten gehen.
„Dann ist ja alles geklärt", lacht die Frau und zieht den fertig vorbereiteten Mietvertrag aus der Mappe.

Ein Urlaub ist wegen des geplanten Umzugs nach München weder zeitlich noch finanziell möglich. Anett hat bereits Ferien und freut sich riesig, weil sie nach den hessischen Sommerferien zusätzlich die vollen bayerischen Ferien ausschöpfen kann. Dieses Glück hat André nicht, da er in einem bayerischen Internat lebt und somit nur die bayerischen Ferien nutzen kann.

Er darf ganz allein seine beiden Großeltern in Freiberg besuchen. Susis Eltern kaufen ihm schöne neue Halbschuhe. Leider blättert das „Leder" wenige Tage später ab, so dass sie André gar nicht tragen kann.

Manfreds Eltern schenken dem Jungen ein Buch über Farne, das ihn vollkommen begeistert. Er studiert die verschiedenen Arten dieser Pflanze und ist erstaunt darüber, wie viele Arten von Farnen es gibt. Bei jedem Spaziergang sammelt er nun keine Steine mehr, sondern sucht nach Farnen.

Einmal entdeckt er auf einer Müllkippe im Dorf eine weggeworfene Pflanze, deren Blätter fast einen Meter lang sind und wie Schwerter aussehen. Das gefällt ihm sofort und er bringt die Pflanze mit nach Hause.

„Das ist Bogenhanf", erklärt eine Nachbarin. „Den darfst du nicht in dein Zimmer stellen, weil der so giftig ist, dass kleine Tiere davon sterben. Du kannst davon Durchfall kriegen oder krankes Blut."

Jetzt ist die Pflanze erst recht spannend für André und er nimmt sich vor, seiner Mutter nichts davon zu erzählen. Susi ahnt nichts, sondern freut sich, dass ihr Sohn plötzlich Interesse an Pflanzen hat und sie regelmäßig gießen will.

„Im Osten sind alle Leute krank", verkündet André.

„Das glaube ich nicht."

„Doch, ich habe selbst gesehen, dass dort alle alle Leute mit Krücken herumlaufen."

„Naja, einige alte Menschen stützen sich eben auf einen Stock beim Gehen", vermutet Susi.

„Nein, alle! Fast alle jedenfalls. Ich habe in meinem ganzen Leben noch nie so viele Leute mit Krücken gesehen."

Susi denkt noch lange darüber nach, zumal André die Krücken sehr beschäftigen, denn er erwähnt sie immer wieder.

Kurz darauf erhält Manfred einen Brief von der Firma, bei der er ab dem ersten August arbeiten will. Es ist eine Absage. Aus betrieblichen Gründen kommt es nicht zur vereinbarten Einstellung. Nun ist guter Rat teuer. Manfred hat seine Stelle in Frankfurt bereits gekündigt, auch der Mietvertrag für die Wohnung in Rodenbach ist aufgehoben. Er beschließt, wie geplant mit seiner Familie nach München zu ziehen und einen sogenannten Headhunter für die Stellensuche zu beauftragen. Es dauert nicht lange und Manfred hat gleich vier interessante Angebote. Er fertigt sich eine Tabelle an, um alle Vor- und Nachteile der möglichen Arbeitsstellen zu vergleichen. Dann entscheidet er sich für eine englische

Firma in München/Germering und unterschreibt den Arbeitsvertrag. Ab ersten September kann er dort als Vertriebsingenieur arbeiten und digitale Messgeräte verkaufen. Somit steht dem Umzug am 30. August nichts mehr im Wege.

Uwe kommt extra aus der Schweiz, um beim Umzug zu helfen. Er bringt aus Frankfurt einen großen gemieteten LKW mit, denn Uwe hat seit seiner Soldatenzeit einen LKW-Führerschein. Auch Manfreds Freund Wilfried will mit anpacken. Darüber amüsiert sich Susi sehr, denn Wilfried wird immer krank, wenn körperliche Arbeit ansteht. Das Tapezieren zum Beispiel muss seine Frau allein bewältigen, weil Wilfried plötzlich schreckliche Rückenschmerzen hat und sich kaum bewegen kann. Aber nun schleppt er freiwillig die schweren Möbel ins Auto. Susi und André tragen kleinere Kisten und Lampen, Spielsachen und Kleiderkisten. Susi sorgt selbstverständlich für eine üppige Stärkung, damit alle bei Kräften und guter Laune bleiben. Zum Schluss kehrt sie die Wohnung noch einmal durch und gibt den Schlüssel bei der Vermieterin ab. Dann fährt sie mit den Kindern dem Möbelwagen hinterher.

Das Ausladen in München müssen Manfred und Uwe nahezu allein bewältigen. Zu allem Unglück ist der Aufzug so eng, dass zwar vier bis fünf Personen darin stehen, aber weder ein Bett noch ein Sofa, Schrank, Tisch oder Sessel hinein passt. Sämtliche großen schwere Teile müssen bis in den vierten Stock hinaufgeschleppt werden.

Gegen Mitternacht fallen alle totmüde auf die

provisorisch hingeworfenen Matratzen. Zwei Stunden später klingelt der Wecker, denn Uwe fährt den gemieteten LKW nach Frankfurt zurück und muss anschließend mit seinem Auto in die Schweiz. Susi kocht ihm starken Kaffee und füllt damit extra noch eine Thermoskanne für unterwegs. Sie packt ihm Schnitten mit Wurst und Spiegelei, Saft, Äpfel und Bananen ein. Sie fragt sich besorgt, ob Uwe die beiden langen einsamen Fahrten durchhält. Lange grübelt sie allerdings nicht, denn sie ist völlig übermüdet und schläft bald wieder ein.
Am nächsten Tag montiert Manfred als erstes den Fernseher. Erst danach fängt er an, die Betten der Kinder, ihre Schränke und so nach und nach die übrigen Möbel aufzubauen. Susi freut sich besonders über die beiden deckenhohen Regale in der Stube, die inzwischen voller Bücher sind.

Am nächsten Wochenende unternehmen sie ihren ersten Ausflug in die nähere Umgebung.
„Wo sind denn die Berge?", wundert sich Susi. „Ich dachte, Bayern liegt in den Alpen. Hier ist alles so flach wie in Mecklenburg."
„Etwas länger als eine Stunde müssen wir schon fahren, ehe wir in den Bergen sind", antwortet Manfred.
Am Kochelsee machen sie Rast und plündern ihren Picknick-Korb. Dann wandern sie zwei Stunden zum Isarfall und zurück und halten während der Rückfahrt am Tegernsee, um direkt am Wasser ein Eis zu genießen.
Was ihnen in Bayern sofort gefällt, ist die

Biergarten-Kultur. Das ist ein schattiger Platz unter hohen Bäumen, auf dem einfache lange Holztische und Bänke ohne Lehne aufgestellt sind. Dort finden sich wildfremde Menschen zu einem fröhlichen Picknick zusammen. Meist bringen sie *Fleischpflanzerl* (Buletten) oder Wurst mit. An der Theke werden Bier und andere Getränke, Brezn, Radi, Obatzter (Gemisch aus verschiedenen Käsesorten) oder auch Stockfisch verkauft.

In München sucht Susi den Arzt auf, der ihr von der Frankfurter Kinderklinik empfohlen wurde. Nach der Milzentfernung stabilisierte sich der Hämaglobinwert im Blut und Anett fühlt sich inzwischen sichtlich wohl.
Eine Schwester will zuerst bei Susi und Anett Blut abnehmen.
„Bitte versuchen Sie es nicht in der Armbeuge, das klappt bei uns nicht. Das geht nur im Handgelenk."
„Das müssen Sie schon mir überlassen!", fährt die Schwester Susi barsch über den Mund.
Die Schwester setzt die Nadel an, korrigiert mehrmals, findet aber wie vorhergesagt keine Ader und ruft schließlich den Arzt zu Hilfe. Der schaut sich die Armbeugen und Handgelenke von Susi und Anett an und entscheidet sich für den Einstich im Handgelenk.
Anett wirft der Schwester böse Blicke zu, während Susi eine garstige Bemerkung hinunterschluckt. Kurz darauf werden sie ins Sprechzimmer des Professors gerufen.
„Wissen Sie, Ihr Kind hat ein ungewöhnliches

Blutbild. Der Hämaglobinwert ist zu hoch und auch zu viele Leukozyten. Das heißt, sie hat gleichzeitig zu viele rote und zu viele weiße Blutkörperchen. Doch Anett lebt mit dieser Besonderheit offenbar ganz gut. Also lassen Sie es einfach dabei bewenden, belasten Sie Ihr Kind nicht mit unnützen Untersuchungen, diversen Tests und Vermutungen und vor allem Medikamenten."

„Darf ich Sie umarmen?" Susi bricht vor Erleichterung in Tränen aus. Zehn Jahre lang hat sie die Ärzte gebeten, ihr Kind in Ruhe zu lassen, da sie offensichtlich nicht helfen können. Aber immer hieß es, die Ärzte wissen besser, was für die kleine Kranke gut ist und müssen ihr Blut nach wie vor regelmäßig untersuchen und beobachten. In der DDR drohten die Ärzte sogar, Susi in eine Nervenklinik einzuweisen, weil sie mit ihren angeblich irrsinnigen Fragen die Behandlung störte. Nun ist das alles Vergangenheit.

„Setzen Sie auch das Eisenpräparat ab, da der Hb-Wert ohnehin zu hoch ist. Und belasten Sie den Körper nicht mit Impfungen!"

Susi nickt. Der Arzt wendet sich an Anett. „Du hast zwar ein besonderes und ganz seltenes Blut, aber du kannst trotzdem ein ganz normales Leben führen. Ich wünsche dir alles Gute."

Oktoberfest. Manfred war im letzten Jahr mit einigen Kunden auf der *Wiesn,* aber für Susi und die Kinder ist dieses Volksfest völlig neu. Sie steigen aus der U-Bahn, Anett rennt

zielsicher in den Hauptgang der Theresienwiese, denn zwischen all dem Lärm hat sie Pferdegetrappel gehört. Voller Freude klatscht sie in die Hände und läuft auf einen üppig geschmückten Brauereigaul zu. Furchtlos klopft sie ihm die Flanken. Die herausgeputzten Festwagen voller mit Girlanden geschmückter Bierfässer bemerkt Anett gar nicht, sie hat nur Augen für die Pferde. Manfred dagegen mustert die Kellnerinnen, die in ihren Dirndln auf den Wagen stehen und Maßkrüge schwenken. Susi beschließt, Anett zu Liebe im nächsten Jahr den gesamten Festumzug anzuschauen.
Die Kinder wollen zuerst auf die kleine Achterbahn, danach wagt sich die ganze Familie auf die riesige Looping-Bahn. Dann entdecken die Kinder eine Gespensterbahn und probieren sie sofort aus. Als sie nach dem Autoscooter auf das Riesenrad wollen, bremst Manfred das Rummelvergnügen. „Wir kommen am Donnerstag wieder, da ist Familientag und alles kostet nur die Hälfte."
Manfred hatte viel von der unglaublichen Stimmung in den Bierzelten erzählt, aber Susi stellte sich dabei nur sinnlose Sauferei vor. Als sie schließlich ins Löwenbräu-Zelt gehen, bleibt sie völlig überwältigt am Eingang stehen. Das geht nicht lange, denn hinter ihr schieben sie die Leute, die ebenfalls ins Zelt wollen, einfach weiter. So weit das Auge reicht sieht sie Tische und Bänke, auf denen mehrere tausend fröhliche Leute sitzen, Bier trinken und Hendl oder Brezn essen. In der Mitte ist ein Podest, worauf eine Blaskapelle steht und zünftige

bayerische Volksmusik spielt. Susi denkt an ihren Vater, der Posaune in mehreren Gruppen spielt und Volksmusik besonders liebt. Im Zelt herrscht eine unglaublich fröhliche Stimmung. Die Leute singen die Lieder mit und klopfen im Takt mit ihren Händen auf die Tische.
„Dort ist Platz für uns." Manfred zeigt auf einen nahen Tisch, wo sich die Familie dazu setzt.
„Griaßts eich!", ruft ein alter Mann freundlich, der neben Susi sitzt.
Im gleichen Moment kommt eine Kellnerin, die mindestens zehn riesige Maßkrüge in den Armen hält. Sie stellt sie auf dem Tisch ab, Manfred bezahlt zwei, ein weiterer Mann nimmt vier und am Nachbartisch werden ebenfalls vier Maß verlangt.
„Wollts ihr was essen?"
„Zwei halbe Hendl und zwei Ochsenfleischsemmeln, bitte!", bestellt Manfred.
Die Kinder wissen inzwischen längst, dass man in Hessen und Bayern nicht *Broiler* zu einem halben Hähnchen sagt. „Und Cola für die Kinder", ergänzt er.
Die Familie verlebt einen sehr lustigen Nachmittag im Bierzelt und merkt gar nicht, dass es längst später Abend geworden ist.
„Ich bin ganz heiser vom vielen Lachen und Singen", verkündet Susi vergnügt.
„Und ich habe wohl eine Maß zu viel getrunken", gesteht Manfred.
Am nächsten Morgen ruft Susi in der Funkwerkstatt Lidschreiber an, in der Manfred einen Service-Termin hat, und sagt den Termin wegen Krankheit ab.

„Ah! Warts ihr auf die Wiesn und habts etzerde Schädelweh?"
Susi ist völlig verblüfft und weiß keine Antwort. Sie bittet nur um Entschuldigung und legt schnell den Hörer auf.
Als Manfred einen Tag später seine Arbeit in dieser Funkwerkstatt ausgeführt hat, erzählt er lachend: „Der Inhaber ist ein komischer Kauz, irgendwie lustig. Wir haben uns sofort blendend verstanden und wollen Samstag zusammen auf die Wiesn gehen."
Aus dieser Begegnung entsteht schließlich eine langjährige Freundschaft.

Die Kinder haben sich in ihrer neuen Schule sofort eingelebt. Susi hält dies für den richtigen Zeitpunkt, wieder arbeiten zu gehen und bewirbt sich in mehreren Firmen. Eine Woche später darf sie sich bei der Firma „Interma" vorstellen.
„Ich bin 32 Jahre jung und habe zwei Kinder, die beide bereits das Gymnasium besuchen. Das heißt, sie brauchen mich nicht mehr in dem Maße wie kleine Kinder von Frauen meines Alters. Ich war lange daheim und möchte jetzt unbedingt arbeiten. Da ich noch so jung bin, kann ich mich leicht auf alle Gegebenheiten in Ihrer Firma einstellen. Und da ich bereits zwei große Kinder habe, verfüge ich über viel Lebenserfahrung und Organisationsvermögen."
„Wir suchen eine pfiffige Assistentin für unseren Verkaufsleiter, die ihn hier im Büro unterstützen soll, während er bei Kunden unterwegs ist."
„Oh! Das würde mir große Freude machen.

Mein Mann arbeitet seit fünf Jahren im Außendienst, deshalb weiß ich, worauf es ankommt."

Die Frau des Inhabers lächelt. „Sie sind um keine Antwort verlegen, das gefällt mir." Dann macht sie eine Pause, mustert Susi und spricht schließlich weiter. „Mein Mann ist Türke. Wir beziehen unsere Waren aus der Türkei und haben mehrere türkische Mitarbeiter. Haben Sie ein Problem damit?"

„Es tut mir leid, aber die türkische Sprache beherrsche ich nicht. Ich spreche nur etwas Schul-Englisch und -Russisch und ein klein wenig Umgangs-Französisch, weil mein Bruder in der französisch-sprachigen Schweiz wohnt."

Die Chefin lächelt wieder. „Das meinte ich zwar nicht, aber gut ..." Sie notiert sich etwas auf einem Block. „Wann könnten Sie anfangen?"

„Sofort. Ich könnte sofort anfangen, schon am kommenden Montag."

„Unsere Kernarbeitszeit wäre von zehn bis 14 Uhr. Es wäre gut, wenn Sie früher kommen könnten."

„Wunderbar!", ruft Susi aus. „Die Schule meiner Kinder beginnt acht Uhr, ich wohne ganz in der Nähe und wäre jeden Morgen spätestens 8:30 Uhr im Büro."

Susi fühlt sich wohl in dieser Firma, in der eine fast freundschaftliche Atmosphäre herrscht. Sie spürt das typisch bayerische Lebensgefühl in der ungezwungenen Herzlichkeit im Umgang miteinander. Schnell freundet sie sich mit einigen Kollegen an. Die Männer trinken meist Weißbier zum Mittag, die Chefin bestellt häufig für alle Mitarbeiter Weißwurst und Zwetschgendatschi. Das ist ein typisch bayerischer Kuchen, der Susi überhaupt nicht schmeckt. Sie würde Pflaumenkuchen ganz anders backen: Pudding auf dem Hefeteig verteilen und die Pflaumen nicht so dicht nebeneinander schichten, sondern kleiner schneiden, lose auf dem Pudding verstreuen und Streuseln obenauf geben. Die Frauen können sehr wohl gut backen, sie bringen oft sehr leckere Blech- oder Napfkuchen mit. Nur in den Geschäften gibt es für Susis Begriffe keinen Kuchen zu kaufen, nur diese seltsamen Datschi oder Cremetörtchen.

Auch an den Geschmack der Weißwürste musste sie sich erst langsam gewöhnen. Anfangs hat sie die eher unappetitlich blass aussehenden Würste in einer Pfanne gebraten, was sie auch nicht besser machten. Ihre bayerischen Kollegen hat dieser Frevel regelrecht geschockt.

Bei schönem Wetter sitzt nach Feierabend die gesamte Belegschaft vergnügt in einem nahen Biergarten. Das Leben der Bayern spielt sich so oft wie möglich draußen ab.

Als es das erste Urlaubsgeld gibt, freut sich Susi sehr, denn es sollte ein volles Monatsgehalt sein. Sie schaut auf den Lohnzettel und traut ihren Augen nicht, denn sie bekommt 75 Mark weniger ausbezahlt statt der erhofften 1.500 Mark mehr. Susi glaubt an ein böses Missverständnis und fragt bei der Chefin nach.

„Das liegt an Ihrer Steuerklasse. Sie können dies alles beim Finanzamt geltend machen."

„Nein. Darauf verlasse ich mich nicht. Ich gehe!"
„Was soll das heißen?", fragt entgeistert die Chefin.
„Ich fühle mich betrogen. Ich kündige und gehe jetzt sofort nach Hause."
„Das geht nicht. Sie haben drei Monate Kündigungszeit."
Susi lacht und fragt frech: „Wollen Sie mich daheim abholen, ins Büro tragen und dann höchstpersönlich den Stift halten? Das ist lächerlich. Guten Tag." Susi dreht sich um und schließt hinter sich die Tür. Sie verabschiedet sich von den anderen Mitarbeitern. Die Empfangsdame meint: „Man muss nicht gleich bei jedem Ärger die Flinte ins Korn werfen. Ich backe dann immer einen Kuchen."
Susi schaut die Frau verständnislos an.
„Ja – und dann spucke ich immer in den Teig und meine Wut verfliegt."
Susi denkt an all die vielen Kuchen, die diese Frau mitbrachte und wie genüsslich alle hinein bissen und den tollen Geschmack lobten. Nein, sie ärgert sich nicht, die Arbeitsstelle aufgegeben zu haben, sie wird ihre Zeit ab sofort besser nutzen und genießen.

Wenige Tage später fliegt die Familie nach Ibiza. Dort wohnen sie im Ferienpark Cala Pada in einem kleinen Häuschen zwischen Palmen, Sträuchern und Blumen. Ihr Appartement hat drei Zimmer, Küche, Bad und eine riesige Terrasse.
Bis zum Strand sind es nur wenige Schritte,

aber an Baden im Meer ist erst einmal nicht zu denken, weil es so heftig stürmt, dass die Wellen laut gegen das steinige Ufer krachen. Also laufen sie am Strand entlang und kehren in Santa Eulalia in einem Café ein.
„Ich bin ganz froh, dass es nicht so heiß ist. So können wir uns langsam von den deutschen Temperaturen auf die spanischen umstellen", stellt Susi fest.
Am nächsten Tag besteigen sie ein kleines Boot, das zur Nachbarinsel Formentera schippert.
„Schau doch, Mami! Dort drüben sitzt der Opa!" Susi traut ihren Augen nicht, denn schräg gegenüber sitzt ein Mann, der ihrem Vater wie ein Ei dem anderen gleicht. Der Mann hat nicht nur das gleiche Gesicht wie ihr Vater, sondern auch dieselben dunkelblonden Haare mit dem hohen Haaransatz, die breite Statur – alles passt. Beim genaueren Hinsehen stellt Susi fest, dass der Fremde einige Jahre jünger sein muss als ihr Vater. Während der ganzen Überfahrt lässt Susi diesen Doppelgänger nicht aus den Augen und macht heimlich ein Foto. Kurz vor dem Aussteigen fasst sie sich ein Herz, setzt sich direkt neben den Mann und grüßt ihn freundlich. Der Mann reagiert nicht, aber die ältere Frau neben ihm faucht ärgerlich: „Was wollen Sie von uns? Wir kaufen nichts."
Susi schüttelt ihren Kopf. „Sie entschuldigen, dass ich Ihren Sohn die ganze Zeit so anstarre. Aber er sieht genauso aus wie mein Vater."
„Das ist nicht mein Sohn", entgegnet die Frau.
„Aber vermutlich sind Sie mit der Familie

meines Vaters verwandt", beharrt Susi.
„Nein. Das ist ein Findelkind. Damals kam so ein Treck von Vertriebenen aus Pommern vorbei. Die haben das Kind verloren oder ausgesetzt, das weiß niemand. Es war wohl noch keine zwei Jahre alt."
Der Mann hatte sich nicht an der Unterhaltung beteiligt und schien kein Interesse an dieser merkwürdigen Geschichte zu haben. Die Frau zeigt mit dem Finger auf den Mann. „Er ist taubstumm." Dann klopft sie mit ihrer Hand auf sein Bein und zeigt nach oben. Susi hat gar nicht gemerkt, dass das Boot inzwischen gelandet ist. Wie benommen sitzt sie auf ihrer Bank, während die anderen Fahrgäste zum Ausgang drängen.
Sie rechnet nach. Als ihre Oma mit ihren zwölf Kindern aus Pommern vertrieben wurde, war ihr jüngster Sohn zwei Jahre alt, genau wie dieses Findelkind aus Pommern. Die Oma hat nie etwas von einem verlorenen Kind erzählt. Aber sie hat erzählt, dass ihr Mann ein Musiker war, ein rechter Hallodri, der jedem Rock hinterher schaute. Susi kommt zu dem Schluss, dass dieser Doppelgänger ein uneheliches Kind ihres Opas sein musste, das auf dem Treck verloren ging oder möglicherweise ausgesetzt wurde.
„Es ist so ärgerlich, dass die Frau nicht weiter mit mir reden wollte. Ich hätte so gern viel mehr erfahren", bedauert Susi.
„Du hast ein Foto. An der Geschichte kannst du sowieso nichts ändern, aber das Foto kannst du sicher irgendwann deiner Oma zeigen oder

deinem Vater schicken", tröstet Manfred.
Damit gibt sich Susi zufrieden.
Das Wasser auf Formentera ist derart klar, dass man jeden einzelnen Kieselstein auf dem Meeresgrund erkennt. Susi mag keinen Strand. Sie hasst es regelrecht, wenn sie viele Menschen wie Ölsardinen dicht nebeneinander herumliegen sieht. Sie mag sich auch nicht einfetten, als ob sie zum Braten in eine Pfanne gelegt würde. Susi hält sich generell im Schatten auf und läuft nur hin und wieder kurz zum Abkühlen ins Wasser. Die Kinder müssen zum Schutz vor der Sonne immer Shirts und Mützen tragen.
Zum Mittag sitzen sie in einem Strandlokal, genießen eine Paella und schauen auf das fast unwirklich himmelblaue Meer.
Im Ferienpark finden André und Anett schnell Freunde, mit denen sie im Pool und im Meer toben. Außerdem machen beide einen Tauchlehrgang.
Einmal mietet die Familie einen winzigen Fiat, mit dem sie die gesamte Insel abfahren. Am besten gefallen ihnen die Steilufer. An einem Strand sehen sie mehrere hohe Felsen aus dem Wasser ragen. Manfred schwimmt mit den Kindern hin, während Susi lieber am Strand sitzen bleibt. Sie lacht, als endlich alle drei auf einem niedrigen Felsen stehen und winkt ihnen zu. Dann muss sie entsetzt tatenlos zusehen, wie André und Manfred auf einen sehr hohen Nachbarfelsen klettern und mit dem Kopf voran ins Meer hechten. Susi springt auf und beruhigt sich erst wieder, als sie alle drei Köpfe

wohlbehalten auf sich zu schwimmen sieht.
Nach zwei Wochen Urlaub bringt sie ein kleines LTS-Flugzeug zurück nach München.

„Meine Schallplatten!", schreit André entsetzt auf. „Die kann ich alle wegwerfen." Der Plattenspieler steht direkt am Fenster auf der Südseite. Während des Urlaubs hat die Sonne sämtliche Platten in wellige Scheiben verwandelt. Voller Wut und Enttäuschung wirft André die Platten auf den Boden und versetzt ihnen einen zusätzlichen Tritt mit dem Fuß. Nun muss Susi lachen. Da schmeißt sich André auf sein Bett und lacht aus vollem Hals mit, während ihm gleichzeitig die Tränen übers Gesicht laufen.
André verbringt die meiste Zeit an seinem neuen PC oder er telefoniert stundenlang mit seinem Freund Martin, obwohl er ihn täglich in der Schule sieht.
„Du weißt, dass ich auch von zu Hause aus arbeite und das Telefon brauche", kritisiert Manfred.
Aber es hilft nichts, André blockiert weiter die Telefonleitung. Deshalb beschafft sich Manfred ein Extra-Diensttelefon, das an seinem Schreibtisch steht und nur von ihm benutzt werden darf.
Susi sitzt manchmal an André´s Computer, denn darauf gibt es ein Programm, mit dem sie ihre Schreibtechnik verbessern kann. Sie muss dabei so schnell wie möglich vorgegebene Texte tippen, deren Fehler gezählt und das Schreibtempo gemessen werden. Nach kurzer

Übungszeit kann Susi so schnell wie eine gelernte Sekretärin tippen.

Doch sie hat Probleme mit ihren Fingernägeln, die sehr weich sind, einreißen oder schon bei kleinsten Stößen abbrechen. Susi beklagt sich bei einer Freundin: „Meine Oma sagte immer, weiche Nägel und Haare zeugen von einem weichen Wesen. Das mag sein, aber ich will wenigstens harte Fingernägel."

„Geh doch in ein Nagelstudio, die helfen dir ganz sicher", rät die Freundin.

Im Nagelstudio trägt die Designerin ein Gel auf, lässt es trocknen und fest werden, dann feilt sie die so entstandenen Kunstnägel auf die passende Länge zurück in die gewünschte Form. Susi bevorzugt halbrunde Nägel, keine spitzen oder geraden. Zuletzt wird farbiger Lack aufgetragen. Diese Prozedur dauert eine gute Stunde und kostet recht viel Geld, sieht aber ganz hervorragend elegant aus. Susi fühlt sich sehr wohl mit ihren schönen neuen Fingernägeln.

Mit ihrer Freundin trifft sich Susi nur, wenn Manfred nicht daheim ist und sie ihn nicht zu seinen Kunden begleiten kann.

„Ich verstehe dich nicht", sagt die Freundin. „Sei doch froh, wenn du deinen Mann nicht ständig um dich hast. Ich würde es im Leben nicht aushalten, wenn mein Mann so oft wie deiner daheim arbeitet. Und ihn zu begleiten würde mir im Traum nicht einfallen."

„Wieso? Ich liebe ihn und genieße jeden Moment in seiner Nähe. Vielleicht hast du nur den falschen Partner gewählt."

„Quatsch. Du bist einfach nicht normal. Ich kenne außer dir keine einzige Frau, die nach so vielen Ehejahren immer noch an ihrem Mann klebt."

Natürlich gibt es Dinge, die Susi an Manfred nicht mag. Am schlimmsten findet sie, wenn er sich dumm stellt. Er lacht darüber und sagt: „Dummheit schafft Freizeit."
Das findet Susi überhaupt nicht lustig. Sie giftet: „Irgendwann wirkst du nicht nur so dumm wie du dich stellst, sondern du bist es. Mir wird direkt Angst vor dem Alter, wenn ich mir dann deine Dummheit vorstelle."
Manfred sagt daraufhin gar nichts. Er dreht sich wortlos um und geht. Er geht nicht nur aus dem Zimmer, sondern verlässt die Wohnung. Ohne Gruß und Kuss einfach fortzulaufen, das gibt es bei ihnen normalerweise nicht und macht Susi wütend. Außerdem weiß Manfred, dass sie immer alles ausspricht, was sie denkt. Sie hat ihm schon oft gesagt, dass sie es nicht mag, wenn er so tut, als begreife er nicht, wovon sie redet. Außerdem ärgert sie sich, wenn er ihren letzten Satz als Frage wiederholt statt mit seiner Meinung zu antworten. Eigentlich antwortet Manfred überhaupt nicht, er nickt freundlich – das ist alles. Das bringt Susi derart in Wut, dass sie Dinge sagt, die sie hinterher bereut. Auch jetzt bereut sie, Manfred verärgert zu haben, und fragt sich, wo er wohl hingegangen sein könnte. Erst am Abend ist Manfred zurück.
„Wo warst du denn?", will Susi wissen.

„Das kann ich dir nicht sagen, dazu bin ich zu dumm."

Susi lacht. Aber als Manfred weder beim Essen noch beim Fernsehen mit ihr spricht, vergeht ihr das Lachen.

„Sei nicht böse!", bittet sie. „So habe ich das nicht gemeint."

„Doch", beharrt er. „Du sagst immer alles so wie du es meinst. Ich kann dir nicht zumuten, noch länger mit so einem dummen Mann zusammen zu sein."

Nun ist Susi zutiefst erschrocken.

Manfred spricht weder am nächsten noch am übernächsten Tag mit seiner Frau. Er tut so, als wäre sie nicht vorhanden. Susi provoziert ihn, indem sie ihn neckt, wenn er zwar schweigt, sich aber pünktlich am gedeckten Esstisch einfindet.

„Weißt du eigentlich, dass dein Schweigen viel verletzender ist als ein garstiges Wort?"

Manfred schaut nicht einmal auf, so, als hätte er Susis Worte gar nicht gehört.

Einige Tage später treffen sie sich mit Manfreds Freund Achim und seiner Frau Geli in einem Gasthof. Susi legt noch einen Hauch Lippenstift auf. Sie sieht keinen Grund darin, so mies auszusehen wie sie sich fühlt. Geli merkt sofort, dass dicke Luft herrscht und spricht sie direkt darauf an. „Was ist los mit euch? Habt ihr Streit?"

„Manfred ist gekränkt, weil mich sein ewiges Dummstellen ärgert."

„Du hast Angst vor dem Alter, weil ich dann noch dümmer bin als jetzt", korrigiert Manfred.

„So habe ich das nicht gesagt", verteidigt sich Susi.
„Aber so habe ich Dummkopf das verstanden."
„Ich bin verantwortlich für das, was ich sage und nicht dafür, was du verstehst."
„Ich verstehe sehr gut. Du willst mit so einem Dummkopf nicht alt werden und ich will die Scheidung."
„Wieso denn scheiden lassen?", schreit Susi entsetzt auf.
„Du bist diejenige, die immer konsequent sein will, Scheidung ist nur konsequent."
„Seid ihr verrückt geworden?", mischt sich Geli ein. „Für mich seid ihr DAS Traumpaar. Ihr turtelt auch nach 15 Ehejahren herum wie frisch Verliebte. Ihr seid so oft es geht zusammen, am liebsten rund um die Uhr. Man rennt wegen einer dummen ...", Geli rollt mit den Augen, als sie merkt, dass das Wort dumm gerade sehr unpassend ist. „Pardon, ungeschickten Bemerkung nicht gleich auseinander. Wo willst du denn hin?"
„Weiß ich nicht", brummt Manfred.
„Das weißt du sehr wohl, du sagst es nur nicht. So wie du nie etwas sagst. Vielleicht hast du längst eine Andere, wenn dir die Scheidung so wichtig ist." Susi ist außer sich vor Schreck, aber Manfred kneift nur die Lippen zusammen, schaut zur Seite und schweigt. „Und damit du es gleich weißt, wenn du gehst, dann nimmst du die Kinder mit!"
„Bist du noch bei Trost?", ruft Geli empört.
Die Gäste im Lokal sind längst auf den heftigen Streit aufmerksam geworden und schauen

interessiert herüber.

„Wenn er eine Andere hat, dann soll sie die Wäsche waschen, Essen kochen und sich kümmern."

„Jetzt bist du aber dumm", fasst Geli zusammen. „So einen Unsinn zu reden." Geli schüttelt fassungslos den Kopf. Dann schaut sie Manfred an und fragt: „Hast du nun eine Andere oder nicht?"

„Natürlich nicht."

„Gut. Dann ist jetzt Schluss mit dem Unsinn. Wir bestellen einen Versöhnungsschnaps und dann essen wir wie geplant zusammen und alles ist wieder gut. Habt ihr verstanden?"

Susi schaut unsicher zu Manfred und sieht, dass er lächelt. Schnell springt sie auf, umarmt ihren Mann und küsst ihn glücklich auf den Mund. Dann umarmt sie auch Geli.

André humpelt und klagt über starke Schmerzen. Susi schaut sich seinen Fuß an und sieht, dass seine große Zehe dick geschwollen und vereitert ist. Manfred fährt ihn zu einem Chirurgen, der sofort eine kleine Operation durchführt und das Eiter entfernt.

„Das war noch nicht alles", erklärt der Arzt. „Die Nagelbettentzündung kommt von einem eingewachsenem Zehennagel. Das heißt, wenn wir nicht operieren, entzündet sich der Nagel immer wieder neu."

André schaut unsicher zu seinem Vater. Der Arzt wendet sich direkt an den Jungen. „Das ist keine große Sache. Wir schneiden wie einen kleinen Keil in dein Nagelbett, damit dein Nagel mehr Platz hat und nicht mehr einwächst. Du merkst davon gar nichts, weil ich den Zeh örtlich betäube. Du darfst sogar zuschauen." Er zeigt auf einen Bildschirm, der an der Zimmerdecke angebracht ist. „Danach kann es allerdings ein paar Tage etwas brennen. Wichtig ist, dass wir jeden Tag den Verband wechseln."

Bei einem dieser Arztbesuche erzählt Manfred, dass sein Schwager Uwe in der Französischen Schweiz lebt, die Leute dort zwar alle Deutsch verstehen, aber nicht verstehen wollen. „Nun will meine Frau unbedingt Französisch lernen."
„Oh, das trifft sich gut", ruft der Mediziner. „Nächste Woche fahre ich an den Starnberger See zu einem Französisch-Kurs. Wir sind nur sieben Leute. Wenn Ihre Frau möchte, kann sie gern mitkommen."

Der Kurs findet in einer wunderschönen Villa direkt am See statt. Schon bei der Begrüßung ordnet der Lehrer jedem einen französischen Vornamen zu, Susi wird ab sofort Valerie gerufen. Sie bekommt ein hübsch altmodisch eingerichtetes Einzelzimmer unter dem Dach. Im Erdgeschoss befinden sich eine große Essküche, eine Toilette und zwei herrschaftliche Räume mit Parkettboden und Flügeltüren hinaus in den parkähnlichen Garten.
„Jetzt legen wir uns alle auf die Matten", bestimmt der Lehrer und zeigt mit der Hand auf dieselben, die in einer Reihe angeordnet auf dem Boden liegen.

„Wir entspannen, atmen langsam und bewusst in den Rücken hinein. Die Arme und Beine werden schwer und immer schwerer. Wir lassen uns fallen."

Nun wird es Susi zu bunt. Wie soll sie sich fallen lassen, wenn sie bereits liegt? Und wie soll sie in den Rücken ausatmen? Sie steht auf, setzt sich auf einen Stuhl und wartet, bis der ganze Zirkus vorbei ist.

In der nächsten Stunde nimmt der Lehrer einen Ball und wirft ihn Susi zu. „Valerie, comment allez-vous?"

Susi kann den Ball gerade so greifen. „Tres bien", stottert sie.

„Je vais tres bien", korrigiert der Lehrer. Jetzt soll Susi eine Frage stellen. Sie wirft den Ball dem Arzt zu. „Comment voulez-vous cela?"

Alle lachen.

„Peut-etre, que voulez-vous faire?"

Susi wird rot. Ihre Frage war zweideutig und hat deshalb die anderen Schüler amüsiert.

Später gehen sie in den Garten und laufen im Gänsemarsch über die Wiese und schließlich durch den Ort Seeshaupt. Dabei sprechen alle laut dem Lehrer die Sätze nach. Manche Leute drehen sich nach der seltsamen Gruppe um, die im Takt einer fremden Sprache durch den Ort marschieren. Susi macht mit, obwohl sie sich albern vorkommt. Sie tröstet sich damit, dass sie hier niemand kennt.

„Die Abendessen nehmen wir im Lokal ein", verkündet der Lehrer auf Französisch. „Nur heute am ersten Abend kochen wir gemeinsam typisch französische Gerichte. Ich habe alles

vorbereitet."
Zuerst belegen sie eine dünne Teigplatte mit verschiedenen fein gewürfelten Käsesorten, kleinen Speckwürfeln und Zwiebelringen und schieben dies wie eine Pizza in den Ofen. Das nennt sich Flammkuchen. Außerdem gibt es einen Nizzasalat aus verschiedenen Blattsalaten, Oliven, Thunfisch, Sardellen, gekochten Eiern und Kapern, dazu Stangenweißbrot, wozu die Franzosen Baguette sagen. Danach Tatar mit Senf, Honig und Kapern. Und zum Schluss Crepes, die für Susi wie normale Plinsen schmecken. Die Zubereitung dieser recht einfachen Gerichte zieht sich über zwei volle Stunden hin. Das Essen selbst dauert bis weit nach Mitternacht, was für Susi völlig ungewohnt ist. Außerdem schenkt der Lehrer Weißwein aus, der Susi sofort in den Kopf steigt und ihr eine angenehme Bettschwere verschafft.
Der nächste Morgen beginnt mit einem Frühstück draußen im Garten. Den Kaffee gießt der Lehrer nicht in Tassen, sondern in große Schalen. Susi verfeinert ihn mit Milch und Zucker. Dazu gibt es nur ein Teighörnchen bzw. Croissants und etwas Marmelade.
Danach erhält jeder Schüler einen Block und soll ein typisches Bild für seine Beziehung malen. Susi malt einen großen Baum mit weit ausladenden Ästen. Der soll ihren Manfred darstellen. Sich selbst zeichnet sie als verschiedene Tiere, die um den Baum herumflattern wie ein Schmetterling oder in seinem Schatten liegt wie ein Hase oder an ihm

heraufklettert wie eine Katze. Leider hat sie nicht bedacht, dass sie ihr Bild auf Französisch erklären muss. Sie kennt die Namen der Tiere nicht und ärgert sich, keine Obstschale voller Früchte gewählt zu haben. Worte, die sie im Alltag braucht wie die Lebensmittel, hat sie sich längst auf Französisch eingeprägt.
Eine ganze Woche lang haben die acht Schüler viel Spaß mit diesen ungewöhnlichen Lehrmethoden und fahren zufrieden wieder nach Hause zu ihren Familien.

André´s Fuß heilt gut. Sein Freund Zoltan besucht ihn täglich und bringt ihm Aufgaben aus der Schule. Zoltan ist mit seinen Eltern zur gleichen Zeit wie Susi in das Haus gezogen und wohnt im Erdgeschoss. Sie sind aus Ungarn und nach einer genehmigten Reise einfach im Westen geblieben. Die Ungarn dürfen ebenso wie die Polen frei reisen, sie müssen nur das Geld dafür haben.
„Können Sie nicht meiner Mutter Deutsch beibringen?", fragt Zoltan.
„Gern, wenn sie mag."
Susi begleitet Zoltan hinunter in seine Wohnung. Die Mutter heißt Katalin und wird Kati gerufen, das ist ein sehr häufiger Name in Ungarn. Sie steht in einem weiten Shirt, das wie ein zu großes Nachthemd an ihr herunterhängt, in der Küche und raucht. In der anderen Hand hält sie einen großen Holzlöffel und rührt damit in einem riesigen Topf. „Ich kochen, du kommen und essen."
Susi denkt an das Wohnheim in Offenbach und

die Ungarin, die ebenfalls Kati hieß und genau solche roten zotteligen Haare hatte, und das nette polnische Paar. Dort drehte sich ebenfalls alles um das Kochen in riesigen Töpfen und das Essen mit möglichst vielen Freunden oder gänzlich unbekannten Leuten.

Sie werden sich schnell einig, dass Susi an jedem Dienstag und Donnerstag Vormittag für jeweils eineinhalb Stunden zu Kati kommt und mit ihr Deutsch übt.

„Ich lernen und kochen und jede Abend wir essen und trinken", fasst Kati zusammen.

Susi lacht und schüttelt ihren Kopf. Sie hat nicht vor, jeden Abend bei Kati und ihrem Mann Toni zu verbringen. Aber es ist nicht leicht, den täglichen Einladungen auszuweichen. Toni klingelt zum Beispiel bei Susi an der Tür, geht unaufgefordert an ihr vorbei in die Küche, schaut in ihre Töpfe und bestimmt: „Kati besser kochen, kommen runter und essen, auch Kinder."

Ein anderes Mal hält er ein großes Holzbrett im Arm, worauf ungarischer, in feine Scheiben geschnittener Speck angerichtet ist. Unter dem zweiten Arm klemmt eine Flasche Schnaps. „Das Pálinka. Ungarisch Sitte, müssen essen und trinken auf Freundschaft."

Bei Susi gibt es zum Abendessen gewöhnlich Schnitten, mit Wurst und Käse belegtes Brot. Sie kocht mittags, wenn die Kinder aus der Schule kommen. Sie mag es nicht, wenn ihr Tagesablauf durcheinander gebracht wird und schlägt deshalb vor, nur jeden Dienstag gemeinsam zu Abend zu essen und zwar

abwechselnd bei Kati und ihr oder in einem Lokal. Toni stimmt zu, aber Susi ahnt, dass er sich nicht an die Abmachung halten wird.
Toni heißt eigentlich Antal, nennt sich offiziell Anton und lässt sich Toni rufen. Er betreibt eine kleine Reifenwerkstatt, in der Zoltan und André manchmal mithelfen und sich ein zusätzliches Taschengeld verdienen. Am Jahresende und bei größeren Geschäftsabschlüssen verschenkt er an die Frauen seiner Geschäftspartner Parfüm und Unterwäsche.
„Das kannst du nicht machen, das ist viel zu intim!", empört sich Susi.
Doch Toni glaubt nicht, dass solch ein Geschenk kränken kann. Er ist davon überzeugt, jedem damit Freude zu bereiten.
Eines Abends führt er Susi und Manfred in ein thailändisches Lokal. Wie immer bei solchen Gelegenheiten bestellt er großspurig einen gemischten Vorspeiseteller, von dem acht Leute satt werden könnten, obwohl sie nur zu viert sind. Meist lässt er sich den größten Teil der Hauptspeise einpacken, wovon sie am nächsten Tag noch einen lustigen Fressabend veranstalten.
Kati greift nach einer Schale mit grünen Körnchen, die wie Schnittlauch aussehen.
„Vorsicht, Madame!", warnt der Kellner. „Das ist sehr scharf."
„Ich Ungarin, ich immer essen scharf."
Noch ehe Toni seine Frau daran hindern kann, hat sie einen ganzen Teelöffel von diesem Pulver auf ihr Essen gestreut und steckt die erste Gabel in den Mund. Kati lächelt. Danach

verändert sich ihr Gesicht. Sie wird puterrot, öffnet den Mund und hechelt, während ihr Tränen aus den Augen schießen. Der Kellner hat inzwischen Brot gebracht, aber Kati winkt ab. Sie rennt, gefolgt von Susi, in den Waschraum und kommt lange nicht zurück.
„Du dumme Person!", schimpft Toni, als Kati endlich wieder auftaucht. Der Appetit ist ihr gründlich vergangen, sie raucht nur noch eine Zigarette nach der anderen.

Am Weihnachtsabend klingeln Susi und Manfred bei ihren ungarischen Freunden, um ihnen ein frohes Fest zu wünschen und kleine Geschenke zu überreichen. Sie sehen einen festlich gedeckten Esstisch für sieben Personen.
„Oh, ihr bekommt Besuch!", ruft Susi aus.
„Du kommen mit Kinder. Ich kochen."
„Du kommst mit deinen Kindern, ich habe gekocht", korrigiert Susi. Das ist so vereinbart.
„Ja, so richtig. Wir zusammen."
„Nein, Kati, wir haben bereits gegessen und sind satt."
„Du sagen Salat Kartoffel, das keine Fest."
„Du sagst Kartoffelsalat, das ist kein Festessen. Das mag für dich stimmen, meine Liebe. Aber bei uns ist das Tradition."
„Bei uns Tradition viel Essen mit Freunde."
Susi sieht die vielen großen gefüllten Töpfe und gibt auf. André hockt längst neben Zoltan auf dem Teppich und spielt mit ihm Karten, während sich Anett um den kleinen Yorkshire Terrier Rambo kümmert. Manfred hält bereits

ein Glas Bier in der Hand.
Es gibt eine sehr gehaltvolle Vorsuppe mit viel Fleisch. „Das Pörkölt", erklärt Kati.
„Das ist Pörkölt", korrigiert Susi. „Und was genau ist das?"
„Das Gulasch, viele Fleisch lange kochen, drei Stunden, mit Wurzel und viele Paprikasch. Und Sauersahne."
Danach trägt Toni die Weihnachtsgans auf einer großen Platte herein, als Beilage eine Art Creme und gekochtes Gemüse.
„Wer soll das alles essen?" Susi schlägt die Hände über dem Kopf zusammen.
„Wir haben Zeit", beschwichtigt Toni. „Abend ist lang." Und dann trägt er einen großen Rumtopf mit in Alkohol eingelegten Früchten herein. Das schmeckt wie herrlich süßes Kompott. Manfred ist froh, dass Susi längst satt ist, sonst würden ihr die süßen Früchte in Kopf und Beine steigen.

In diesem Winter meldet sich Susi in einer Schigruppe an, die jeden Mittwoch von München aus in die Berge fährt. Sie kann nun sicher die Hänge abfahren und hat große Freude an diesem Sport.
An den Wochenenden zeigt sie ihrer Familie die schönsten Schigebiete, die sie innerhalb einer guten Stunde mit dem Auto erreichen können. Meist fahren sie in die Nähe von Garmisch, gern auch auf die Hänge am Achensee oder bei Innsbruck.
Einmal starten sie in Kirchberg und stehen oben auf der Streif. Es geht derart steil nach

unten, dass sie erst einen Moment innehalten, bevor sie sich hinunter wagen. Die Mausefalle weiter unten ist Manfred von den Schiabfahrtsläufen aus dem Fernsehen bekannt, direkt am Tag vorher war solch eine Herrenabfahrt. Deshalb besteht dieser Hang aus blankem Eis. Manfred und André rutschen gekonnt über die schwierigen Stellen, aber Susi und Anett bleiben hilflos stehen.
„Kommt!", ruft Manfred und wedelt mit den Armen. „Rutscht einfach am Rand langsam drüber!"
„Wie soll man langsam über Eis rutschen?", empört sich Anett. „Ich bleibe jedenfalls hier stehen bis Papi mich holt."
„Ich glaube nicht, dass er noch einmal hier hoch klettert. Komm, wir tun so, als ob es uns nichts ausmacht. Ich bleibe hinter dir."
„Nein, bloß nicht! Dann fährst du mich um."
Susi holt tief Luft und rutscht an den Rand. Dort ist kein Eis und sie kann Stück für Stück hinunter gleiten. Anett macht es ihr nach. Alles geht gut, die Familie kommt heil und stolz auf sich selbst unten an.
Die Faschingsferien verbringen sie bei Uwe in der Schweiz, wo allerdings auf den Hängen extrem viel Betrieb herrscht und sie oft lange vor den Liften anstehen müssen.

Manfred hat Geburtstag und mehrere seiner Kollegen eingeladen, auch seinen Freund Achim und dessen Frau Geli.
Die Sofas und Sessel wurden zur Seite geschoben, um Platz für zwei Biertisch-

garnituren zu schaffen, an denen alle Gäste sitzen können. Susi hat die Tische mit gelben Papiertischdecken und grünen Servietten mit gelben Sonnenblumen dekoriert, außerdem kleine Töpfe mit Sachsengras (Grünlilie) aufgestellt. Das Besteck steht in hohen Kaffeepötten, Gläser für Bier und Wein in der Tischmitte. Das Essen wird innerhalb der nächsten halben Stunde geliefert und soll auf den Arbeitsplatten in der Küche wie ein großes Buffet aufgebaut werden.
Susi wirft noch einen prüfenden Blick auf die Dekoration, dann will sie schnell duschen und sich umziehen.
In diesem Moment klingelt es. Aber es ist nicht der Cateringservice, sondern Geli. Sie trägt ihr Baby Johanna im Arm, Achim schleppt eine dicke Reisetasche.
„Wollt ihr hier einziehen?"
Wortlos geht Geli an Susi vorbei und legt ihr Kind in die Mitte der Ehebetten. Die Decken rollt sie zusammen und baut daraus eine Barriere, damit die Kleine nicht fortkullern kann. Zusätzlich wirft sie die Kopfkissen neben die Betten auf den Teppich. Falls sich Johanna freistrampeln sollte, würde sie zumindest weich fallen. Achim installiert inzwischen das Babyphon.
„Geli, du kommst viel zu früh. Ich bin noch gar nicht fertig." Susi hätte im Leben nicht damit gerechnet, dass sie zu einer Abendparty mit vielen lauten Gästen ihr Baby mitbringt. Obwohl André und Anett schon größer sind, halten sie sich bei ihren Freunden auf und dürfen dort

übernachten.
Susi beeilt sich und läuft vom Bad in die Schlafstube, um sich schnell das Kleid überzuwerfen. Doch Geli hält sie am Arm zurück und faucht: „Du gehst jetzt nicht da rein!"
„Ich muss mich anziehen."
„Nein, Jona ist gerade still und wird sicher bald einschlafen. Du störst sie jetzt nicht, sondern wartest eine halbe Stunde!"
„Ich warte ganz sicher nicht. Ich werde mich jetzt anziehen."
„Gut." lenkt Geli ein. „Wo hast du dein Kleid? Ich hole es dir raus. Bei mir wird Johanna nicht wach werden und weinen."
Jetzt wird Susi wütend, sie geht an Geli vorbei, greift ihr Kleid und tastet im Dunkeln nach der Wäsche, die noch vor einer halben Stunde oben auf dem Bett lag.
„Wo ist meine Wäsche?" zischt Susi.
Geli findet sie auf dem Schreibtisch, drückt sie Susi in die Hand und schließt dann vorsichtig die Tür. Susi flitzt ins Bad, aber dort steht Manfred.
„Entschuldige! Ich dachte, du sitzt mit Jürgen längst in der Stube."
„Bin schon weg." Manfred reicht Jürgen eine Flasche Bier und zeigt mit der Hand auf die Gläser.

„Wo bleibt nur das Essen? Es sollte 19 Uhr geliefert werden." Susi ist nervös.
In diesem Moment klopft es an die Tür.
„Catering Service, guten Abend. Eure Klingel

geht nicht. Ein Nachbar ließ uns rein."
Susi probiert sofort die Klingel. Sie funktioniert tatsächlich nicht. Fragend schaut sie Manfred an.
„Die Klingel? Die habe ich abgestellt", erklärt Jürgen.
„Was hast du? Wir wohnen im vierten Stock, wie sollen unsere Gäste zur Haustür reinkommen?", schreit Susi empört.
„Nicht so laut!", faucht Geli.
Susi geht in die Küche und läuft völlig außer sich hin und her. „Ich fasse es nicht!", flüstert sie Manfred zu. „Die stellen *unsere* Klingel für *unsere* Gäste ab, damit *ihr* Kind, das gar nicht eingeladen ist, in Ruhe schlafen kann." Susi ist derart verärgert, dass sie Geli samt ihrer Familie am liebsten sofort hinausgeworfen hätte.
Manfred hat inzwischen die Klingel wieder in Ordnung gebracht. Wie auf ein Zeichen klingelt es im gleichen Moment und die ersten Gäste treffen ein. Manfred verteilt mit Sekt gefüllte Gläser, um auf seinen Geburtstag und den Auftakt zu einem fröhlichen Fest anzustoßen. Noch bevor er einen Trinkspruch aussprechen kann, klopft Geli mit einem Löffel an ihr Glas. Manfreds Gäste sind sofort ruhig und erwarten eine lustige Rede.
„Also ich erwarte, dass ihr euch hier im Raum aufhaltet und nicht im Flur herumlauft. Dass nicht geraucht wird, versteht sich wohl von selbst. Unterhaltet euch leise, schreit nicht herum und singt nicht. Überhaupt kann die Musik leiser sein, sonst höre ich das Babyphon

nicht."
Die Gäste warten auf den Schlussgag, finden aber auch so die Rede recht witzig und originell und applaudieren und johlen laut.
Manfred gießt Sekt nach und die Gäste schmettern vergnügt: „Hoch soll er leben! Drei Mal hoch. Hoch! Hoch! Hoch!"
„So, ihr Lieben, das Buffet ist eröffnet. Wir haben viele Leckereien in der Küche aufgebaut. Greift zu!", fordert Susi den Besuch auf.
Laut schnatternd gehen die Gäste über den Flur hinüber in die Küche. „Oh! Das sieht aber lecker aus!", rufen sie begeistert.
Geli würdigt das Buffet mit keinem Blick. Sie geht an der Küche vorbei in den hinteren Bereich. Johanna ist von dem Lärm wach geworden und schreit.
„Geli hat euch darum gebeten, leise zu sein", erinnert Achim die Gäste, aber kaum einer hört zu. Achim kennt seine Frau. Ihm ist klar, dass sie wütend ist und ganz sicher nach Hause will. Als sie mit dem Baby auf dem Arm in die Stube schaut, kommen gleich drei Frauen gerannt, um das Kleine näher zu sehen.
„Oh, wie niedlich!"
„Wie alt ist die Kleine?"
„Bitte nicht anfassen, das mögen wir nicht", lautet Gelis klare Ansage.
Manfred ist gerade dabei, Achim ein Bier einzuschenken, aber Geli bestimmt mit fester Stimme: „Achim hat jetzt keinen Durst. Er will mich und Johanna nach Hause bringen."
Ein Teil der Gäste lacht, ein anderer schüttelt den Kopf.

„Nun, wenn Achim sowieso keinen Durst mehr hat, dann kann er auch nach Hause gehen."

Anfang April 1988 ruft Susis Tante Trautchen an. „Die Oma ist gestorben."
„Welche Oma?", ruft Susi entsetzt. Ihr ist völlig klar, dass es nur ihre geliebte Oma Martha sein kann, denn eine andere Oma hat sie schon lange nicht mehr. Aber das will sie nicht wahrhaben und eigentlich Trautchens Antwort gar nicht hören.
„Susi, meine Mutter ist tot. Die Beerdigung ist nächste Woche, am 8. April. Kannst du mit Uwe kommen?"
„Selbstverständlich."
Susi organisiert die Einreiseerlaubnisse und fährt am frühen Morgen des 7. April zusammen mit Uwe in seinem Auto in Herleshausen über die deutsch-deutsche Grenze.
Der Vater hört als erster das fremde Auto mit dem ungewohnt leisen Motor auf den Hof rollen. Aber noch vor ihm ist Trautchen draußen und fällt Susi stürmisch um den Hals.
„Ist es nicht toll, dass Horst nun seine Kinder wieder im Arm halten kann? Das war doch den Tod unserer Mutter wert, das hat sie gut gemacht, die Familie zusammenzuführen", ruft Trautchen immer und immer wieder aus. Mit diesen Worten versucht sie offensichtlich, sich über den Tod der Mutter zu trösten.
Die Oma wäre in diesem Jahr 87 Jahre alt geworden, ein ungewohnt hohes Alter für eine Frau, die 22 Mal schwanger war, den Krieg, die Vertreibung aus ihrer Heimat, den Verlust des

Ehepartners und mehrerer Kinder, Hunger und zahlreiche Entbehrungen überlebt hat.

In der Wohnstube der Eltern sind fast alle von Vatis Geschwistern versammelt. Susi schaut sich um, aber ihre Mutter kann sie zwischen all den lärmenden Gästen nicht entdecken. Auch in der Küche ist sie nicht zu finden. Schließlich erfährt sie, dass die Mutter zur Kur im Harz ist und keine Erlaubnis bekommt, diese zur Trauerfeier zu verlassen.

Am nächsten Tag kann die Abschiedshalle die vielen Leute gar nicht fassen, die der Oma die letzte Ehre erweisen wollen. Es sind alle zwölf Kinder mit fast allen Ehepartnern und Enkeln gekommen. Susi hat viele davon zehn Jahre nicht mehr gesehen und erkennt einige, die damals noch Kind waren, kaum wieder.

Am Abend treffen sich alle im Haus von Susis Tante. Die Geschwister und ihre Partner tauschen in der Stube lustige Erinnerungen an ihre Mutter aus, während ihre Kinder im Partykeller fröhlich beisammen sitzen. Es ist zwar ein sehr trauriger Anlass für das Wiedersehen der Großfamilie, trotzdem herrscht eine entspannte und fast glückliche Stimmung bis in die frühen Morgenstunden hinein.

Am 10. April müssen Susi und Uwe wieder abreisen. Sie starten sehr früh am Morgen, obwohl sie beide von den durchfeierten Nächten furchtbar müde sind. Sie wollen unbedingt noch ihre Mutter im Kurheim besuchen. Die Mutter wartet gleich nach dem Frühstück draußen in der Kälte, läuft immer

wieder die Straße hin und her und freut sich auf das Wiedersehen mit ihren Kindern. Sie können nur kurz miteinander sprechen, denn die Mutter muss pünktlich zum Mittag zurück sein.
Nun setzt sich Susi ans Steuer, Uwe schläft sofort ein.
„Pass auf!", schreit er plötzlich. Susi wäre fast an die Leitplanke gefahren. Mit Mühe bringt sie das Auto zurück auf die ideale Fahrspur. Ihr sind wohl die brennenden Augen zugefallen. Sie schickt in Gedanken ein Stoßgebet an ihren Schutzengel, der im richtigen Moment Uwe wach rüttelte und außerdem für eine freie Straße sorgte. Ihr ist der Schreck in alle Glieder gefahren und sie steuert zitternd den nächsten Parkplatz an. Nun übernimmt Uwe das Steuer.

Die Pfingstferien verbringt Susis Familie bei Uwe in Sion. Er hat inzwischen eine große Vier-Raum-Wohnung und somit viel Platz für seine Gäste.
Dieses Mal wollen sie nicht durchgehend Autobahn fahren, sondern verlassen diese in Chur. Die schmale Straße windet sich hinauf zum Oberalp-Pass und hat zur Freude der Kinder noch viel Schnee an den Straßenrändern. Dann sehen sie weit unten Andermatt in einem saftig grünen Tal liegen und biegen zum Furka-Pass ab. Ab Realp ist die Straße noch bis in den Juni hinein gesperrt, aber sie können den Furka mit der Bahn durchfahren.
„Wir fahren gleichzeitig Auto und Zug!", jubeln die Kinder.

Das „Einsteigen" ist viel leichter als gedacht, denn statt einer schmalen Rampe führt die Straße direkt gerade auf den Waggon. Man fährt einfach von Wagen zu Wagen weiter bis zum letzten Fahrzeug. Es stehen schon mehrere Busse und Lieferwagen und natürlich PKW auf dem Zug. Anett möchte sofort auf den Fahrersitz krabbeln, Manfred lässt ihr dieses Vergnügen. Sie darf sogar die Lichthupe betätigen. Auch die Scheinwerfer der anderen Autos leuchten hin und wieder in dem ansonsten stockdunklen Tunnel auf und animieren die Kinder zu spannenden Geschichten über Verfolgungsjagden. Nach nur 15 Minuten ist die Fahrt vorüber.

Am nächsten Tag unternimmt die Familie ein besonderes Abenteuer. Ganz in der Nähe gibt es einen See, der unter einem Berg versteckt ist, der Lac Souterrain. Der See ist 300 Meter lang und der größte Unterwassersee in Europa. Die Kinder wollen sofort eine Bootstour machen, was allerdings nur mit einem Führer möglich ist. Kleine Lichtstrahler beleuchten die lange schmale Höhle und lassen sie sehr geheimnisvoll wirken. Manfred ist ebenso fasziniert von diesem Schauspiel unter der Erde wie die Kinder. Susi ist das ganz und gar nicht geheuer. Sie befürchtet, dass ein Stein herunterfällt und alles unter sich begräbt. Aber sie lässt sich ihre Angst nicht anmerken und versucht mit den Kindern, durch lautes Rufen ein Echo zu erreichen. Nach einer halben Stunde ist die Bootstour vorüber und Susi steigt erleichtert aus der recht kühlen Grotte.

Einen Tag darauf planen sie, den Lac de Tseuzier, den man leicht über eine serpentinenreiche Bergstraße erreichen kann, zu besuchen. Sie fahren durch einen schmalen Tunnel und stehen plötzlich in einer so dichten Wolke, dass Manfred kaum die Straße vor der Kühlerhaube erkennen kann.
Susi schreit auf. „Halte an! Sofort!"
Manfred bremst und steigt aus. Er geht einige Meter zu Fuß, aber die Nebelwand ist so dick, dass nicht nur das Weiterfahren lebensgefährlich wäre, sondern auch das Stehenbleiben. Er wendet das Fahrzeug, was gar nicht so einfach ist, denn der Audi ist länger als die Breite der schmalen Straße. Susi steht am Felsen und dirigiert hektisch mit ihren Armen, um Manfred anzuzeigen, wie viele Zentimeter er nach vorn oder zurück stoßen kann. Als das Auto nach einer gefühlten Stunde, aber wahrscheinlich nach nur wenigen Minuten endlich heil gewendet ist, steigt Susi schweißgebadet wieder ein. Auf einmal wirkt die Straße noch schmaler. Im Nebel hat Manfred unbeabsichtigt einen Abzweig genommen, der sie auf noch engeren Wegen zwischen Steinmauern durch die Weinfelder steil hinunter nach Chateauneuf führt. Erst unten im Ort entlädt sich die angespannte Stimmung und alle plappern durcheinander und erzählen sich gegenseitig ihre Ängste und Empfindungen bei diesem einzigartigen Abenteuer.

Am nächsten Tag wollen sie auf Uwes

Empfehlung den Leiterweg gehen. Er führt von Leukerbad hinauf nach Albinen. Dieses Dorf war bis vor zehn Jahren nur auf diesem Weg, also über steile Leitern, zu erreichen. Manfred parkt oben in Albinen. Die Kinder steigen sofort begeistert die erste Leiter hinunter. Susi folgt ihnen und schaut nach unten, um zu prüfen, wie weit die Kinder entfernt sind. Dabei sieht sie eine steile Felswand und unglaublich weit unten eine helles Band – die Talstraße nach Leukerbad. Susi klammert sich an der Leiter fest und kann plötzlich keinen einzigen Schritt mehr machen. Manfred redet ihr gut zu, aber Susi ist wie versteinert. Sie spricht nicht, sie reagiert nicht, sie hängt nur zitternd auf der Leiter.

„André! Anett! Kommt rauf!", ruft Manfred.

Erst, als die Kinder direkt an die Schuhe ihrer Mutter stoßen, gibt sich Susi einen Ruck und steigt Sprosse für Sprosse die Leiter hinauf. Oben angekommen lässt sie sich erschöpft ins Gras fallen. Die Kinder entdecken derweil einen kleinen Gletscherbach und laufen hin, um am Wasser zu spielen.

„Wisst ihr was? Wir fahren hinunter zum Leiteranfang und steigen die Leitern hinauf. Das ist sicher einfacher und lustiger", schlägt Manfred vor.

Die Kinder sind sofort bereit für dieses Abenteuer und springen ins Auto. Völlig beeindruckt von der steilen und wilden Felsenschlucht steht die Familie am unteren Anfang des Leiterweges.

„Auf geht's!", ruft Susi fröhlich. Innerlich macht

sie sich Mut, denn die Dorfbewohner haben mit Gepäck, Hausrat, Kind und Kegel die Leitern bewältigt. Also wird sie das ebenfalls schaffen. Nach der ersten Leiter, die steil den Felsen hinauf führt, gibt Susi auf. Sie schaut nach oben, wo Manfred und die Kinder bereits die zweite Leiter bewältigt hatten und ihr wird sofort himmelangst.

„Stopp! Genug!", schreit sie.

„Aber wir wollen doch nach oben", beschwert sich André.

„Es reicht, habe ich gesagt", befiehlt Susi streng. „Kommt sofort herunter!"

Die Kinder gehorchen, aber sie sind bitter enttäuscht.

„Du hast es versprochen", beschwert sich André. „Du bist gemein."

„Die Mami hat eben Angst um euch", versucht Manfred zu trösten. Dann setzt er hinzu: „Wir fahren jetzt weiter bis Leukerbad und gönnen uns dort einen Rieseneisbecher, aber die Mami bekommt keinen."

Susi lächelt. Aber sie ist ganz weiß im Gesicht und hat ganz sicher keinen Appetit auf Eis.

Für die Heimreise zurück nach München wählen sie den Simplon-Pass. Der ist zwar autobahnbreit ausgebaut, aber trotzdem hoch spannend wegen der vielen unendlich langen Viadukte und Tunnel und der traumhaften Ausblicke.

Sie fahren über schmale kurvenreiche Landstraßen bis Locarno, am Lago Maggiore entlang und vergessen in Lugano beim Schauen und Staunen ganz den weiten

Heimweg. An einem einzigen Tag haben sie fünf Ländergrenzen überquert: Schweiz . Italien – Schweiz – Italien – Österreich – Deutschland.

Mitte Juli feiert das Gymnasium der Kinder sein zehnjähriges Bestehen mit einer großen Feier. Anett ist überall eifrig dabei, sie wirbt für die Umweltgruppe, tanzt mit der Tanzgruppe und tritt bei einem Theaterstück auf, während André mit seinen Freunden umhertobt und sich die Kuchen schmecken lässt, die die Mütter der Kinder gebacken und spendiert haben.
Dann beginnen die Sommerferien.
Manfreds Chef verbringt seinen Urlaub nicht in einem normalen Hotel, er schwärmt für Time-Sharing. Bei diesem System kauft man eine Ferienwohnung, aber nicht ganz, sondern nur so viele Wochen, wie man sie pro Jahr nutzen möchte. Susi und Manfred sind von dieser Idee sofort begeistert und erfahren, dass man bei der Metro in München derartige Time-Share-Ferienwochen kaufen kann.
Sie entscheiden sich für ein Appartement für zwei Personen in einem Tiroler Ferienhotel und kaufen für insgesamt 14.000 Mark zwei Winter- und zwei Sommerwochen. Das ist viel Geld, das sie gar nicht haben. Doch sie schließen für diesen Betrag eine Versicherung ab und müssen nur kleine Monatsraten bezahlen. Nun gehören ihnen die Wochen bis ans Lebensende und können von den Kindern ebenso genutzt werden.
Außerdem kann man diese Wochen weltweit tauschen, also statt in Tirol auch in Spanien,

Frankreich oder sogar Amerika Urlaub genießen. Bei einem Tausch nach Amerika erhält man sogar die doppelte Zeit, weil dieses System in Amerika weit verbreitet ist und die Amerikaner gern Urlaub in Europa verleben möchten.

Susi schaut Manfred an und sieht, wie seine Augen glänzen. Amerika! Das ist ein ganz besonderer Traum, der schon in diesem Sommer Wirklichkeit werden könnte, werden wird.

Manfred zahlt eine Tauschgebühr und erhält für eine einzige Tiroler Woche zwei Wochen Florida. Im ausgewählten Feriendomizil gibt es keine kleinen Appartements für nur zwei Personen. Das heißt, die Familie bekommt für eine Woche für zwei Personen insgesamt zwei Wochen für vier Personen. Alle sind glücklich über solch eine wunderbar günstigen Tausch.

Kurz darauf startet die Familie zu diesem ganz besonderen Urlaub nach Florida. Der große Traum von Freiheit und Amerika, den sie damals im Osten nicht einmal träumten, wird jetzt Wirklichkeit. Alle vier sind entsprechend aufgeregt.

Sie fliegen von München nach Paris und warten dort ungeduldig auf den Start. Vom Flugzeug aus sehen sie direkt daneben eine Concorde stehen, dieser unglaublich elegante Überschall-Passagierflieger, der als Königin der Lüfte bezeichnet wird.

Ihre Königin der Straße, der alte Citroen DS, hat Uwe verkauft, als er sich den sportlichen Mitsubishi zulegte. Sie fährt vielleicht heute

noch in Afrika.
Susi zückt ihren Fotoapparat und knipst die Concorde.
„Fotografieren an Bord ist nicht erlaubt", weist sie eine Stewardess zurecht.
„Oh! Ich bitte um Entschuldigung."
Susi fliegt nicht gern. Für sie ist es unlogisch, dass sich solch eine riesige schwere Maschine, beladen mit mehr als hundert Menschen und Gepäck, in der Luft hält ohne abzustürzen. Hinzu kommt, dass sie auch hier nicht einfach die Tür öffnen und aussteigen kann. Sie fühlt sich eingesperrt. Aus dem gleichen Grund mag sie auch keine Schiffe, sondern möchte sich allein auf der Erde aufhalten. Den Kindern gegenüber lässt sie sich ihre Flugangst nicht anmerken und lenkt sich mit Lesen ab.
Erst nach endlosen zehn Flugstunden landen sie um 18 Uhr in Miami. In Deutschland ist es inzwischen zwei Uhr morgens, deshalb sind alle trotz der großen Aufregung sehr müde. Zuerst holt Manfred das Mietauto ab. Es hat Automatikschaltung, Klimaanlage und ein Tempomat – alles eine ganz unbekannte Technik. Das Außenthermometer zeigt 96 F an.
„Wieviel Grad sind das denn, Papi?", will Anett wissen.
„Ungefähr 37 oder 38 Grad, so genau weiß ich das auch nicht."
„Am besten, wir suchen als erstes ein Hotel für die Nacht, wo wir auch etwas zu essen bekommen", schlägt Susi vor.
„Da! Ein Mc Donald", schreit André.
Susi und Manfred sehen sich an. „Warum

nicht? Schließlich sind wir in Amerika. Wer weiß, ob es hier überhaupt normale Gasthöfe gibt."
Gleich neben dem Imbiss sehen sie ein kleines Motel, wo sie ein Zimmer bekommen. Allerdings macht es einen ziemlich abgelebten Eindruck und Susi verspürt keine Lust, die angerostete Dusche zu benutzen. Obwohl die alte Klimaanlage furchtbaren Lärm macht, schlafen alle sofort ein.

Sie frühstücken bereits sieben Uhr bei Mc Donald und fahren über die schnurgerade Alligator Alley durch Sumpfgebiete und den Big Cypress National Reserve. Die Straßen selbst sind langweilig, aber es warnen spannende Schilder *Panther crossing next 5 ML* vor wilden Tieren. Deshalb suchen alle ganz gebannt mit den Augen die Umgebung ab, ob sie großen Raubkatzen entdecken. Panther sehen sie zwar keine, aber viele riesig große Raubvögel in der Luft schweben. Als sie ein Schild *Airboat Tours* entdecken, biegen sie sofort in die Einfahrt, um eine Fahrt durch die Everglades zu lunternehmen. Das Boot macht einen Höllenlärm, trotzdem sehen sie viele frei lebende erschreckend große Krokodile, die den Motorenkrach offenbar gewöhnt sind. Anschließend besuchen sie eine Alligator- und Schlangenfarm. Dort trennt sie nur ein dünner Maschendrahtzaun von hunderten Krokodilen, die träge herumliegen oder plötzlich unglaublich schnell losrennen.
Endlich erreichen sie Pompano Beach, das das

Venedig Floridas genannt wird. Sie wohnen direkt am Strand in einem wunderschönen Appartement mit zwei Schlafzimmern, zwei Bädern, einer großen Küche und Wohnstube. Die Wohnung hat einen eigenen Garten, der in eine Art Park übergeht, worin sich ein wunderbarer Pool und eine Bar befinden.

Bevor Manfred einen Begrüßungsdrink bestellen kann, füllt der Barkeeper das große Glas erst einmal voller Eiswürfel.

„Oh nein, bitte nur zwei Eiswürfel pro Glas!" Manfred muss seinen Wunsch mehrmals wiederholen, denn der Mann kann nicht glauben, dass ein Drink mit so wenigen Eiswürfeln schmeckt.

Fernsehen ist recht anstrengend, weil die Filme in Englischer Sprache sind und außerdem ständig durch Werbung unterbrochen werden. Das ist neu für die Familie.

Neu ist auch, dass auf jeder Milchpackung, in jeder Zeitung, einfach überall Rabatte angepriesen werden. Zum Beispiel spart man mit der Rabattmarke, die Anett auf einer Saftflasche entdeckt, fünf Dollar beim Besuch des Lion Country Safari-Parks. Das wollen sie sofort ausprobieren und fahren noch am gleichen Tag hin.

Nur wenige Meter nach der Einfahrt in den Park steht eine riesige Giraffe direkt vor dem Leihauto und versperrt die Weiterfahrt. Später gesellt sich eine Gruppe von fünf Elefanten zu ihnen, die ein süßes Elefantenbaby schützend in die Mitte nehmen. Die Kinder halten ihre

Hände aus dem Fenster, ziehen sie aber sofort zurück, als ein Löwenpaar direkt am Auto vorbei trottet. Die Löwin hebt ihren Kopf und schaut über den Motorblock zurück ins Fahrerhaus. Susi rutscht unwillkürlich ein wenig vom Sitz herunter. Nur wenige Meter neben der Straße liegt ein ganzes Rudel Löwen im Schatten einiger Bäume und döst zufrieden vor sich hin.

Sie fahren eine große Schleife, müssen aber hin und wieder anhalten, weil Zebras oder Büffel mitten über die Straße laufen oder am Rand große Laufvögel stehen. Alle schauen so gespannt auf die Tiere, die zum Greifen nahe sind, dass keiner ans Fotografieren denkt. Zum Abschluss macht Susi lustige Fotos von ihren Kindern vor ausgestopften Krokodilen. Anett hält ein Bein direkt vor das weit offene Krokodil-Maul und tut so, als ob sie schreiend flieht. Ihren kleinen Plüschtiger Ramon hält sie dabei schützend vor sich. André ist noch mutiger, er steckt einen Arm ins Maul und verzieht das Gesicht, als ob er vor Schmerz laut schreit.

Dann besuchen sie eine Reptilien-Schau, wo ein Mann ein großes lebendiges Krokodil am Schwanz aus dem Wasser zieht. Alle halten direkt die Luft an vor Schreck und hoffen, dass sich das Reptil nicht blitzschnell umdreht und den Mann beißt.

Den Abend verbringen sie in einem polynesischen Restaurant, für das sie ebenfalls Rabattmarken mitbringen. Hier darf die vierte Person kostenlos ein Menü bestellen. Manfred fährt direkt bis zum Eingang und übergibt

einem Jungen den Autoschlüssel, der das Fahrzeug für sie einparkt. So einen Service hatten sie vorher nur in einem Film gesehen und noch nie selbst erlebt. Susi und Anett tragen dünne Sommerkleider und frieren erbärmlich, denn die Klimaanlage kühlt die Raumtemperatur empfindlich herunter. Als Manfred bezahlen will, wird die gedämpfte Hintergrundmusik plötzlich lauter und fünf bildhübsche Mädchen in Baströckchen und Federn auf dem Kopf bieten einen polynesischen Volkstanz. Alle freuen sich, diese exotische Darbietung nicht verpasst zu haben. Als sie den Gasthof verlassen, steht ihr Mietwagen schon bereit und ein Junge reicht ihnen die Autoschlüssel.
Wenige Tage später schließen sie sich einer Gruppe Amerikaner an, die in jedem Jahr die Kalenderwochen 30 und 31 in diesem Hotel verbringen und verleben mit ihnen so manchen lustigen Abend am Strand.

In der zweiten Woche reisen sie in Richtung Norden ab. Unterwegs sehen sie viele *Draw-Brigdes*, die immer hochgezogen werden, wenn ein Schiff hindurch will. An den Stränden entlang stehen oft Häuschen auf Pfählen. Manfred will unbedingt das Kennedy Space Center besichtigen, was Susi nun gar nicht interessiert. Schon Meilen davor wird im Radio dafür geworben und eine eigene Sendewelle angekündigt, die Manfred sofort einstellt.
Das Gelände ist erstaunlich groß. Gleich neben dem Parkplatz stehen sechs Raketen, deren

Spitzen weit hinauf in den Himmel ragen. Als sie direkt neben einer liegenden Rakete stehen, wird ihnen die Größe noch deutlicher bewusst, denn allein die Düsen haben so einen gewaltigen Durchmesser, dass Manfred aufrecht darin stehen kann. Sie schauen sich den Startkontrollzündraum an und erleben auf einer Kinoleinwand den Start der Apollo. Große Schilder weisen darauf hin, dass in den Sümpfen ringsum Krokodile, Adler und Kraniche leben.
Susi muss Manfred und den Kindern Recht geben, dass diese Besichtigung ein einmalig spannendes Erlebnis ist.
Ihr neues Feriendomizil ist in einem großen Strandhotel am Daytona Beach. Auch hier haben sie einen wunderbaren Pool und nur wenige Meter zum Strand. Der feine Sand wird nach jeder Flut fest wie eine Straße, weshalb sich viele Leute einen Riesenspaß daraus machen, in ihren Autos am Strand entlang zu düsen. Sie müssen allerdings aufpassen, dass sie nicht zu nahe am Wasser parken, sonst wird ihr Fahrzeug im Sand wie einbetoniert. Die Leute bauen Strandburgen, die oft regelrechte Kunstwerke sind, und besprühen diese mit Farben.
Manfred spielt gern Volleyball am Strand oder im Pool Wasserball. Susi liegt am liebsten im Schatten und schaut sich das bunte Treiben an oder beobachtet die Pelikane, die am Hotel vorbeifliegen. Oft kommt ein Kellner und fragt, ob sie ein Getränk von der Bar möchte. Dazu dudelt Musik aus den Lautsprechern und Susi

fühlt sich wie eine Dame in alten Filmen. Die Kinder haben kleine Hartschaum-Bretter, auf denen sie im flachen Wasser herumrutschen oder als Schwimmhilfe benutzen können.

Sie besuchen an einem Tag die Silver-Springs, einen Park mit vielen Tieren. Zum Laufen hat keiner Lust, denn es ist so heiß, dass es keine scharfen Konturen mehr gibt. Die Häuschen und Wege und Schilder wirken wie ausgefranst, alles scheint zu flirren und zu schweben. Deshalb setzen sie sich in ein Boot mit Dach als Schutz vor der Sonne. In der Mitte ist ein Glasboden, durch den man die vielen großen und kleinen Fische im Wasser beobachten kann. Plötzlich geht ein wahrer Wolkenbruch nieder. Der Regen trommelt so heftig auf das Dach, dass Susi befürchtet, es hält dem Wasser nicht stand. Vom Ufer sehen sie gar nichts mehr und fühlen sich wie in einem Dschungel. Der Bootsführer erklärt, dass in diesem Park sämtliche Afrika-Filme gedreht werden. So plötzlich der Regenguss begonnen hat, so plötzlich ist er nach einigen Minuten vorüber und es wird sofort wieder drückend heiß und schwül.
Alle sind glücklich darüber, dass das Mietauto eine Klimaanlage besitzt. Leider funktioniert diese nicht an Tankstellen, da dort der Motor ausgeschaltet werden muss. Sie haben dann das Gefühl, in der übermäßigen Hitze gebacken zu werden.
„Mir ist diese Hitze zu viel", beschwert sich Susi. „Ich bin zwar froh, dass wir hier in Florida

so einen tollen Urlaub verleben, aber noch einmal fahre ich nicht in ein so heißes Land."

Während der Fahrt zum Flughafen Miami dürfen sie auf der Autobahn die *Exclusive Lane* benutzen, die nur Fahrzeugen vorbehalten ist, in denen mindestens zwei Personen sitzen.
Gegen zehn Uhr am nächsten Morgen landen sie in Paris. Da der Weiterflug erst am Abend stattfindet, bummeln sie den ganzen Tag durch die lebhafte Stadt und ruhen sich am Seineufer aus.
Kurz nach der Ankunft hört Susi wieder dieses überlaute pausenlose Fiepen in ihren Ohren, das sie schier wahnsinnig macht. Es ist ständig da und wird bei Aufregung noch durch Tackern und Zwitschern ergänzt.
„Wie kommt es, dass ich während der zwei Wochen in Florida dieses Fiepen nicht hatte?"
„Vielleicht hast du nur nicht darauf geachtet."
Das hält Susi zwar nicht für sehr wahrscheinlich, aber immerhin für möglich. Da ihr bis jetzt kein Arzt raten oder gar helfen konnte, diesen grauenhaften Fiepton zu beseitigen, muss sie sich wohl oder übel mit dieser Störung abfinden. Leicht ist es nicht, besonders an ruhigen Abenden oder gar im Bett, wenn Susi einschlafen möchte.

Am nächsten Tag, im August 1988, darf Susis Vater zum ersten Mal seine Tochter besuchen. Vier Jahre vorher erhielt er schon einmal die Erlaubnis, bei seinem Bruder in Bayern Silberhochzeit zu feiern. Kurz vor der Abreise

wurde diese Erlaubnis jedoch ohne Begründung zurückgezogen.
Der Vater ist 61 Jahre alt. Er arbeitete 30 Jahre als Former in der Zinnhütte und goss Blei. Das hat seinen Körper vergiftet. Wegen Susis und Uwes Verhaftung musste er die Abteilung verlassen und Zinnfiguren formen. Diese Aufgabe machte ihm zwar viel Freude, doch damit verlor er seine Berechtigung, mit 60 Jahren in Rente zu gehen, obwohl Zinn nicht weniger giftig als Blei ist. Das Blei hatte sich inzwischen in seinen Organen festgesetzt, so dass er schlecht Luft bekam und die Herzklappen nicht mehr funktionierten. Er musste schließlich operiert werden. Jetzt, da er keine vollwertige Arbeitskraft mehr darstellt, darf er in den Westen reisen. Als Grenzübergang ist Gerstungen vorgegeben, obwohl dort weder seine Geschwister noch seine Tochter wohnen. Susi holt ihren Vater mit dem Auto vom Frankfurter Bahnhof ab.
Drei Tage später fährt sie mit ihm zu seinem Bruder nach Bayern.
„Wir bleiben nur eine Nacht und wollen dann weiter zu Uwe in die Schweiz."
„Mach das nicht!", warnt der Bruder. „Das ist für deinen Vater viel zu anstrengend."
„Anstrengend oder nicht, es wird ihm eine Freude sein, Uwe zu sehen."
Der Vater hatte ihr gesagt, dass er unbedingt Uwe besuchen muss, sehen will, wie er lebt. Er sorgt sich um ihn. „Weißt du, du lebst in einer Familie mit Mann und Kindern, aber Uwe ist allein auf sich gestellt. Das ist schwer

auszuhalten für einen Menschen."

Susi nickt und denkt an die Zeiten in Berlin, Offenbach und Rodenbach, in denen Uwe nie wirklich allein war, sondern mit Susis Familie lebte. Ihr wird klar, dass er in der Schweiz recht einsam ist.

Sie fahren bis Bregenz am Bodensee, wo sie sich direkt am Wasser eine lange Pause gönnen. Dann geht die Reise weiter am Rhein entlang, vorbei an Liechtenstein bis Chur. Dort verlassen sie die Autobahn und wählen die Straße zum Oberalppass, der über 2.000 Meter über dem Meeresspiegel liegt. Danach geht es in Serpentinen steil hinunter.

„Der Ort heißt Andermatt und bedeutet An der Wiese. Du glaubst, wir wären in einem tiefen Tal, aber wir sind höher als der Fichtelberg."

Der Vater schüttelt ungläubig den Kopf. Susi steuert das Auto durch die enge Gasse des kleinen Ortes und fährt weiter durch ein wunderschönes Tal mit einem kleinen Fluss. Der Vater wundert sich über Bahnschienen in dieser Höhe. Susi zeigt mit der Hand auf Tunnel, worin die Bahnlinie verschwindet. So hohe Berggipfel hat der Vater noch niemals vorher gesehen. Susi zweigt zum Furkapass ab, die Straße windet sich immer weiter nach oben.

„Wo willst du hin? Dort hinten ist Schluss, nur noch extrem hohe Berge." Der Vater zeigt auf die Wand, auf die sie zufahren und seiner Meinung nach kein Durchkommen zulässt.

„Da fahren wir drüber", antwortet Susi.

Der Vater lacht, er glaubt seiner Tochter nicht.

„Der Furka-Pass ist über 2.400 Meter hoch, die Straße führt bis hinauf und ab dem Rhone-Gletscher wieder hinunter."
Während der ganzen Fahrt hinauf auf den Pass sagt der Vater kein einziges Wort. Er ist derart beeindruckt und schnappt immer wieder nach Luft.
„Was hast du?", fragt Susi ängstlich. „Ist dir nicht gut?"
„Doch, doch, Mädchen. Diese Art Luftholen habe ich mir so angewöhnt. Es ist nichts."
Dabei klopft er seiner Tochter beruhigend auf den rechten Arm.
Auf dem großen Parkplatz am Rhone-Gletscher stellt Susi ihr Fahrzeug ab. „Wollen wir in den Gletscher hinein gehen? Man kann ihn besichtigen. Es sind richtige Wege darin."
„Nein, mein Kind, ich will mein Schicksal nicht herausfordern. Ich will nur einen Moment hier stehen und schauen."
Fast eine halbe Stunde steht der Vater schweigend an der Straße und schaut auf die umliegenden Berggipfel und hinunter ins Tal. Den Gletscher betrachtet er mit gemischten Gefühlen, er macht ihm Angst. Dann fahren sie an der Rhone entlang hinunter bis Brig und weiter bis Sion.

Uwe zeigt seinem Vater drei Tage lang die gewaltigen Schönheiten seiner neuen Heimat. Meist steht Horst nur schweigend neben dem Auto und schaut durch seinen Feldstecher in die Umgebung. Fast mehr noch als die hohen Berge beeindrucken ihn die Kühe, die so weit

oben völlig frei grasen. Der Vater war Bauer und interessiert sich sehr für die Landwirtschaft. „Das Gras hier oben sieht ganz anders aus als bei uns im Erzgebirge. Es hat sicher viele Kräuter, was gut für das Vieh ist. Die Tiere sehen alle kräftig und gesund aus."
Das typisch alpenländische Braunvieh ist dem Vater völlig unbekannt. Die Kühe haben buschige Ohren und ein ganz schwarzes Maul, das weiß umrandet ist. Wegen seiner durchgehend braunen bis graubraunen Fellfarbe nennt der Vater die Tiere scherzhaft Esels- oder Kamelkühe. Susi lässt sich von der Begeisterung des Vaters anstecken und kauft sich zwei typische Alpenkühe aus Porzellan, die den Anfang einer späteren großen Sammlung bilden.
Uwe zeigt mit dem Arm auf Kühe, die träge ihre muskulösen Körper direkt neben dem Weg platzieren. „Das sind Eringer Kampfkühe", verkündet er stolz.
„Kampfkühe? Die sind doch so behäbig", wundert sich der Vater.
„Aber nur so lange sie sich nicht bedroht fühlen."
„Sieh nur, wie kräftig das kleine Kalb schon ist." Der Vater weist mit der Hand in die Richtung. Uwe lacht. „Das ist kein Kalb, die Eringer werden nicht größer, es ist die kleinste Rinderrasse überhaupt. Deshalb sind sie so flink und bestens geeignet für steiles Gelände. So nahe würden dich die Kühe niemals an ein Kalb lassen. Wenn sich nur eine einzige Kuh bedroht fühlt, kommt die ganze Herde gerannt."

Uwe lacht wieder. „Dann brauchst du einen besonders flinken Schutzengel."
„Du lieber Himmel! Schön sind sie ja, ihr schwarzes Fell glänzt richtig in der Sonne."
„Die Eringer stammen hier aus dem Wallis, aus Val d´Hérens, wo wir gestern waren. In jedem Frühjahr, wenn die Kühe rauf auf die Alm getrieben werden, kämpfen sie erst einmal miteinander. Die stärkste Kuh ist dann die Königin und führt die Herde den ganzen Sommer über an." Uwe erzählt weiter. „Es gibt richtige Ringkuhkämpfe, die in der ganzen Schweiz berühmt sind. Jede Kuh sucht sich die Kuh, gegen die sie kämpfen will, selbst aus und wenn die sich abwendet, hat sie gewonnen."
Der Vater schüttelt erstaunt den Kopf. Er dachte, er wüsste alles über Kühe, aber die Eringer und das Braunvieh waren ihm bis jetzt nicht bekannt.
Uwe freut sich, dass sich sein Vater für alles interessiert. Er fährt mit ihm und Susi an den Grande Dixence, das ist ein Stausee. Zuerst halten sie auf einem Berg gegenüber der gewaltigen Staumauer, vor der ein winzig wirkendes Haus steht. Durch das Fernglas erkennt man, dass es recht groß ist und zehn Stockwerke hat. Direkt am Stausee führt ein wunderschöner Spazierweg, den sie in der Sonne entlang schlendern, der aber auch durch stockfinstere Tunnel führt. Sie müssen langsam gehen, denn der Vater kommt schnell außer Atem und bleibt immer wieder stehen, um mit seinem Feldstecher nach Kühen zu suchen.
Uwe fährt mit seinen Gästen an den Genfer

See und natürlich auch nach Zermatt, wo sie mit der Seilbahn hinauf aufs kleine Matterhorn gondeln. Von dort aus beobachten sie eine ganze Stunde lang die vielen Sommerschifahrer.
Ganz beeindruckt ist der Vater vom Grand St Bernard, wo bereits die Grenze nach Italien verläuft. Er steht wieder lange Zeit am Wegesrand und beobachtet fasziniert die „Hangkühe".
Viel zu schnell vergeht die Zeit und sie müssen die Heimreise antreten.

Während der langen Autofahrt zurück nach München beschließt Susi, ihren Vater auf ihre Kindheit anzusprechen.
„Vati, du warst immer sehr streng mit mir, strenger als mit Ute und Uwe. Hast du mich weniger gern als meine Geschwister?"
Manfred ist fest davon überzeugt, dass Susi ein Kuckuckskind ist, weil sie so ganz anders ist als ihre Geschwister und alle anderen in ihrer großen Verwandtschaft. Er glaubt, dass der Vater dies weiß oder zumindest ahnt. Doch das wollte Susi so geradeheraus nicht formulieren.
„Aber nein", wundert sich der Vater. „Ute war immer ein sehr gehorsames Kind. Du bist eher unbesonnen und reagierst ohne nachzudenken."
Susi weiß, dass sie in ihren Reaktionen mehr enthalten ist als in ihren Nachdenklichkeiten. Das findet sie ganz in Ordnung und sagt: „Eigentlich bin ich völlig unkompliziert."
„Aber in einer Art, die für Andere anstrengend

ist. Ute widersprach nie und man konnte sich auf sie verlassen."

„Und Uwe war ein Junge, der durfte sowieso alles", platzt Susi dazwischen.

„Du hast ... wie soll ich es ausdrücken? ... immer Widerworte gegeben, ungehörige Fragen gestellt."

„Ungehörig? Was meinst du mit ungehörig?"

„Siehst du, genau das meine ich. Du bohrst nach, du hast keinen Respekt. Das hat mich immer geärgert."

„Und deshalb musstest du mich schlagen? Sogar mit dem Ochsenziemer", empört sich Susi.

„Ich habe immer gedacht, dass ich das Richtige tue. Ich musste euch erziehen. Liebe ist nicht Streicheln, Liebe ist Verantwortung."

Susi hätte gern auf so manche derbe Erziehung verzichtet, aber sie sagt nichts mehr. Sie nimmt diese Liebeserklärung als Entschuldigung an. Ihr Vater hatte niemals vorher von Liebe gesprochen, weder zu seiner Frau, noch zu seinen Kindern oder Geschwistern. Er spricht sowieso nicht viel und behält seine Gedanken für sich.

„Susi, die Sache mit dem Gefängnis geht mir nicht aus dem Kopf", sagt er unvermittelt.

„Mir tut es wirklich leid, dass ihr deswegen so viele Schwierigkeiten hattet. Ich habe niemandem etwas von unseren Fluchtplänen erzählt, damit keiner Ärger bekommt, aber es hat nichts geholfen. Du hast ebenso wie Mutti und Ute die Arbeitsstelle verloren und damit außerdem Lohneinbußen gehabt."

„Das stimmt so nicht. Mutti durfte Pionierleiter bleiben und ich bin aus der Partei und der Kampfgruppe ausgetreten, nachdem mein Reiseantrag zu meinem Bruder abgelehnt wurde. Deshalb bekam ich Ärger. Doch das meine ich nicht. Du warst immer ein offenes und lautes Kind, aber ich stelle mir vor, dass du große Angst gehabt haben musst."

Susi nickt. Sie überlegt, was sie sagen soll, was sie dem Vater zumuten kann. „Am Anfang hat man nur Angst. Angst, die einem die Kehle zuschnürt, bei der man sich kaum zu atmen getraut. Aber kein Mensch kann über längere Zeit in Angst verharren. Irgendwann funktioniert er nur noch. Er atmet, isst ganz ohne Ekel, was man ihm vorsetzt und kackt zu Zeiten, in denen dies erlaubt ist. Er schläft sogar."

„Wie geht das?"

„Ich weiß es nicht, aber es ist so. Man denkt auch nicht mehr. Und man sagt nur das Nötigste."

„Du hattest als Kind und auch später immer Schwierigkeiten, weil du alles sagen musstest, was dir durch den Kopf geht, dich nie zurücknehmen konntest. Ich dachte, du lernst es nie, dich einzufügen und wirst deshalb dein Leben lang Schwierigkeiten haben, vor allem im Gefängnis."

„Nein, meine Angst hat mich nur während der ersten Zeit in der U-Haft zermürbt. Aber da war ich allein und konnte keinen Ärger machen. Die Brutalität im Gefängnis schockte mich im ersten Moment, doch da war ich schon in einer Art Starre. Du musst dir keine Gedanken machen,

ich habe niemals aufgemuckt, sondern mich perfekt eingefügt."
„Das hast du mir damals, als ich dich in Hoheneck besuchte, auch erklärt. Aber ich habe dir nicht geglaubt, dass du keine Schwierigkeiten bekommst. Du warst genau wie Uwe immer so unbeherrscht. Deshalb hatte ich immer Angst, dass ihr hart bestraft werdet."
„Nein. Sicher bin ich unbeherrscht, aber ich bin nicht dumm. Mein Instinkt zum Überleben hat funktioniert." Dann fährt sie an der Rand und schaut ihren Vater an. „Wer zum Beispiel die Arbeit verweigerte, der kam in den Tigerkäfig, ein fensterloses Loch, eine Dunkelzelle. Nach einer Woche darin entschied ein Arzt, ob man schon wahnsinnig war oder noch eine Woche vertragen kann. Ich selbst habe diese Erfahrung nie machen müssen." Susi schluckt. Die Erinnerung an die Zeit im Gefängnis schnürt ihr die Kehle zu. Sie merkt ihrem Vater deutlich seine Sorgen und Gefühle an. Sie umarmt ihn und kann ihm endlich von Herzen seine Härte verzeihen.

In München bleiben noch drei Tage, um dem Vater die Stadt zu zeigen. Sie essen Eis auf dem Marienplatz, bummeln über den Viktualienmarkt, wo den Vater besonders die Stände der Bauern interessieren, und trinken Bier im Englischen Garten.
Die ganze Familie fährt mit ihm an den Kochel- und den Walchensee. Dort sitzt der Vater lange auf einer Bank und amüsiert sich über die Surfer, die ab und zu ins Wasser fallen.

Während eines Spaziergangs am Wendelstein schreit Anett entsetzt: „Iih!" Sie ist in einen frischen Kuhfladen getreten. Der Vater wäscht Socken und Schuh in einer Viehtränke und stinkt hinterher noch schlimmer als Anett. Darüber müssen alle herzhaft lachen. Susi hat das Gefühl, ihren Vater noch niemals vorher so entspannt erlebt zu haben.

Im Frühjahr 1989 besucht Manfred einen Kunden in der Wetterstation ganz oben auf dem Wendelstein. Susi sitzt derweil bei einer Tasse Kaffee im Bergrestaurant und zeichnet die Berggipfel ringsum. Nach dem Termin wollen sie nicht die Seilbahn abwärts nehmen, sondern den Wanderpfad. Während der ersten Stunde geht alles gut. Doch dann fängt es heftig an zu regnen und es gibt keinerlei Möglichkeit, sich unterzustellen. Die Beiden müssen wohl oder übel im strömenden Regen weiterwandern und obendrein aufpassen, dass sie nicht auf dem schlammigen und steilen Weg ausrutschen. Erst nach einer Stunde klart der Himmel auf, die Sonne kommt heraus und die nassen Kleider fangen an zu dampfen. Obwohl Susi und Manfred nass bis auf die Haut sind, fühlen sie sich frei und glücklich und wünschen sich nichts anderes, als dass es für immer so bleibt.

Am Abend treffen sie sich mit Achim und Geli beim Italiener. Geli trägt eine sehr dunkle Sonnenbrille, obwohl die Gaststube eher spärlich beleuchtet ist. Sie ist überhaupt ungewohnt still und sieht ganz allgemein richtig schlecht aus.

„Geht es dir nicht gut?" will Susi wissen.

„Achim hat eine Andere. Es ist die Putze der Firma", platzt Geli heraus. Ihre Stimme wird schrill: „Stellt euch vor, die Putze! Ich weiß nicht, was in ihn gefahren ist. Ich bin sofort in die Firma gefahren und habe seinen Chef darüber informiert, was er für einen dekadenten Angestellten beschäftigt."

Susi und Manfred wechseln Blicke. Sie wissen, dass sich Geli für sehr anspruchsvoll hält. Aber sie wissen auch, dass sie gar keinen Grund für ihre Überheblichkeit hat. Sie brach ihre Lehre ab und arbeitete nur kurze Zeit als Empfangsdame bei einer Firma, die Handtücher verkauft. Dann suchte sie gezielt nach einem Mann, der genug Geld verdient, um ihr ein bequemes Leben zu ermöglichen und angelte sich Achim.

„Immerhin hat Achim eine schöne Frau und zwei gesunde Kinder und verlässt seine Familie für eine niveaulose Putze", schimpft Geli wütend. Das Wort Putze würgt sie so hervor, als wäre sie unendlich angeekelt. Glaubt sie etwa, dass eine Frau, die putzen geht, automatisch niveaulos ist?

Fassungslos schaue ich Achim an. Er nickt, zuckt mit der Schulter und sagt ganz ruhig: „Mehr gibt es dazu nicht zu sagen."

Susi und Manfred sitzen noch eine Weile mit ihren Freunden beisammen, aber ihnen ist die Stimmung und der Appetit vergangen und sie möchten so schnell wie möglich nach Hause.

Einige Tage später besucht Achim seinen

Freund daheim. Er ist inzwischen zu seiner neuen Partnerin in eine kleine Zweizimmerwohnung gezogen und schwärmt von seinem nun völlig unkomplizierten Leben. Er dürfe nun zu Hause in Jogginghose herumlaufen, im Bett frühstücken, Bier trinken, wenn er Lust darauf hat, oder ein Schnitzel aus der Hand essen. In der Wohnung würden noch sechs Katzen leben, es würde stinken wie die Pest, aber es wäre wunderschön und überaus gemütlich und er würde es im Leben nie wieder gegen sein großes schickes Haus mit Geli tauschen.
Er war mit der Neuen bereits im Urlaub, als Geli glaubte, er wäre auf Geschäftsreise in Japan. Achim wirkt locker und vor allem sehr glücklich. Er erzählt fröhlich und unverkrampft und wirkt fast sympathisch, obwohl Susi mit ihrem Ordnungssinn sein Verhalten abscheulich findet. Dass die Leute Regeln nicht ernst nehmen, bringt Susi direkt zum Verzweifeln. Achim und Geli haben sich bei ihrer Heirat versprochen, ein Leben lang füreinander da zu sein. Wie kann ein Mann Frau und zwei Kinder verlassen? Das empfindet Susi als komplett verantwortungslos.
Schon bei der Hochzeit wunderte sich Susi, dass Geli die Bräuche komplett auf ihre Bedürfnisse zurechtstutzte. Der Polterabend wurde einfach um eine volle Woche verschoben. Jeder eingeladene Gast durfte nur einen einzigen Teller oder eine Tasse mitbringen und dies auf eine mit einer Decke ausgelegten Stelle vor dem Haus zerschmeißen.

Jedenfalls hat Susi großes Mitgefühl mit Geli, die von ihrem Mann betrogen und verlassen wurde, obwohl er ihr vor gar nicht langer Zeit ewige Treue schwor. Geli ist zwar nicht gerade Susis beste Freundin, aber sie sucht sie daheim auf und erkundigt sich vorsichtig: „Was willst du jetzt tun?"
„Nichts. Sein Geld steht mir zu."
„Du redest jetzt von Geld?"
„Logisch. Geld macht nicht glücklich, aber es macht mein Unglücklichsein angenehmer."
So gesehen hat Geli natürlich Recht. Sicher muss sie praktisch denken, weil sie nun alleinerziehend für ihre beiden kleinen Kinder verantwortlich ist. Doch sie spricht nicht davon, wie sehr ihr Achim fehlt. Susi möchte keinen Tag ohne ihren Manfred sein und nie wieder so lange wie damals während der Zeit im Gefängnis. Schon wenn sie den Namen Manfred dachte oder gar hörte, spürte sie ein aufgeregtes Kribbeln im Körper. Für Geli klingt das albern, sich so an einen Mann zu hängen und von ihm abhängig zu sein. Das ist es vielleicht auch.
„Wirst du umziehen?", fragt Susi.
„Warum sollte ich? Mir gefällt es hier."
„Zahlt denn Achim weiter die Miete?"
„Das wird er müssen."
Susi kennt sich in Rechtsdingen nicht aus, aber Geli scheint sich genau informiert und bereits bei diversen Anwälten und Ämtern vorgesprochen zu haben. Sie weiß ganz genau, was ihr zusteht und wie sie dies bekommt.
„Mitleid bekommt man geschenkt, Neid muss

man sich verdienen."
„Was hat denn Neid mit deiner Situation zu tun?", wundert sich Susi
„Zuerst einmal bekomme ich sofort einen Kindergartenplatz, wofür selbstverständlich Achim aufkommt, und natürlich allein das Kindergeld. Dadurch gewinne ich Zeit und kann mir überlegen, was ich machen will."
„Du kannst sicher zurück in deine alte Arbeitsstelle."
Geli schüttelt ihren Kopf. Ob sie nicht kann oder nicht will behält sie für sich.

Ende Juli fährt die Familie in den Urlaub, das Ziel ist dieses Mal Spanien. Die Ferienwohnrechte ließen sich hierbei nicht so günstig tauschen wie nach Florida, sondern wurden komplett verbraucht.
Zuerst fahren sie über die Autobahn zu Uwe in die Schweiz, um dort einen Zwischenstopp einzulegen. Uwe hat sich inzwischen ein neues Auto gekauft, wieder einen Mitsubishi, aber dieses Mal eine knallrote Limousine. Manfred hat ebenfalls ein neues Auto, einen Firmenwagen, ein Audi, der der ganzen Familie samt Urlaubsgepäck extrem viel Platz bietet. Neu ist, dass er bleifreies Benzin benötigt.
Sie fahren am nächsten Tag über den Forclaz-Pass und Chamonix zur Autobahn und dann nach Frankreich. Bis zur Grenze nach Spanien sind es 770 Kilometer, die 210 Francs Gebühren kosten, Straßenzoll sozusagen.
Das Feriendomizil in Denia ist ein wunderschönes Haus mit großem Pool, der

geformt ist wie ein riesiges Blatt. Von der herrlich geräumigen Terrasse aus hat man einen fantastischen Blick aufs Mittelmeer, die Costa Blanca. Die Kinder finden schnell Freunde aus England, Belgien und Deutschland. Die Abende verbringen sie am nahen Sandstrand.
An jedem zweiten Tag erkunden sie die nähere Umgebung: die Steilküste und den Leuchtturm von Capo de Antonio, die engen arabisch wirkenden Gassen von Javea, das sehr spannende Felsendorf Guadelest. Dort lassen sie ihr Auto stehen und steigen den sehr steilen Pfad hinauf zum Felsentor, dem einzigen Zugang zu diesem ungewöhnlich malerischen Dorf, das zwischen steilen Felswänden gequetscht scheint. Über schmale krumme Gassen klettern sie hoch hinauf zum Friedhof, der einen dramatischen Blick auf die Sierra de Aitana bietet. Lange schauen können sie nicht, denn es bläst ein unangenehm heißer Wind von Marokko herüber.
Die Woche in Denia ist schnell vorüber.

„Heute fahren wir noch einmal 650 Kilometer weiter nach Süden", verkündet Manfred. „Und zwar über Alicante, Murcia, Lorca, Guadix, Granada und Malaga bis nach Benalmadena."
Die Kinder werfen sich einen gequälten Blick zu. Sie mögen solch lange Autofahrten nicht, schon gar nicht bei dieser südlichen Hitze. Viel lieber wären sie noch einmal in den Pool gesprungen.
Kurz nach Guadix sehen sie mitten in einem

durchlöcherten Hügel weiße Schornsteine. Das sind Höhlenwohnungen. Nun malen sich die Kinder aus, wie toll es wäre, in solch einer Höhle zu wohnen. André ist inzwischen 16 Jahre alt und fast so groß wie sein Vater.

Am späten Nachmittag kommen sie in der wunderschönen, im andalusischen Stil gebauten Anlage *Pueblo Evita* an. Sie stellen nur die Koffer ab, greifen nach ihren Badesachen und laufen raus zum Pool. Das ist kein Pool, sondern eine ganze wunderschön bepflanzte Pool-Anlage mit verschiedenen Bassin-Formen, eingefasst von Felsensteinen, aus denen frisches Wasser sprudelt.

Das Appartement ist ebenso großzügig eingerichtet wie das in Denia, nur die Terrasse ist etwas kleiner. Von dieser haben sie einen herrlichen Blick über die gesamte Anlage mit der Pool-Landschaft und sehen in der Ferne das Meer.

Erst gegen 22 Uhr sitzen sie am Abendbrottisch bei Spaghetti mit Tomatensoße. Plötzlich ruft André aufgeregt: „Ein Ufo!", und zeigt mit dem Arm in die Luft. Tatsächlich bewegt sich dort eine leuchtend weiße Kugel langsam am Himmel vorwärts. Susi holt schnell den Fotoapparat und knipst diese seltsame Erscheinung, die später auf dem Bild leider nur wie ein blasser Mond wirkt.

Am nächsten Morgen laufen sie hinunter an den Strand und bleiben enttäuscht auf der Uferpromenade stehen. Der Streifen zum Hinlegen ist sehr schmal und voller Leute, deshalb vergeht ihnen die Lust zum Baden. Sie bummeln lieber durch die kleinen Geschäfte und schauen sich die vielen Lokale an. Fast alle bieten *English Breakfast* und ausschließlich englische Speisekarten. An einem Tisch sitzt ein LKW-Fahrer, der ihnen stolz erzählt, dass er Gemüse aus England hierher an die Küste bringt.

„Wächst so weit im Süden kein Gemüse mehr wegen der Hitze?", wundert sich Susi.

„Das glaube ich nicht. Die Engländer sind wohl noch seltsamer als wir Deutschen und wollen nur ihr eigenes gewohntes Essen", vermutet Manfred.

„Aber wir gehen doch extra in spanische Lokale", korrigiert Anett. „Ihr wollt doch kein Schnitzel im Urlaub."

„Das stimmt. Aber vielleicht essen andere Leute eben auch im Urlaub lieber ein Schnitzel und Bratkartoffeln."

Am Pool merken sie, dass die Anlage zu mehr als 80% von Engländern bewohnt ist. Sie springen in Gruppen kreischend von allen Seiten aus ins Wasser und haben krebsrot verbrannte Körper. Gegen Mittag ziehen Rauchschwaden zwischen den Häusern entlang.

„Schaut mal! Überall brennen Grillfeuer", ruft Manfred. „Und das in der Mittagshitze."

„Denen ist wohl nicht heiß genug", stimmt Susi lachend ein.

Manfred beschließt, am Meer entlangzufahren, um eine ruhige Badestelle für die Familie zu finden. Und tatsächlich haben sie Glück und entdecken ganz in der Nähe eine verborgene

Bucht hinter hohen Felsen, die sie nun jeden Nachmittag zum Baden aufsuchen.
Am nächsten Vormittag fahren sie nach Mijas, einem laut ADAC historischen Städtchen. Die malerischen engen Gassen mit den weißen, gepflegten Häusern und den schmiedeeisernen Gittern um winzige Balkone wirken sehr ursprünglich. Wegen der vielen Touristen ist jedes zweite Haus eine Bar, ein Imbiss oder ein Restaurant. Sie finden ein uriges Lokal und jeder bestellt ein anderes spanisches Gericht, um so viel wie möglich probieren zu können. Bevor sie ans Meer zurückfahren, besichtigen sie die Stierkampfarena, die ganz untypisch für Spanien quadratisch ist. Hier sollen berühmte Matadore gekämpft und Stiere getötet haben.

Am nächsten Morgen wollen sie zur weißen Stadt El Burgo fahren. Unterwegs fällt ihnen ein Mann auf, der hoch oben auf einem Felsen steht und mit einem Arm in die Ferne zeigt. Als sie näher kommen, stellen sie fest, dass dieser Mann aus Stein ist. Manfred parkt das Auto und die Kinder klettern kreuz und quer über die Felsen, verstecken sich und haben viel Spaß. Weit unten im Tal liegt ihr Tagesziel, wo sie ebenfalls ein nettes spanisches Lokal für ihr Mittagessen entdecken.
Kurz darauf blinkt die Tank-Anzeige. Manfred sucht in der Stadt sicherheitshalber sofort eine Tankstelle. Eine der Tankstellen hat geschlossen, eine weitere führt kein bleifreies Benzin. Susi hat kein gutes Gefühl, als sie mit einem fast leeren Tank über einsame

Bergstraßen zurück Richtung Benalmadena fahren. Es dauert nicht lange, da blinkt die Anzeige ständig.
„Wie weit ist es noch?", will Susi wissen. „Jetzt wird es wirklich dringend."
Im gleichen Moment dreht Manfred das Radio lauter, es ertönt *Urgent* von der Gruppe Foreigner und alle lachen über diesen lustigen Zufall.
Eine halbe Stunde darauf finden sie eine Tankstelle in einem kleinen Städtchen. Der Tankwart kommt sofort auf sie zu, hebt aber bedauernd die Schulter. „No gasolina."
„Was machen wir jetzt? Wir können unmöglich weiterfahren."
„Espera! Wait!" Der Tankwart zeigt auf seine Uhr.
„Ah! Vermutlich kommt bald eine Lieferung." Sicherheitshalber fragt Manfred: „Unleaded gas?", und zeigt auf sein Fahrzeug.
Der Mann zuckt mit der Schulter. Dann schaut er sich den Audi näher an und nickt. „Speziale, si si."
Manfred lässt das Auto einfach an der Tankstelle stehen und läuft mit Susi und den Kindern in den Ort.
„Oh! Ein Bäcker!", ruft André. Er mag Süßes ebenso gern wie sein Vater, der sofort verkündet: „Wir gehen hinein und suchen uns leckere spanische Kuchen aus."
In der Auslage präsentiert die Verkäuferin mehr als 20 verschiedene Gebäcksorten. Jeder wählt einen runden und einen eckigen großen Keks, die ihnen in eine Schachtel verpackt werden.

Sie finden schnell eine wunderbar schattige Bank und greifen beherzt zu den Leckereien.
„Ih!", tönt es aus aller Munde. „Das schmeckt ja grauenhaft."
Anett spuckt ihren Bissen sofort auf den Boden. Auch Manfred verzieht sein Gesicht. „Was ist das denn?"
Vorsichtig öffnen sie den nächsten Keks, der mit einer roten Paste gefüllt ist. Susi kostet. Es schmeckt scharf, aber nicht schlecht. Jetzt werden auch die anderen mutiger und erkunden den Inhalt ihrer Kekse. Nur ein einziger der acht Gebäcksorten schmeckt süß nach Früchten, alle anderen sind mit Käse, Schinken oder Fisch gefüllt. Das hätten sie vorher ahnen sollen. Doch sie waren auf süße Kuchen gefasst und nicht auf herzhaftes Gebäck.

Einen Tag später fahren sie nach Ronda und spazieren durch einen wunderbar schattigen Park voller hoher Bäume und grüner Sträucher. Aus kleinen Steinbrunnen spritzt Trinkwasser, mit dem sie sich sofort erfrischen.
Plötzlich stehen sie unvermittelt vor einem gut 150 Meter tiefen Abgrund und erkennen, dass die Stadt auf einem flachen Plateau gebaut ist. Eine alte Steinbogenbrücke führt über die Schlucht und verbindet den nördlichen Teil der Stadt mit der südlich gelegenen arabischen Altstadt. Auf der Brücke bleiben sie stehen und schaudern, als sie in den tiefen Abgrund blicken. Auf der anderen Seite führt ein Weg direkt am Plateau-Ende entlang.

„Es ist unglaublich faszinierend, wenn die ebene Fläche so abrupt abbricht und man in eine tiefe Schlucht schaut", begeistert sich Manfred, während Susi lieber Abstand hält und eher ängstlich in die Tiefe schaut. Manche Ausguck-Inseln gehen über die Mauer hinaus und verstärken den atemberaubenden Eindruck um ein Vielfaches.

„Ich will unbedingt noch die berühmte Stierkampfarena sehen", sagt André.

„Du bist gemein", schimpft Anett. „Dort werden die Tiere bestialisch gequält. So etwas schaue ich mir nicht an."

Also gehen sie nur außen an diesem „Sport"platz vorbei.

Nach dem Abendessen bummelt die Familie immer gern durch die Altstadt, genießt in der warmen Nachtluft diverse Erfrischungsgetränke und das Urlaubsgefühl.

Einmal erleben sie sogar mitten auf der Straße einen Flamenco-Auftritt und bewundern die schönen Tänzerinnen in ihren typisch andalusischen Kleidern mit den weiten Rüschenröcken. Anett macht die Tanzschritte nach und Susi lacht: „Das sieht aus, als ob du trotzig mit den Füßen aufstampfst."

Der Tag der 2.500 Kilometer langen Heimreise kommt viel zu schnell. Sie starten sehr früh am Morgen bereits um neun Uhr. Erst gut acht Stunden später erreichen sie nach endlosem Gezuckel über Landstraßen Alicante, wo sie eine Stunde ans Meer gehen und sich etwas erfrischen. Auch in Valenzia machen sie zwei

Stunden später kurz einen Badestopp. Danach erreichen sie die Autobahn und kommen schneller voran.

Am nächsten Nachmittag rasten sie in der Nähe von Chamonix auf einer Wiese und genießen den Blick auf das Tal und den Gletscher von Mont Blanc. Alle vier fühlen sich nach der langen Fahrt wie gerädert. Zum Glück ist es nicht mehr so weit bis nach Sion zu Uwe, wo sie nach einer kurzen Mahlzeit totmüde in ihre Betten fallen und erst neun Uhr am nächsten Morgen wach werden.

Bereits zwei Stunden später sitzen sie wieder im Auto und sind unterwegs zum Furka-Paß und dem Rhone-Gletscher. Dort rasten sie lange, weil der Gletscher alle fasziniert.

Zwei Tage später klingelt am Abend das Telefon.
„Hier ist Ute. Ich bin in Düsseldorf."
„In Düsseldorf?"
„Ja, ich durfte eine Tante besuchen."
„Wir haben gar keine Tante in Düsseldorf", wundert sich Susi.
„Aber mein Mann. Du weißt, dass immer nur ein Partner fahren kann. Jedenfalls will ich nicht zwei Wochen bei dieser Tante bleiben, sondern zu dir nach München kommen und außerdem Uwe in der Schweiz besuchen. Unsere Cousine Gabi hat mir Geld für eine Fahrkarte geschickt."
„Aber Gabi wohnt auf Sylt."
„Na und? Ich bin jedenfalls morgen gegen 16 Uhr in München. Holst du mich ab?"
„Selbstverständlich. Ich freue mich riesig."

Susi rennt hektisch durch die Wohnung. Zum Einkaufen ist es zu spät, aber sie bezieht eine Decke und ein Kissen für Ute und überlegt, ob sie Manfred bitten soll, auf dem Sofa zu schlafen. Dann könnte Ute mit ins Ehebett und mit ihr die ganze Nacht über quatschen. Aber dann beschließen sie, dass Ute bei Anett im Zimmer schläft, deren Sofa sich zu einem Gästebett ausklappen lässt.

Drei Tage lang zeigt Susi ihrer Schwester München und Oberbayern, den Stausee bei Fall, Kloster Andechs, den Ammersee und diverse Biergärten. Außerdem besucht sie mit ihr die drei Cousinen in Bayern. Die Tage vergehen rasend schnell und bei allerbester Stimmung.

Die Abende sind weniger lustig als die Tage, weil Ute wieder und wieder über ihre berufliche Degradierung spricht, für die sie Susi verantwortlich macht und ihr das Zurücklassen der Kinder vorwirft.

„Hättest du gewusst, dass du verhaftet wirst, wärst du trotzdem abgehauen? Dir traue ich das zu."

„Weißt du, wenn wir uns einmal für etwas entschieden haben, dann ziehen wir das durch. Und zwar, ohne uns ständig zu fragen, ob es nicht auch anders geht."

„Aber hättest du gewusst, dass du deine Kinder so lange nicht sehen wirst, dann doch nicht."

„Ute, wie sollte ich das wissen? Nichts weiß man vorher, schon gar nicht, wie man sich fühlt, wie man irgend etwas aushält. Man muss Prioritäten setzen und dem alles andere unterordnen."

„Das heißt, dir war der Westen wichtiger als deine Kinder."

„Nein, das heißt es nicht. Es heißt, mir war das Leben von Anett wichtiger als meine persönliche Sicherheit. Und im Osten hätte sie nicht mehr lange gelebt."

„Das weißt du doch gar nicht."

„Nein, das weiß ich nicht, Ute. Aber damals war das für uns die einzig richtige Entscheidung."

„Du bist eben egoistisch. So warst du schon immer."

Susi schüttelt den Kopf und seufzt. Jeder Versuch, ihrer Schwester ihre Situation verständlich zu machen, scheitert schon im Ansatz.

„Und unsere Mutter ist auch so ungerecht", beschwert sich Ute.

Susi fragt sich, was sie mit *auch so* meint.

„Sie kaufte zum Beispiel einen Rock für Anett, dabei hat sie noch eine zweite Enkeltochter. Ich musste sie immer wieder daran erinnern, dass sie das gleiche auch für meine Tochter kaufen muss. Ebenso, wenn sie für André ein Spielzeug ..."

„... oder Schulsachen", fällt ihr Susi ins Wort.

„Genau. Sie hat deine Kinder immer bevorzugt."

„Begreifst du nicht, dass meine Kinder bei unseren Eltern lebten und sie für sie sorgen mussten?"

„Trotzdem können sie nicht einfach deine Kinder beschenken. Sie haben vier Enkel und nicht zwei."

Darauf fällt Susi nichts mehr ein. „Sei nicht böse, Ute, ich bin müde und muss ins Bett."
Am ersten Abend ärgerte sich Susi, als Manfred einfach ins Bett ging statt ihr bei der Diskussion mit Ute zu helfen. Aber dann war sie froh, weil sie sich später unter dem Vorwand, müde zu sein, verabschieden konnte. Wie heute.
Am nächsten Tag fährt Ute mit dem Zug nach Überlingen. Dort holt sie Uwe mit dem Auto ab.

Schon einen Tag später trifft Susis Vater ein und die Besichtigungstour beginnt von neuem: am ersten Tag das Olympiastadion und am zweiten Schloss Linderhof.
Am dritten Tag macht sich Susi mit ihrem Vater wieder auf die weite Fahrt nach Sion zu Uwe. Der Vater hat nun seine drei Kinder beisammen und genießt die Ausflüge nach Derborence und hinauf auf den schneebedeckten Sanetsch.
Schon am Folgetag muss Susi mit Ute zurückfahren, während der Vater bei seinem Sohn bleibt.
Ute fällt der Abschied von ihrem Bruder sichtlich schwer, aber sie gibt sich vergnügt und animiert Susi ständig zum Fotografieren. Einmal legt sie sich im kurzärmeligen Shirt in den Schnee, einmal posiert sie vor einer Alpenkuh und immer wieder vor den hohen Berggipfeln und den Tälern. Ute zuliebe fährt Susi einen kleinen Umweg über das Fürstentum Liechtenstein.
Am nächsten Tag bringt Susi ihre Schwester an den Zug, mit dem sie zurück nach Freiberg fährt.

Eine knappe Woche darauf kommt Uwe mit seinem Vater nach München, der am nächsten Tag im Zug nach Freiberg sitzt.
Drei Tage danach sind die Sommerferien vorbei.

Zwei Wochen später erhalten sie eine Nachricht von Manfreds Schwester, die in den nächsten Tagen mit ihrem Mann und der gemeinsamen Tochter Charlotte in den Westen übersiedeln wird. Seit vielen Jahren tragen sie sich mit diesem Gedanken, vertiefen und verwerfen ihn – immer wieder. Die Schwester und ihr Mann sind beide Grafiker und wissen, dass sie sich im Westen viel freier und besser entfalten können. Doch sie wissen auch, dass sie sich bei einer Ausreise von ihren vielen Büchern, Schallplatten und Kunstgegenständen trennen müssten, was ihnen offensichtlich sehr schwer fällt.
„Ich begreife das nicht", wundert sich Susi. „Natürlich ist ein Buch mehr wert als ein Stuhl. Trotzdem sind Dinge, die man für Geld haben kann, jederzeit ersetzbar, also eigentlich völlig wertlos. Das wichtigste ist, dass sie ihr Kind problemlos mitnehmen können, weil sie bei ihrem Ausreiseantrag *Familienzusammenführung* als Grund angeben."
„Ich verstehe das auch nicht, aber ich sage nichts dazu. Das müssen sie selbst wissen", entgegnet Manfred. „Jedenfalls bin ich froh, dass sie sich nun endlich aufgerafft haben."
„Außerdem habe ich keine Lust, sie bei uns aufzunehmen", ergänzt Susi. Sie beißt sich

schnell auf die Lippen, weil ihr der Satz einfach herausgerutscht war und sie ihn durch nichts zurückzunehmen kann. Sie versucht, ihn wenigstens abzumildern. „Jedenfalls nicht auf Dauer." Immerhin ist sie selbst erst vor acht Jahren aus der DDR herausgekommen und sollte sich freuen, dass Manfreds Schwester dies ohne Schwierigkeiten gelungen ist.

„Ich glaube nicht, dass sie vorhaben, sich bei uns einzunisten. Und wenn ... es wird schon irgendwie gehen." Dann setzt Manfred hinzu: „Jedenfalls wird dir meine Schwester nicht solche Dinge an den Kopf werfen wie es deine Schwester fertigbringt."

Die Begrüßung ist ausgesprochen herzlich, obwohl die beiden Familien kaum Kontakt pflegen. Susi hält es für gerecht, wenn sich jeder um seine Familie kümmert, obwohl sie zwei Geschwister hat und Manfred nur diese eine Schwester. Aber Manfred schreibt nicht gern. Er meint, seine Eltern und seine Schwester wissen auch so, dass er sie liebt. Er müsse es ihnen nicht ständig beweisen wie Susi.

Sie schaut auf die unzähligen Koffer. „Wie lange wollt ihr bleiben?" Manfred knufft sie für diese Unfreundlichkeit in die Rippen.

„Nur ein paar Tage. Wir werden in Nürnberg bei Freunden wohnen."

Susi ist erleichtert und hofft, dass dies niemand bemerkt. Da die Familie von Manfreds Schwester offiziell auswandert und sogar ihren Hausrat mitnehmen oder nachholen kann, gilt für sie andere Bestimmungen als damals vor acht Jahren bei Susi und Manfred, die direkt aus der ostdeutschen Haft als politische Flüchtlinge ausgewiesen wurden.

Beim Abschied vereinbaren sie, dass Charlotte ihre Herbstferien in München verbringt. Charlotte ist nur eine Woche jünger als Anett, die beiden Mädchen verstehen sich auf Anhieb ganz hervorragend.

Während der Herbstferien gehen die Mädchen täglich zusammen ins Schwimmbad. Einmal wandert die Familie mit Charlotte auf den Wallberg und spaziert am Tegernsee entlang.

9. November 1989, kurz vor 20 Uhr. Susi steht im Bad und schminkt sich. Sie ist zum Abendessen in ein Italienisches Restaurant eingeladen, wo Manfred mit seinen Kollegen sitzt und auf sie wartet. Die Kinder albern vor dem Fernseher herum. Sie haben bereits gegessen. „Bleibt nicht so lange auf, ihr habt morgen Schule!", mahnt Susi.

„Versprochen." Anett kichert.

Susi zieht ihren Mantel über, greift sich den Autoschlüssel und ihre Handtasche und geht in die Stube, um ihren Kindern einen Abschiedskuss zu geben. Kurz schaut sie mit halbem Auge zum Fernseher und traut ihren Augen nicht. Dort liest sie *DDR öffnet Grenze.* Dann ist das Bild samt Text verschwunden. Susi setzt sich auf den Hocker vor den Bildschirm und stellt den Ton lauter. Es ist eine Pressekonferenz. Auf dem Podium sitzt ein Mann, dessen Namen Susi nicht verstanden hat, der offenbar ein wichtiger DDR-Politiker ist.

Dieser Mann verkündet: „...ohne Vorliegen von Voraussetzungen ... alle Grenzübergangsstellen der DDR zur BRD in der Nacht geöffnet werden." Susi zittert. Sie kann das soeben Gehörte nicht fassen.
„Was ist denn, Mami?"
„Stellt euch vor, die Grenze gibt es nicht mehr. Ich kann das gar nicht glauben."
Die Kinder erkennen an der Stimme ihrer Mutter, dass etwas ganz Besonderes passiert sein muss.
Eine halbe Stunde später betritt Susi das Italienische Restaurant. Manfred und seine Kollegen unterhalten sich angeregt und lachen. Susi bleibt neben dem Tisch stehen und hebt ihre Arme. Sie wirkt hilflos, als sie mit ihren Händen hin und her wedelt. Manfred springt auf und will sie begrüßen. Er wundert sich, dass Susi nur abwinkt, aber kein Wort herausbringt. Ihr laufen die Tränen übers Gesicht. Sie flüstert: „Es gibt keine Grenze mehr, die Mauer ist auf."

Bisherige Veröffentlichungen von Petra Weise:

Susis Geschichte bis zum Ende ihrer Haftzeit ist in **„Ein halbes Leben"** erzählt. Außerdem wird ihre Familie ausführlich vorgestellt und vor allem die Situation, die zur Flucht aus ihrer sächsischen Heimat und der DDR führte.

„Liebeslügen oder der ganz normale Wahnsinn" bietet 15 spannende Kurzgeschichten über die Liebe.
Wahre Liebe, vorgespielte Liebe, enttäuschte Liebe, betrogene Liebe – das alles verbirgt sich unter dem Sammelbegriff Liebeslügen. Glücksseligkeiten, die oft in Katastrophen enden.

„Mein Hund Benno – tierische Begegnungen" ist ein unterhaltsamer Roman über die Abenteuer der beiden komplett verschiedenen Familienhunde der Verfasserin.

„Eine verhängnisvolle Diagnose und 14 weitere Kurzgeschichten" erzählen aus dem oft gar nicht alltäglichen Alltag der Autorin während der 80er Jahre.

Außerdem sind viele Kurzgeschichten von Petra Weise in verschiedenen Anthologien veröffentlicht.

www.petraweise.jimdo.com